L'ENFANT DES TEMPÊTES

DU MÊME AUTEUR

Les Âmes silencieuses
Seuil, 2019

MÉLANIE GUYARD

L'ENFANT DES TEMPÊTES

Roman

ÉDITIONS DU SEUIL
*57, rue Gaston-Tessier, Paris XIXe*

ISBN 978-2-021-41907-8

www.seuil.com

Pour ma mère
Qui nous permit de traverser la tempête
Sains et saufs

– Comment cela s'appelle-t-il, quand le jour se lève, comme aujourd'hui, et que tout est gâché, que tout est saccagé, et que l'air pourtant se respire et qu'on a tout perdu, que la ville brûle, que les innocents s'entre-tuent, mais que les coupables agonisent, dans un coin du jour qui se lève ?
– Cela a un très beau nom, femme Narsès. Cela s'appelle l'aurore.

J. Giraudoux (*Électre*)

Prologue

Ils ont détruit le Krokodil.

Bien sûr, les hivers et les tempêtes l'avaient fracassé sur le sable, à la frange des vagues, là où les embruns le nourrissaient de larmes salées. La lente chute en direction de la plage avait sapé ses fondations et fissuré les lourds murs de béton. Le sol s'était enfui sous sa base, l'écrasant davantage, réduisant à rien ses efforts pour rejoindre les premières écumes. Krokodil n'aura jamais atteint l'océan. Xynthia a fini le travail que Martin avait commencé dix ans auparavant.

Ils ont dit que le Krokodil était devenu dangereux, avec son amas de béton brisé affleurant sous le sable et les marées. Qu'il ne pouvait pas rester là, parce que ce témoin en décomposition d'une guerre depuis longtemps achevée mettait en danger les vacanciers. Rien ne le rattachait plus au présent, à part quelques tags à l'intérêt artistique douteux, et la nostalgie des vivants. Krokodil, lui, était mort depuis des années. Mais ça n'a rien empêché.

Il y a longtemps que je ne suis pas retourné dans l'île. Il y a longtemps que je n'ai pas pensé à elle. Mais quand ma mère m'a appelé pour me dire qu'ils avaient détruit le Krokodil, j'ai tout de même gravi mentalement la dune, à la recherche du souffle de l'océan et du sel, et je me suis dressé là, face aux vents de l'orage, pour contempler dans le flanc du sable les deux masses cendrées des blockhaus jumeaux. Kondor devant, Krokodil en retrait, sa carcasse ensablée. Ils sont toujours entiers, dans l'écrin de mes souvenirs, où ils ne cesseront jamais d'affronter le couchant.

Ils ont détruit le Krokodil, et ils ont réveillé dans mon esprit ensommeillé la mémoire d'un entre-deux que j'avais enfoui au fond de moi. Là, en bas, tout est froid et anesthésié, tout est bleu et apaisé. Je ne suis pas étonné que le Krokodil ait cheminé pour rejoindre cet engloutissement silencieux. Il n'y est pas parvenu, pourtant. Moi, j'ai retrouvé la surface et l'air écorchant mes poumons. Je me souviens en être sorti vivant.

Les années ont passé, depuis le Krokodil. Elles ont changé les choses, moi comme le reste, je suppose. La ville est mon domaine ; les études, mon quotidien. Cette année, j'ai commencé mon internat. Les patients occupent mes journées et mes nuits ; les gardes se succèdent. L'île est loin derrière moi, et celle dont je me souviens n'existe pas. En m'y rendant aujourd'hui, j'en trouverais une autre, dont la temporalité m'échappe, et dont le cœur m'est étranger. L'île que je garde au creux de moi, je n'y retournerai jamais, mais un petit garçon y restera pour l'éternité.

Ils ont détruit le Krokodil. Kondor est seul, abandonné. Imaginer sa silhouette solitaire sur le sable me donne envie de pleurer. C'est là-bas que tout s'est joué, dans le froid et l'hiver, dans la bruine glacée. Je me demande où se trouve Corentin, désormais.

Chapitre 1

Juin 2011

J'ai quitté ma garde quelque part vers sept heures du matin. Le ciel était rose et incertain, un ciel de juin sous une lumière froide, malgré la proximité de l'été. J'ai pensé aux vacances, et du coup, j'ai pensé à l'île. Comment ne pas y penser, quand on sait qu'ils ont détruit le Krokodil ? J'avais sur les lèvres un goût de sel et d'hiver, et une chair de poule anachronique me piquetait les bras. J'étais hanté par le fantôme d'un blockhaus en perdition, mais je ne le savais peut-être pas encore. Il faisait trop beau pour avoir peur, et j'avais passé l'âge de redouter l'aube.

– On te voit jeudi, Mathieu ? m'a lancé Fabien avec un geste de la main.

– Ouais, on se voit jeudi. Je serai au troisième.

Avec Marjorie et Leïla, ils ont gagné l'arrêt de bus, et moi je suis monté dans ma voiture avec la ferme intention de rentrer chez moi, de me foutre au lit, et de dormir l'intégralité de mes jours de repos avant de remonter au front. Physiquement, je me sentais épuisé et cotonneux. Flottant serait le mot exact, cet état d'apesanteur conféré par la fatigue et la tension trop vite relâchée. J'avais envie de me changer les idées. Sortir peut-être, aller boire un verre, ou pas. Quelque chose comme ça. C'était tout ce à quoi je pensais en démarrant. Que s'est-il passé ensuite ? Va savoir. Parfois, quand on ne réfléchit pas trop, les décisions se prennent sans nous. Me voilà sur l'autoroute, du coup. Je roule en direction du sud, le soleil dans mon dos et la radio à fond. *Highway to Hell*, comme quoi il n'y a pas de hasard. Je chante à tue-tête et archifaux, je roule, je suis réveillé comme si j'avais dormi la nuit dernière, je suis heureux, triste, et étranger à moi-même. À plusieurs reprises, je me dis que je devrais faire demi-tour et je ne le fais pas. Je suis encore en blouse, pourtant ; tout ça est ridicule. Qu'est-ce que je vais me foutre sur le dos, en arrivant ? Car une chose est sûre, par contre : je sais où je me rends.

Une maison de famille, où nous passions l'été lorsque j'étais enfant. Comme la plupart des Parisiens d'adoption, je suis issu de partout. Ma mère vient de Corrèze, où une partie de mon arbre généalogique est toujours enraciné. Mon père, c'était la côte, l'océan, et le bocage charentais. Il y a une île, là-bas, qui m'attend. Pourtant, on ne peut pas dire que j'avais prévu d'y aller. On ne peut pas dire que ça se soit bien passé, la dernière fois que j'y ai mis les pieds.

Est-ce que ce qui est arrivé cet hiver-là a déterminé tout le reste ? Le Krokodil est une charnière dans ma mémoire, un moment clef, une croisée des chemins dont je percevais l'importance lointaine, mais que je ne savais pas appréhender. Comment l'aurais-je pu ? Je n'avais pas encore douze ans. J'étais un enfant. Pour la dernière fois de ma vie, sans doute, mais j'en étais encore un.

Lorsque je prends le temps de réfléchir, et je n'ai que ça à faire, dans ma voiture qui roule en direction du sud, je sais que ce que je suis est en partie marqué par ce que j'ai vécu là-bas. Quelques jours, juste une poignée, qui ont laissé leur trace sur moi, jusqu'à orienter chacun des choix que j'ai faits depuis. Sinon, pourquoi aurais-je choisi la psychiatrie ? Les traumatismes des autres comme une façon de gérer le mien. On peut dire que j'en ai fait, du chemin. De bien des façons, l'île n'a jamais été aussi loin. Et pourtant, quelle surprise ! Me voilà qui y retourne, comme l'assassin sur les lieux du crime. Peut-être ai-je eu du sang sur les mains. Je crois que c'était surtout le mien, mais c'est parce que je ne veux pas penser au chien.

Il y a une bénédiction qui existe dans le fait d'avoir atteint l'âge adulte, une bénédiction qui consiste à choisir ce dont on veut se souvenir, quand, enfant, on vit tout intensément. En prenant la route de l'île, j'accepte de replonger dans ce que j'ai englouti là-bas, et si je l'accepte, c'est que j'en ai besoin. Du moins, c'est ce que je crois. Et puis, il fait si beau… revoir l'océan, une dernière fois. Revoir le Krokodil, et redevenir adulte, si le pays imaginaire ne veut plus de moi.

À mesure que les kilomètres se succèdent, je m'éloigne du présent pour m'enfoncer dans le passé, et les souvenirs montent à ma rencontre. Un sentiment étrange les accompagne ; un mélange de crainte et de désir ; de souffrance et de souvenirs. Je vais peut-être me blesser aux arêtes de mon enfance, et pourtant, je me souviens.

Je me souviens de cette même autoroute, il y a presque douze ans.

C'était un jeudi. Le jour où nous avons fui.

Un matin aussi, mais un matin de décembre, sale, gris et froid. Le vide prenait toute la place dans la voiture. L'air y était à peine respirable ; toute la détresse du monde s'y était rétractée. J'aurais pu dormir, mais même dormir avait cessé d'être simple depuis un moment. Dormir impliquait de se réveiller, et ça, c'était insupportable. Pour meubler le temps, je regardais dehors, mais l'horizon de l'autre côté de la vitre était morne et blanc. La douleur, elle, restait au-dedans, et le silence n'aidait en rien. Ma mère avait éteint le poste dès la sortie de la ville.

– Ça ne t'embête pas si je coupe, Mathieu ?

Elle n'avait pas attendu la réponse. La radio était trop enthousiaste pour sa chanson personnelle. Pour remplacer la musique, ma mère avait tenté de renouer le dialogue. Elle m'avait demandé si j'avais faim. J'avais répondu que non ; je luttais déjà pour ne pas vomir, merci bien. Parce qu'en plus de ne pas dormir, l'enfant que j'étais ne mangeait également plus. Du coup, elle n'avait pas insisté, et le silence avait gagné.

De loin en loin, je voyais par la fenêtre des champs gorgés d'eau ; une pourriture humide qui s'étalait à l'infini. Le soleil était invisible derrière le manteau uniforme du ciel, mais la clarté était bien là, blessante malgré mes paupières baissées. Les routes étaient étonnamment désertes pour un 23 décembre. Les gens étaient déjà dans leurs familles, sans doute, mais ça donnait l'impression que ma mère et moi étions seuls dans l'univers, ce qui n'était peut-être pas complètement faux. Nous avions cessé d'appartenir au présent. De bien des façons, nous n'avions pas survécu à l'automne. Ce monde n'était plus le nôtre, et nous cherchions tous les deux un endroit où nous poser, un jardin familier qui n'existait plus.

À cette époque, les mots trouvaient sans cesse un nouveau sens à mes perceptions et je me souviens de m'être arrêté sur familier, d'avoir joué avec son étymologie et ce qu'il signifiait vraiment. Familier, un jardin familier, un monde familier, qui appartient à la famille… Ce mot, comme les autres, était en train de se métamorphoser. Tout un tas de mots dont je ne soupçonnais même pas l'existence avaient percuté mon univers jusqu'à le remplir tout entier, et d'autres avaient perdu leur innocence et étaient devenus des lames brûlantes, comme familier. Et les mots transformés l'étaient pour de bon ; il m'était impossible de retrouver leur innocuité. Tout le monde me disait que j'étais en train de grandir. C'était censé me donner du courage. Moi, je devais associer pour toujours cette idée de croissance brutale avec le dévoilement progressif de tout ce vocabulaire et la certitude de me noyer dedans. Grandir, et étouffer sous les mots.

Au bout d'une poignée d'interminables heures, ma mère quitta l'autoroute. La campagne s'ouvrit devant nous, et une pluie fine se mit à tomber. L'eau s'accrocha aux vitres pour former des constellations éphémères de gouttelettes inoffensives, et elle brouilla tout. Les vignes laissèrent place aux champs, puis aux marais. Des deux côtés de la route, les fossés gorgés d'eau sombre reflétaient un ciel chargé. Marennes afficha bientôt sa silhouette brumeuse, son clocher titanesque et sa tristesse hivernale. Machinalement, je me penchai en avant pour deviner la mer.

Elle monta à notre rencontre sans qu'il soit besoin de la chercher. Peu à peu, l'habitacle fut saturé de fragrances mouillées de vase et de varech. Malgré décembre, le parfum était là, envahissant et reconnaissable. L'été, la mer était un rêve domestiqué. L'hiver, sauvage et indomptée, l'eau s'acharnait à récupérer le terrain concédé. Les nuages roulèrent à notre rencontre comme des monstres boursouflés. Nous atteignîmes le rond-point humide et le dernier virage avant le pont. Je me découvris impatient.

Le vent nous saisit dès les premiers mètres franchis et ma mère jura entre ses dents. Elle s'agrippa au volant pour nous entraîner fermement au-dessus du vide, au milieu des bourrasques et de leurs sifflements. Entre les piliers, d'énormes vagues grises se succédaient. Par réflexe, je tournai la tête en direction du nord dans l'espoir de deviner le fort, mais l'horizon était barré de pluie. Le rideau avança sur nous plus vite que la voiture sur le pont. Au sommet, le front nous rejoignit, frappant les vitres furieusement. L'île d'Oléron ne nous accueillait pas sereinement.

Une fois de l'autre côté, je tentai de retrouver les points de repères habituels, mais le relais était vide et les grilles du restaurant baissées pour des mois. L'herbe avait commencé à repousser entre les graviers du parking. Tout avait un air d'apocalypse mouillée. En été, il y avait tant de monde dans l'île qu'il était presque impossible de circuler, mais l'hiver avait transformé Oléron en un fantôme désert et ruisselant. Les maisons aux volets clos étaient aveugles, les jardinières désespérément nues et les palmiers, déprimants.

– Nous y sommes bientôt, dit ma mère d'une voix fatiguée.

Tout en elle répondait à cet adjectif depuis des semaines, et pourtant, elle avançait dans la tourmente, le pas égal et les yeux rouges. Elle nous fit traverser l'île et remonter vers le nord, puis ce furent les derniers kilomètres, et le village. Ma mère prit le chemin qui menait à la maison, et l'espace d'une infinie seconde, j'eus l'étouffante sensation que j'allais trouver là un port, un havre salutaire, une bulle pour respirer. Comme le reste, c'était une illusion. Au lieu du soulagement tant attendu, la maison jeta sur mon cœur un voile inconnu et glacé. Elle était différente de mon rêve d'été, si différente, à tout jamais. La déception me prit à la gorge et, depuis la sublime hauteur de mes douze ans, je fus certain que je ne pourrais plus jamais être heureux. Puis l'engourdissement revint. À un moment donné, j'avais aimé cet endroit. C'était avant. Il était désormais différent et inadapté, comme moi.

Ma mère gara la voiture et je descendis pour l'aider avec les bagages. Il fallut ouvrir les volets et enclencher le compteur. Je retrouvai ma chambre sans joie, posai mon sac et redescendis. Dans le salon, ma mère tentait d'allumer un vieux poêle noir et épais dont on ne se servait jamais. Quand j'entrai dans la pièce, elle se tourna vers moi.

– Je vais nous faire du feu, annonça-t-elle avec un sourire qui ne réchauffa rien. Et puis, j'irai faire les courses. Tu viendras avec moi, on prendra un truc qui te fait plaisir, pour ce soir. Tu as envie de quoi ?

J'eus une pensée pour les placards vides qu'on était obligés de remplir, pour mon ventre qui n'acceptait plus rien depuis des milliers d'années et pour le plaisir, qui n'existait plus.

– Un sapin, répondis-je, étonné par ma propre demande. Est-ce qu'on pourrait prendre un sapin ?

Noël, vraiment ? Tu penses à Noël maintenant ?

Ma haine pour moi-même me frappa de plein fouet. J'étais la pire personne du monde, nul n'était plus abominable que moi, c'était certain. Ma mère s'éteignit sans heurt. Son menton frémit, et ma gorge se serra. Elle tenta de sourire de nouveau, en vain.

– Non, je ne crois pas, dit-elle. Je préférerais qu'on n'en fasse pas. Et puis, on n'a aucune décoration, ici, tu sais bien. Ça ne t'embête pas trop ?

– Non, répondis-je trop vite. De toute façon, je m'en fous.

Et comme il était impensable de survivre à cette conversation, je m'éclipsai dans le jardin, sautai la clôture à moitié effondrée sous les liserons et disparus dans la forêt. Ce chemin-là, au moins, je le connaissais. Même si la lumière était différente, si toute la chaleur du monde m'avait déserté, même si la pluie semblait disposée à me transir et à dessiner des ravines traîtresses sous mes pieds, je savais où me rendre.

Je trouvai l'orée et la courbe mouvante des dunes. Le crissement du sable dans le vent me parvint, et aussi les grondements lointains des rouleaux qui se brisaient sur la plage. Je me mis à courir et mes poumons s'ouvrirent, ma poitrine débordant de tout un tas d'émotions que je laissai partir dans le courant, sans chercher à les retenir. L'océan derrière l'horizon était une promesse. Le sable céda sous mes pas et je trébuchai dans la pente jusqu'à plonger les doigts dans la masse crissante et gelée qui tentait de m'avaler. J'eus une pensée pour les panneaux délavés qui longeaient le chemin ; ne marche pas sur la dune, elle est fragile. Je songeai aux petits dessins effacés par le temps et la pluie, usés par les éléments, qui représentaient des scarabées tachetés et des herbes aux racines dénudées à la merci du monde. Mais les racines, qui s'en soucie vraiment ?

Le sable se glissa dans mes chaussettes. Les grains emportés par le vent me grêlèrent le visage et me piquèrent les yeux. Le sommet vint à ma rencontre plus vite que je ne l'aurais cru ; plus vite que quand j'étais petit, avant que je me souvienne que je l'étais encore. Au sommet, l'océan.

L'immensité contenue entre le ciel et la terre définissait un horizon de cendres. L'océan respirait avec le vent, et moi avec lui, enfin. Sur la plage, de longues traînées grises trahissaient le reflux. Aussi loin que portait mon regard, aucune limite n'existait, et rien n'était permanent. C'était ma définition terrestre de la liberté, même si je ne savais pas de quoi j'étais prisonnier.

L'ascension m'avait coupé le souffle et je mis du temps à le retrouver, transi de froid mais debout, grelottant comme jamais. La plage se ressemblait. Moins de six mois auparavant, nous étions tous les trois quelque part en bas, mes parents et moi. L'eau avait alors cette couleur spectrale qu'elle prenait au crépuscule, une couleur de lumière liquide entre l'or et le bronze chaud. On était venus tard, parce que maman avait été inflexible et qu'avant dix-sept heures, il faisait de toute façon trop chaud. J'avais cru mourir d'impatience chaque seconde de chaque minute de chaque heure qui m'avait séparé de la plage, mais la lenteur du temps n'était pas si terrible, alors.

Quand on avait gagné le rivage, les gens s'en allaient, et je courais au-devant, frappant férocement des talons sur les lattes de bois qui dessinaient un chemin ferme sur la dune. Derrière, mon père et ma mère avançaient plus lentement, en portant le parasol, ou la glacière, ou les deux. Dans tous mes souvenirs, mes parents avaient les bras chargés de choses lourdes et encombrantes. Dans tous mes souvenirs, ils souriaient. Et la mer, dans tout ça ? Une éternité étincelante offerte, amie, chauffée par les longues heures de soleil et apaisée par le couchant. Un autre monde, à un autre moment. De retour en hiver, j'étais seul.

De mon perchoir cinglé par les vents, je contemplai un désert infini de sable et d'eau rien que pour moi, et le désir d'y demeurer jusqu'à la nuit me saisit. Frissonnant trop pour rester à la merci des éléments, je m'assis sur la dune au milieu des oyats couchés par le vent et je pris mes genoux dans mes bras pour conserver un peu de chaleur. L'océan était un refuge. Peut-être que c'était ce que ma mère avait souhaité ; la raison secrète pour laquelle on avait mis nos affaires dans la voiture sur un coup de tête pour aller passer Noël loin de tout et des autres.

Son désir de se rendre à Oléron avait été aussi soudain qu'inexpliqué, et depuis mes onze ans trois quarts, ce n'est pas comme si j'avais eu mon mot à dire sur la question. Elle espérait peut-être y retrouver un peu de papa. Et puis, ici ou ailleurs, qu'est-ce que ça changeait pour moi ? Il n'y aurait pas de sapin, pas de fêtes, pas de joie. Au moins y aurait-il l'océan. Je jouai avec le sable qui me coulait entre les doigts.

Au pied des dunes, à l'époque, il y avait encore les deux blockhaus, le Kondor et le Krokodil. Sur le béton grêlé par les tempêtes, des tagueurs avaient dessiné des œuvres éphémères, recouvertes par celles d'autres venus après eux, comme les dessins sur le sable effacés par la marée. C'était déjà des Léviathans en décomposition. On a beau être solide, on a beau avoir toutes les ressources possibles, tout finit par être usé. Il en va de même pour les sentiments et le béton armé. Ce jour-là, c'est à peine si je leur avais prêté attention, attiré que j'étais par l'horizon. Mais c'était compter sans lui.

Car c'est de là qu'il avait jailli, surgissant sans prévenir des deux masses effondrées, les pieds nus et la tignasse emmêlée, tenant fermement un bâton plus grand que lui et libérant dans l'air un cri démentiel, enivrant. Il se mit à courir en direction des vagues, faisant s'envoler les goélands, dansant au milieu d'eux en riant, les chassant au loin. Alors, il lâcha son arme et enchaîna sur une série de cabrioles qui laissèrent des empreintes passagères sur le sable mouillé. Même depuis mon refuge sur la dune, son euphorie me parvenait. Finalement, il entreprit de remonter vers les blockhaus, et à cet instant que son regard croisa le mien.

C'est ainsi que je rencontrai Corentin.

Chapitre 2

Corentin…

Les souvenirs affluent, comme si le fait que je me porte à leur rencontre les avait libérés. Une porte secrète ouverte sur le passé, mon armoire de Narnia personnelle qui donne sur une grève gelée. Je roule, et la route n'en finit pas, et le soleil de juin est trop chaud pour la matinée et ma mémoire. Je ne sais pas encore ce que je vais trouver au bout du chemin, mais c'est sans importance. J'arrive presque à me convaincre que partir était une bonne idée, même si je tremble un peu à l'idée de ce que je vais trouver de moi, là-bas. Quelque part après Poitiers, je m'arrête prendre un café et je tente d'appeler ma mère, mais il est sans doute encore trop tôt pour elle, car personne ne répond. Je n'ose pas laisser de message sur le répondeur ; je ne vois pas avec quels mots je pourrais expliquer ce que je suis en train de faire. Juste un plein, un café, et je repars sans m'attarder, car si je m'attarde, je pourrais ne pas aller jusqu'au bout. J'espère qu'au moins, les clefs seront chez la voisine, et qu'elle aussi sera chez elle.

La maison de l'île, nous n'y allons plus depuis ce dernier hiver passé ensemble, ma mère et moi. J'ai occupé mes étés ailleurs, avec ou sans ma mère, après ça. Colonies de vacances et centre aéré, loin de tout, dans les montagnes, pour oublier. La maison de l'île, elle, était vide et à louer ; ça met du beurre dans les épinards de laisser des vacanciers s'y installer quelques semaines en été. C'est Mme Guillot, qui habite à côté, qui joue les gardiennes pour nous en échange d'un petit salaire. Je crois que maman aurait trop de mal à y retourner toute seule, et moi, j'ai sans doute grandi trop vite pour y revenir avec elle. Elle a tiré un trait dessus en même temps que sur tout le reste ; c'était sans doute plus facile à vivre de cette façon. Il y a des choses enfouies qui font mal quand on les déterre. Oléron en fait partie.

Pour moi, ce n'est pas pareil. Après l'île et l'hiver, je crois que j'avais changé, de toute façon. J'étais passé d'un état à un autre, sans que je puisse encore aujourd'hui l'expliquer. Le vocabulaire me fait défaut. Je pourrais dire que j'ai grandi, mais ça sonne puéril même à mes oreilles, même si c'est sans doute ce qu'il y a de plus proche de la réalité. Une chrysalide... oui, il y a quelque chose qui tient de la métamorphose. Renoncer pour devenir, un truc comme ça. Je n'ai pas décidé de ne plus m'y rendre ; c'est juste ainsi que cela devait se passer.

Oui, j'avais grandi, et les années se sont succédé sans que j'y prenne garde. Le lycée, la fac de médecine, le concours, les filles, la vie, tout ça. L'internat est un tunnel ; il ne me laisse pas beaucoup de temps pour penser à autre chose. Ça, et la sensation de courir sans cesse que je ne ressens qu'à Paris, cette impression qu'il faut aller vite, ou bien le présent risque de me dépasser. Tout s'enchaîne sans interruption, les nuits à la maison, et celles dans les couloirs aseptisés. Les restaurants avec les amis, et le travail nécessaire, auquel on se donne en entier. Une vie après l'autre. C'est aussi pour ça que je l'ai choisi, non ?

Être médecin, soigner ce qui peut l'être, le visible et surtout l'invisible, les plaies du corps et celles des âmes. Avoir peut-être un peu de contrôle ; mais il est probable que je ne réfléchis de cette façon que parce que soudain, comme j'ai décidé de descendre voir le Krokodil, j'ai du temps.

À l'époque, c'était moi qui avais besoin d'aide. L'automne n'avait pas été tendre, et décembre nous a achevés. Dans le flot du quotidien, je l'avais pourtant oublié. J'avais volontairement détourné mon regard de l'enfant que j'avais été, de l'île, de Corentin et du Krokodil. C'était une page que j'avais tournée, et avec elle, toute la souffrance d'une année pas comme les autres.

Pourquoi est-ce que je me sens obligé d'y retourner, dans ce cas ? On se le demande. Mais je ne fais pas demi-tour pour autant, ça non. Je ne peux pas renoncer, pas maintenant, pas alors que je suis si proche, presque à le voir et le toucher. Je poursuis ma route, un peu ému qu'ils aient détruit le Krokodil, un peu triste aussi, et pourtant, mon cœur est plus léger.

Juin est magnifique et surprenant, presque décalé. Si je maintiens le rythme, je serai sans doute à Oléron pour midi. Est-ce que je me fendrai d'une douzaine d'huîtres, pour le cliché ? Non, sans doute pas. *On ne mange pas d'huîtres les mois sans « R »*. J'entends presque la voix de ma mère qui me fait la leçon dans le silence de ma caboche. D'accord, maman. Pour cette fois, la saison joue contre moi.

À mesure que la matinée avance, je retrouve des paysages familiers et les mots qui vont avec. Tout un vocabulaire acquis en quelques jours et pour l'éternité. Un langage de marin comme si, cet hiver-là, je m'étais offert à l'océan. Un pacte, passé entre lui et moi. Trois vœux, exactement. Je ne me souviens pas si j'avais été exaucé. Est-ce que l'île me réclame parce que je me suis éloigné de son souvenir au cours du temps, sans m'en apercevoir ?

– J'arrive, je murmure en comptant les kilomètres. J'arrive.

Elle m'a attendu jusque-là. Elle m'attendra bien encore quelques heures.

Corentin aussi m'avait donné l'impression de m'avoir attendu ; comme si nous avions convenu d'un rendez-vous dont je ne savais rien. Il m'avait fait un geste, et j'avais répondu d'un signe de la main avant de descendre à sa rencontre. Il m'avait observé à la manière de quelqu'un qui évalue une trouvaille étonnante, puis il m'avait donné son nom et je lui avais donné le mien. Ce mot de passe avait suffi.

C'était un garçon assez grand, quelques centimètres de plus que moi, un peu plus sec aussi, avec des cheveux frisés tirant sur le roux, et deux grands yeux clairs couleur de ciel d'hiver. Ses joues étaient rougies par le vent et l'effort, ses lèvres gercées par le froid. Il souriait de toutes ses dents, les poings sur les hanches, en conquérant. Et finalement, il avait hoché la tête, satisfait de ce qu'il avait vu en moi.

– Viens, dit-il. Je t'emmène dans ma planque ; faut que je récupère mes affaires.

Il passa devant et me conduisit jusqu'à celui des deux blockhaus le plus éloigné, au seuil d'une porte oblique et fissurée. Dedans, seule nous attendait l'obscurité. Mon guide ne ralentit pas.

– Suis-moi, et fais gaffe où tu poses les pieds.

À l'aide d'un porte-clefs lumineux en plastique, Corentin éclaira les quelques mètres de boyaux qui s'offraient à nous, et je lui emboîtai le pas. Dedans, ça puait abominablement ; un mélange d'air confiné, d'urine et de marée. Des débris de verre et d'autres choses traînaient sur le sable d'où des barres de métal tordues émergeaient parfois. Je tâchai de progresser prudemment et de respirer par la bouche.

– Celui-là, c'est le Krokodil, m'informa Corentin. Le grand à côté, c'est le Kondor. Il est fait pareil, mais je l'aime moins. Il a servi de bar il y a longtemps, entre la guerre et maintenant. Il est plus ouvert, tu vois ?

J'avais l'impression de voir. Ça voulait dire que le Krokodil était plus « fermé », et c'est bien ainsi que je le voyais. Dans ce noir total où nous nous trouvions, il aurait pu être immense, presque infini. Corentin nous mena jusqu'à une petite salle carrée si exiguë que son porte-clefs en éclaira tous les murs. Il me demanda d'attendre et s'accroupit pendant quelques secondes. Un briquet claqua deux fois et l'instant d'après, une lumière pâle et mouvante s'éleva de deux bougies blanches fichées dans de vieilles bouteilles de bière.

– Alors, qu'est-ce que t'en penses ?

J'observai autour de moi les murs criblés de dessins obscènes, de tags à demi effacés et de messages à l'orthographe approximative. Le blockhaus était une grotte sur les murs de laquelle des hommes avaient laissé des dessins esquissés là pour eux-mêmes et pour ceux qui descendraient dans les profondeurs après eux. Les chevaux de Lascaux étaient sans doute plus glorieux, mais l'intention restait la même.

Je suis descendu là avant toi, proclamaient les murs.

La lumière de la surface était bien loin derrière nous. Ici ne pénétraient que les initiés. Je me sentis soudain plus grand.

Corentin avait aménagé l'espace. Des caisses vides faisaient office de sièges sur le sol, et il avait accroché une sorte de besace en jeans à un bout de métal tordu savamment redressé pour jouer les portemanteaux. Sur le devant, une quantité impressionnante de pin's métalliques renvoyaient la lumière des bougies. Il y en avait tout un stock rangé dans une boîte à chaussures, et toute une équipe de GI Joe pour monter la garde sur le rebord d'une fenêtre aveugle. Si j'en jugeais par les emballages que je devinais dans la caisse défoncée qui servait de poubelle, il devait y avoir à manger aussi, mais ce trésor-là était planqué hors de vue. Je fis une moue approbative.

– Pas mal, dis-je.

Corentin rayonnait.

– Et t'es toujours tranquille, ici, affirma-t-il. Les gens aiment pas venir trop près, ça schlingue et c'est dangereux. Bon, que en hiver, c'est sûr, parce qu'en été, t'es tranquille nulle part de toute façon. Mais en été, je vide les lieux.

– Tu habites l'île ?

C'était une question idiote. Corentin roula des yeux.

– Ouais. Et pas toi, si tu demandes. Alors quoi, t'es là pour les vacances ?

– Ouais. C'est ma mère qu'a voulu.

Corentin grommela quelque chose et s'assit sur une caisse retournée. Là, il entreprit de s'essuyer les pieds avec un vieux chiffon et de remettre une paire de chaussettes grises et des chaussures en toile. Je n'avais même pas remarqué qu'il était pieds nus, et j'étais incapable de comprendre comment il faisait pour ne pas mourir de froid. Mon admiration pour lui augmenta d'autant.

– Tu viens fêter Noël en famille ? demanda-t-il en chassant les derniers grains de sable entre ses orteils.

La douleur trouva instantanément l'entrée des blockhaus, les couloirs, et ma poitrine. Elle se glissa en moi, à la fois aimante et hostile. Familière était le mot juste. *Elle fait partie de la famille.* Je fus sidéré de l'avoir laissée dehors jusque-là et de ne pas m'en être rendu compte. Je cherchai pendant quelques secondes des mots qui ne me déchireraient pas, et ils m'échappèrent tous en laissant de longues traînées cuisantes.

– Non, dis-je sans trembler, il n'y a que nous deux.

Un éclat rapide passa dans les yeux de Corentin, une question flotta sur ses lèvres, puis elle disparut comme elle était venue et il sourit. Mon soulagement dut être palpable. Corentin poursuivit.

– Bah, chez moi tout le monde est dans les parcs à huîtres de toute façon, alors ça va nous laisser du temps pour faire des trucs, si tu as envie.

– Des trucs ? Comme quoi ?

– Rien, je ne sais pas. On trouvera. T'es de la ville, toi, non ? Il n'y a que les gens de la ville qui croient qu'il n'y a rien à faire ici.

Le ton était salé et piquant, mais plein de chaleur amusée, et dans le fond, c'était assez vrai. Si j'avais dû être tout à fait honnête, l'idée qu'un autre enfant de mon âge soit présent ici en hiver ne m'avait même pas effleuré. À mes yeux, Oléron était l'île de l'été pour tout le monde sans exception. Qu'est-ce que je croyais, qu'elle cessait d'exister une fois que j'en étais parti ?

Cette considération me parut dangereuse. Si les choses n'existaient que pour moi, alors leur disparition était de ma faute. C'était une responsabilité effrayante.

– Ici, on est des rois, dit soudain Corentin, me ramenant au présent. Sur une île, t'es pas connecté au reste, même s'il y a le pont. C'est rien un pont, ça se casse, et les autres ils l'ont dans le fion. Dans ton île, t'es intouchable. C'est pas pour rien que les pirates avaient des îles, eux aussi. On est les rois du monde, ici.

Il avait le teint pâle, mon ami en devenir. En disant cela, ses longues mains aux doigts agiles jouaient avec le briquet et ses yeux d'orage brillaient à la lueur de chaque étincelle. Il me souriait. Quelque chose dansait dans ses yeux. Le monde lui appartenait effectivement de droit.

– On peut quand même venir en bateau, dis-je.

– Ah, mais, c'est pas pareil ! Ceux qui viennent en bateau ont le droit d'être ici. C'est les autres qui sont pas à leur place.

Étrangement, ses paroles firent sens.

– Une île, c'est un endroit à part. Moi, tu vois, je sais qui vient de l'île et qui est juste de passage. Ça se voit, je saurais pas te dire comment. Même sur toi. Mais bon, si tu habites l'île assez longtemps, tu finis quand même par être d'ici. Tu restes jusqu'à quand ?

– Jusqu'à l'année prochaine.

La formulation nous fit sourire tous les deux, et un pacte fut scellé silencieusement.

– Il peut s'en passer, des choses, d'ici là, dit Corentin, énigmatique.

Après l'océan, c'était la seconde promesse dont j'avais besoin. Quelque chose vibra en moi, quelque chose que je croyais disparu. Il y avait de la lumière et un lieu, un temps pour ne plus être englué. Ce que m'offrait Corentin, je ne savais même pas que c'était ce dont j'avais besoin avant de le rencontrer. C'était comme s'il m'avait tendu la main pour m'entraîner sur un chemin loin de l'inertie. Avec lui, je sentis que je pourrais, et cette unique certitude rendit possible tout le reste.

J'étais descendu dans l'obscurité, et voilà que je n'y étais pas seul. Il y avait là un garçon pour m'accueillir et m'offrir une rédemption de quelques jours, ou pour l'éternité. Un immense soulagement me gagna ; et l'envie fracassante de chialer comme une madeleine. Ce que je ne fis pas, heureusement, comment ruiner mon amitié naissante quelques secondes après l'avoir vue éclore, je vous le demande. Je ravalai mon émotion pour être validé. Corentin avait tout éclipsé, parce que j'avais si dramatiquement besoin de trouver quelqu'un, et que c'était lui. Cette complicité nouvelle me donna du courage.

– T'as quel âge ?

– Comme toi, je suppose. Douze ?

– Ouais, douze, pareil.

C'était un pieux mensonge ; inutile de lui préciser que je ne fêterais mon anniversaire qu'en janvier prochain, dans un peu plus de trois semaines. Corentin était de l'autre côté de l'année et je craignais qu'il ne me voie plus comme un copain potentiel s'il me savait plus jeune que lui.

– Viens, dit-il en se levant. Je t'emmène voir le Kondor.

Il prit sa besace et nous nous extirpâmes de la gangue de béton et de sable. Dehors, l'air nous frappa avec une force soudaine, galvanisante. Il fallut escalader la carcasse du Kondor, en meilleur état que son sombre voisin. Arrivé en haut, Corentin m'expliqua où était le bar, d'après ce que disaient les vieux. Il m'expliqua aussi que les deux mastodontes étaient plus hauts, avant. Perchés sur la dune par les Allemands, ils n'en finissaient pas de dégringoler et un jour, la mer les avalerait, dans pas si longtemps que ça.

– Tu te rends compte, on a de la chance de les avoir. Bientôt, ils seront plus là. Pour tous ceux qui viendront après, ben ils ne sauront même pas qu'ils ont existé.

Corentin m'annonça alors en grande pompe qu'il comptait garder le Krokodil, mais que je pouvais prendre le Kondor, si je voulais. Je répondis solennellement que j'étais d'accord et nous éclatâmes de rire comme deux crétins. Un blockhaus pour moi tout seul... Serait-il encore là, l'été prochain ? Et moi, où serais-je ? Si les blockhaus se laissaient avaler pendant l'hiver, pourquoi pas les enfants ? L'été prochain m'apparut fragile. Toute l'île me sembla soudain fugace, bientôt perdue. Comme tout le reste, non ? Une seconde vertigineuse, perché sur le bord. Puis la sensation disparut.

– Ils tiendront jusqu'à l'été ? demandai-je malgré tout, pour être sûr.

– Oh, oui, ils seront là, répondit Corentin. Ils n'avancent pas si vite que ça vers l'océan. Ça prendra des années. Il faudrait faire des photos et tout, pour les voir avancer. Viens, je vais te montrer où ils étaient.

Il dégringola de la paroi sans se soucier de la pente, sauta sur le sable humide et se mit à courir en direction de la dune. Un regard en arrière et je volai à ses trousses. Impossible de le rattraper, mais pas grave, je courais aussi vite que mes jambes me le permettaient. Quand je le rejoignis au sommet, nous étions tous deux en nage.

– C'était là, dit Corentin, les mains sur les hanches dans une position de conquérant. Ils les avaient placés au sommet de la dune pour voir arriver les bateaux ennemis en premier et les canarder depuis la côte. Ils en ont semé partout le long des plages de l'île, comme le Petit Poucet. Mais en vrai, ils étaient déjà là.

Il désigna la position des deux structures en étoile, de guingois sur le sable en contrebas. D'où nous nous trouvions, ils avaient l'air plus fragiles, déjà érodés par les embruns et la chute.

– C'est pas eux qui bougent, c'est la mer. Elle avance, et puis elle bouffe le sable, elle ronge tout, hiver après hiver, et les gros machins se cassent la gueule. Maintenant, la dune est derrière, et eux ils sont en bas. C'est comme ça.

– On peut pas empêcher la dune de reculer ?

– Bah si. En évitant de marcher dessus.

Corentin me jeta un regard entendu, puis baissa les yeux sur nos baskets à moitié englouties dans le sable et éclata de rire. Une seconde explosion de soleil éparpillée par la brise marine. Moi qui croyais que je ne pourrais plus jamais entendre quelqu'un rire sans avoir mal, quelle erreur ! Pas son rire à lui. Même si je ne le connaissais pas, le rire de Corentin m'attendait déjà au-delà de tout ça. Je crevais d'envie de le rejoindre, où qu'il soit. Le soulagement et la culpabilité s'affrontèrent une seconde, puis Corentin se tourna vers moi, et les doutes s'envolèrent.

– Allez viens, dit-il. Il nous reste pas longtemps avant que la nuit tombe.

Les heures d'après furent des heures folles, volées à la réalité.

On trouva du bois flotté pour faire des épées acceptables et après avoir échangé suffisamment de coups et de jurons, on esquissa sur le sable des dessins immenses que l'océan dévora. Une méduse titanesque, flasque et morte, retint notre attention et nous y perçâmes consciencieusement quelques trous pour voir l'eau couler. Puis nous enlevâmes nos chaussures et nous courûmes à la frontière des vagues avant de reculer en criant, et c'était à celui qui s'enfuirait le dernier devant les brisants. La houle nous chahutait et le sel couvrait notre peau. La plage n'avait jamais été à personne avant d'être à nous. La lumière décroissait lentement, libérant sur le sable la morsure de l'hiver et la nuit de décembre. Nous étions immortels.

Chapitre 3

Mon arrivée sur la côte a des airs de fête. Juin est généreux et le ciel est bleu jusqu'à l'infini. J'en viendrais presque à souhaiter être en vacances, mais dans deux jours, il faudra être de retour sur le front, que je le veuille ou non. Quitte à laisser revenir la réalité, j'en profite pour être prévoyant et je m'arrête au supermarché de Marennes pour m'acheter quelques vêtements de rechange, chaussettes et caleçons et consulter mes mails.

Quelques messages de collègues, une invitation à un anniversaire la semaine prochaine, et puis des factures à régler. Toute une vie résumée. C'est rigolo, en descendant en Charente et contre toute logique, il me semble que j'ai abandonné ma peau d'adulte derrière moi. Les kilomètres que j'ai mis entre mon quotidien et ma carcasse de vingt-trois ans semblent avoir dilué les responsabilités.

On passe la moitié de sa vie à attendre d'avoir vingt ans et quand ils arrivent, ils s'enfuient avant qu'on ait eu le temps de les vivre réellement. Les années disparaissent. Il me semble qu'il y a une poignée de minutes encore, j'étais un collégien. Tout s'estompe en ne laissant que des bulles de souvenirs, comme des flaques après la marée. Est-ce qu'en venant à Oléron je cherche à retrouver l'une d'elles ? Pour quoi faire, y replonger, si je l'ose ? Peut-être. Et dans trois jours, reprendre le cours de ma vie, comme si de rien n'était. J'avale les derniers kilomètres en refusant de m'en inquiéter.

L'île est verte et lumineuse, déjà chargée des parfums de l'été. Il y a des voiliers dans le pertuis, et les camping-cars se pressent sur la route. L'océan est bleu, magnifique et rassurant. Je suis étrangement heureux et je roule jusqu'à Vertbois sans réfléchir ; à peine étonné de trouver le chemin gravé dans ma mémoire. Le dernier virage, et je suis de retour chez moi. Chez moi...

Comme j'ai de la chance, la voisine est chez elle, elle a les clefs, et dix ans de ragots en retard. Il n'y a que lorsque mon ventre gargouille qu'elle consent à me relâcher.

– À votre âge, il faut se nourrir, c'est important.

Je suppose que tous les autres peuvent crever de faim.

Comme elle me l'a fièrement annoncé, le jardin a été entretenu avec amour par son mari en notre absence. On n'attend pas les premiers locataires avant la toute fin du mois, mais au cas où, on se tient prêt. Je me demande même s'ils n'ont pas poussé le zèle jusqu'à repeindre les volets, et je me promets de le dire à ma mère, qu'elle pense à les augmenter.

La maison a changé depuis cet hiver-là. Désormais, les volets sont mauves. La toiture a été refaite, et ça se voit. Les arbres sont jeunes, ou penchés, ou les deux, et parfois ce ne sont plus les mêmes. On a arraché le liseron qui faisait ployer la clôture. Il y a maintenant un grillage solide, fermement dressé entre chaque piquet luisant. Je ne peux plus sauter par-dessus. Fichu âge adulte qui nous empêche de voler.

La serrure accepte mon offrande et me laisse entrer. Là encore, du nouveau, partout, qui me saute au visage. Le canapé a été changé, forcément, et le tapis, et tout ce qui avait la malchance d'être au sol. Dans la cuisine, le plan de travail et les placards ont été repeints, thème maritime et mouettes de métal en vol stationnaire au-dessus de l'évier. On se croirait dans un magazine de décoration. C'est bien, c'est neutre. C'est moins dur, comme ça.

Le poêle est resté le même ; mais mon pauvre vieux, tu dois servir encore moins qu'avant ! Pourtant, je t'ai vénéré à l'époque, quand je me recroquevillais à tes pieds, enroulé dans un plaid qui a dû finir à la poubelle il y a une éternité. Cette idée me fait lever les yeux en direction de l'escalier, et je pourrais presque voir mon fantôme sur le palier. Dieu que j'ai l'air triste. Noyé. Un cauchemar horrible, qui ne voulait pas me lâcher. Une première nuit prophétique, et un message d'avertissement que je n'ai pas su écouter... mais c'est si facile de faire une analyse *a posteriori*. Et, à l'époque, j'avais bien assez de mes traumatismes présents à gérer pour me soucier des autres. Je ne pensais de toute façon pas que je pouvais couler davantage.

Et là, dans la lumière d'été, ne suis-je pas heureux ? Plus que je l'ai été. J'aurais tant à dire à l'enfant qui se tenait là-haut, désespéré. Tant à lui dire… Mais ce n'est pas dans ce sens que les choses se passent. En réalité, c'est lui qui m'a tout appris de moi.

Je m'étais éveillé bien avant l'aube, en nage, à l'issue de cette première nuit à Oléron. Les débris de mon rêve avaient mis un temps fou à s'éparpiller. L'explosion d'une supernova onirique ; la nébuleuse de mes souvenirs illumina une chambre que je ne reconnus pas où flottait une lumière grise. J'avais oublié de fermer le velux. Le froid était mordant et humide, un vrai froid de décembre. Je grelottais dans mon lit, essayant de reprendre possession de mes esprits.

De quoi s'agissait-il exactement ? Il ne me restait que quelques images et une poignée de sensations étouffées. Un monde sans couleur, vaste et mouvant. Je cherchais quelque chose là-bas également. J'essayai de me souvenir de quoi, mais les détails m'échappèrent, dilués dans le courant. Je lâchai prise et laissai le reste se dissiper. Impossible de me rendormir, désormais. Je me levai et quittai la chambre sans faire de bruit.

De l'extérieur montait le bruissement du vent dans les pins. À l'intérieur, l'air était glacial. J'aurais pu être en dehors du monde, ou encore perdu dans mon rêve. J'aurais pu désespérer. Il y avait de quoi. Pourtant, hier, après Corentin, j'avais cru me souvenir de ce qu'était la joie.

J'avais couru depuis la plage jusqu'aux arbres, et la nuit de décembre était déjà tombée lorsque j'avais repris le chemin de la maison. Je n'y voyais qu'à quelques mètres ; les taches blanches du sable qui se devinaient sous le tapis d'aiguilles. Il ne devait pas être tard, pourtant, dix-sept heures, peut-être. La nuit la plus longue était derrière nous, mais pas bien loin. Je courais pour lui échapper. Mon souffle était brûlant parce que l'air était glacé, mes muscles me faisaient mal parce que je manquais d'exercice, et ce retour n'en finissait pas. La forêt ne me dévora pas, cependant. Rien ne prend fin aussi facilement.

Je retrouvai la maison, sautai par-dessus la palissade, courus jusqu'à la porte, et la chaleur me tétanisa dès que je la franchis. Puis, une autre forme de combat s'imposa.

– Je me suis fait un sang d'encre !

Ma mère avait fait irruption devant moi sans que je puisse deviner d'où elle arrivait. Elle était vêtue d'un pull épais de laine blanche qui lui donnait l'air d'un spectre, avec sa peau blafarde et ses yeux cernés. Et elle était furieuse, ça ! Mais moi aussi, j'avais plein de rage à dépenser ; toute la culpabilité d'avoir été heureux ne cherchait rien d'autre que quelqu'un à écraser pour compenser. Je me suis d'abord laissé mordre, parce que je savais que ça me donnerait la force de répliquer.

J'encaissai tout ; je n'avais pas d'espace pour fuir de toute façon. Ma mère laissa libre cours à sa colère et à sa déception. Les voisins qu'elle avait dérangés. Le tour en ville, les questions aux commerçants. Elle était à deux doigts d'appeler la police, *la police, est-ce que tu te rends compte ?* Il était presque dix-huit heures et sûr qu'à dix-huit heures, elle les aurait appelés.

– Tu savais où j'étais, protestai-je.

– Tu sais quelle taille elle fait, cette plage ? Ça ne va pas bien de partir aussi longtemps tout seul ? Tu aurais pu te faire embarquer par des gens !

– Des gens, il faudrait qu'il y en ait, pour commencer !

Je sentis le point de rupture, je poussai dans sa direction.

– C'est toi qui as décidé qu'on allait passer Noël dans ce coin pourri ! T'as décidé ça toute seule, comme tout le reste !

Quel reste ? Aucune idée. Tout ce que je savais, c'était que ça me faisait du bien de penser qu'elle était responsable de ce reste-là, qui me rongeait de l'intérieur, comme le petit garçon à Sparte avec son renard. Cette histoire avait traumatisé mon premier trimestre de sixième. Mangé de l'intérieur... Toutes griffes dehors, je bouffais ma mère. Chacun son renard. Moi, je ne partirais pas sans me battre, même si je savais bien que ça ne changeait rien. On peut être aussi courageux qu'on veut, le renard vous bouffe quand même à la fin.

Ma mère se laissa manger, elle, et je ne l'en dévorai qu'avec plus d'appétit.

– J'en ai marre que tu choisisses tout ! Tu fais comme si j'étais pas là, mais t'es quand même tout le temps sur mon dos à me faire des reproches et j'en ai marre ! Tu ne penses jamais qu'à toi, tout le temps ! Tu ne t'intéresses jamais à ce que je pense ou à ce que je veux, et je te déteste !

Ce dernier mot m'avait brûlé de l'intérieur. Le renard et mon cœur.

– Tu n'as pas à t'en aller sans prévenir ! avait hurlé ma mère, les yeux déjà liquides. Tu ne comprends pas que je m'inquiète ?

– Je m'en fous que tu t'inquiètes ! Je m'en fous, t'entends ? Je m'en fous ! T'as qu'à pas me chercher ! De toute façon, t'en as rien à foutre de moi, en vrai ! T'as qu'à plus me chercher, jamais !

Et je l'avais bousculée pour gagner l'escalier. La porte de ma chambre avait claqué contre le mur. Le carré clair du velux donnait sur un ciel chargé. Du coup, je n'avais pas pensé à le fermer, parce qu'il faisait déjà presque nuit. J'avais serré les poings jusqu'à m'enfoncer les ongles dans la paume, jusqu'à me faire mal, et les larmes avaient fini par sortir. En bas, il y avait de l'écho. Quelqu'un pleurait dans les profondeurs.

Plus tard, j'avais décidé que je ne descendrais pas manger parce que de toute façon, je n'aurais rien pu avaler. Ma mère m'avait peut-être appelé, et je n'avais pas répondu. À la place, j'avais dû aller me coucher. Puis j'avais fait ce rêve dont je ne parvenais pas à me souvenir. La dispute, par contre, je savais qu'elle ne disparaîtrait jamais. Je l'avais regrettée au moment même où elle s'était produite, et pourtant j'en éprouvais une joie féroce qui me brûlait comme de l'acide. Chaque mot s'était gravé dans ma mémoire, terrible et oppressant. J'avais l'impression d'avoir dépassé une limite floue que j'avais crue infranchissable. À présent, j'étais de l'autre côté. Qui serais-je, désormais ?

Il y aurait toujours un avant et un après. Un avant où il n'était pas nécessaire de lui en vouloir, où il n'y avait pas toute cette colère entre nous, partout, dans le monde et dans notre vie, toute cette inquiétude, toutes ces épines qui vous empêchaient de bouger et de vivre parce qu'elles vous tenaient trop serrées. Impossible de respirer dans ces conditions. Et puis, debout dans le couloir et le gris de l'aube, sur le chemin des toilettes, mon rêve m'était revenu.

Sous l'eau, impossible de remonter à la surface. Au-dessus, des vaguelettes qui se succédaient et me séparaient de l'air, une frontière mobile que j'étais incapable de rejoindre, et un goéland qui veillait. Si je remontais, l'oiseau me tuerait, comme il avait tué tous les marins tombés de tous les bateaux d'autrefois. Je pouvais rester sous l'eau ; les goélands ne plongent pas, j'en étais presque sûr. Sous la surface, je ne respirais pas, mais j'étais en sécurité. Le goéland me surveillait de son œil jaune. Puis, contre toute évidence, l'oiseau avait pourtant plongé droit sur moi, les ailes repliées contre son corps, et s'était enfoncé dans l'eau vite, si vite, que j'avais poussé vers le fond pour lui échapper. Plutôt les profondeurs que le goéland. Alors, il avait ouvert le bec et des bulles s'en étaient échappées.

– Pense à respirer, avait-il dit. N'oublie pas de respirer.

J'avais émergé du rêve en apnée, aspiré l'air avec violence, et m'étais blessé la gorge sous l'effort. Enfin, j'avais découvert la chambre et le clair-obscur de l'aube. Comment avais-je pu l'oublier la seconde d'après ? Comment des choses aussi puissantes pouvaient-elles se produire, et disparaître sans laisser la moindre trace ? Mon cœur battait trop vite, mais ma respiration était douce et lente. Je respirais. Je n'avais pas fini de me noyer, pourtant.

La maison me sembla soudain trop vide et trop froide et je ressentis le besoin de faire semblant de vivre, au moins un peu. Je gagnai la cuisine pour donner le change. En bas, tout était éteint, mais le poêle n'était pas tout à fait mort et il diffusait encore une aura de chaleur tendre. Je pris dans le placard du haut le bol à oreilles qui portait mon nom et y versai mes céréales favorites, que ma mère n'avait évidemment pas oublié d'acheter la veille et qu'elle avait laissées sur la table pour que je n'aie pas besoin de les chercher. J'eus un pincement au cœur en songeant de nouveau à la dispute, mais la sensation était déjà engourdie, détachée de moi et du présent. Le temps de verser le lait dans le bol et les céréales se noyèrent, elles aussi. Elles émirent un bruit infâme de boue fraîche propre à me couper l'appétit, mais ce n'était pas comme si j'avais réellement faim, alors…

Je gagnai le salon et posai mon bol sur la table basse pour me préoccuper du feu. Trouver le loquet, rajouter du bois, souffler sur les braises et guetter la première flamme avant de refermer. Je m'enroulai dans un plaid, en tailleur sur le tapis, mon bol entre les mains. Bientôt la chanson du vent au milieu des flammes couvrit celle de mes mâchoires broyant sans enthousiasme les grains de riz soufflés. Je savais donc ranimer un feu. Peut-être avais-je réellement grandi. Loin de me rassurer, cette idée me rendit triste.

L'été dernier encore, la maison était pleine de sons dès l'aube. Une odeur de sable tiède pénétrait par le vasistas ouvert dans la cuisine, et le chant de la mer et des grillons – à moins que ce ne soient des cigales, mais comment faire la différence ? – charriait la promesse des heures chaudes. Le plancher était frais sous mes pieds nus, et le lait froid chassait la léthargie nocturne. J'étais aussi assis sur le sol, l'été dernier, pas au pied du poêle bien sûr, mais à la porte de la véranda, pour observer le bleu du ciel.

J'étais tout-puissant, parce que je m'étais levé avant mes parents qui dormaient encore. L'été dernier, ça m'avait fait plaisir de constater que j'avais grandi. J'étais certain que cet été allait tout changer, parce que je n'étais plus un enfant. Je le percevais dans la façon dont on me traitait ; j'avais le droit de respirer plus loin. J'avais la sensation que le monde m'était soudain offert, et que la vie se dessinait devant moi, simple et lumineuse. Et puis, ces promesses s'étaient brisées sous le poids de l'automne.

L'automne comme une masse intouchable, une sphère de feuilles écarlates, d'odeurs d'encens, de lumières trop vives et d'yeux trop rouges. L'automne comme un mot bruyant, fait de milliers de cris d'enfants dans la rue, qui allaient en cours, et moi pas. L'automne comme un chaos de jours désordonnés, dont je n'avais rien retenu en dehors de larmes et de moments brisés impossibles à remettre dans l'ordre. Un miroir au sol, aux arêtes tranchantes. L'automne que je n'avais pas vécu. Cet automne-là avait taillé dans ma vie une frontière infranchissable, me privant pour toujours de ce que j'avais pris pour acquis. Après l'automne, la seule chose qui demeurerait à moi pour toujours, c'était la douleur.

Le vent s'engouffra soudain par le conduit du poêle et fit danser les flammes contre le verre noirci de la porte. Dehors, la nature bruissait, secouée d'un intense frisson. Moi-même, je frissonnai sous le plaid et avalai sans enthousiasme une nouvelle cuillerée de céréales. Le dégoût me trouvait déjà. En me levant le matin, j'avais faim, vraiment. Mais dès les premières bouchées, la nausée gagnait invariablement, et tout se fermait en moi. Il fallait pourtant que je mange un peu, sans quoi je risquais de me farcir une nouvelle série de visites chez le pédopsy, et c'était vraiment le dernier cadeau de Noël dont j'avais envie. Au bout de quelques efforts, je lâchai néanmoins l'affaire, vidai le reste du bol dans les toilettes et tirai la chasse. Juste à temps. Je déposai le bol dans l'évier lorsque ma mère s'engagea dans l'escalier. Elle était au téléphone.

– Tu as mangé ? murmurèrent ses lèvres en silence.

Je hochai la tête et resserrai le plaid autour de moi avant de retourner devant le poêle. Elle, elle fit claquer les portes du placard, prépara son café et agit comme chaque matin, sans paraître se souvenir de cette dispute qui nous avait écorchés la veille au soir. Loin de me rassurer, cette désinvolture m'agaça. En réalité, comme je m'en rendis compte très rapidement, elle avait juste un autre chat à mater, et il était bien plus gros que moi.

– Je sais bien, maman, mais c'est mieux comme ça, je t'assure.

Je me raidis. Nanie. Depuis octobre, elle appelait bien plus souvent. Ça partait d'une bonne intention, disait maman. Sauf que Nanie pavait l'enfer avec un enthousiasme destructeur. Les appels qui venaient d'elle et qui ne brisaient pas ma mère étaient plus rares que les jours de soleil en hiver. J'en étais venu à les redouter, stupéfait de ne jamais avoir deviné le monstre caché derrière ma grand-mère et incapable de comprendre comment on pouvait être à la fois si bien intentionné et si nuisible.

– Elle a un certain talent pour abîmer ce qui est déjà cassé, avait dit ma mère une fois quand je lui avais demandé ce qui la mettait dans des états pareils.

L'espace d'un instant, je trouvai un peu dur que ma mère ait à se battre sur tous les fronts, sans pour autant parvenir à renoncer à mes propres canons.

– Oui, je comprends ton point de vue, poursuivit-elle sur le ton de l'infinie fatigue, mais vraiment, la fête à quinze avec les enfants de Paul et leurs enfants, la dinde, l'alcool et le reste, c'est au-dessus de mes forces.

Le mug aux étoiles heurta le plan de travail avec un « poc » très expressif. Les doigts crispés autour de la Voie lactée, ses phalanges toujours plus blanches, ma mère se retenait à ce qu'elle pouvait. Les mots suivants furent soufflés et collants comme les céréales de mon bol et ils se glissèrent dans les interstices du silence.

– Alors c'est mon fils, maman, et c'est encore à moi de décider de ce qui est le mieux pour lui, et non, je ne crois pas que ça lui aurait changé les idées d'être tout seul au milieu d'une armée de familles heureuses, d'accord ?

L'exaspération montait, pas de doute possible. Je retins ma respiration sous la surface, sous l'œil jaune du goéland. Les vagues grises enflaient au-dessus de moi.

– Je ne lui impose pas ma dépression et excuse-moi encore d'être malheureuse ! On ne peut pas tout gérer comme tu le fais, et moi, j'aimais Ludovic, d'accord ?

Le silence qui suivit était si épais et si noir que mon estomac se tordit de protestation. Je serrai les dents. Ce n'était pas mon combat, mais il me blessait pourtant, comme si la douleur de ma mère me parvenait par capillarité. Mon cerveau s'accrochait aux détails pour échapper à l'essentiel. Ludovic, se souvint-il. Le nom de papa. Combien y avait-il d'autres Ludovic dans le monde ? Est-ce que je courais le risque de croiser ce prénom souvent ? Et si oui, est-ce que ça ferait mal à chaque fois ?

– Je ne dis pas que tu n'aimais pas papa, gémit ma mère dans la cuisine, je dis qu'on gère tous différemment. Écoute, je n'en peux plus, là, d'accord ? J'ai mal à la tête, je suis fatiguée de tout ça, et je t'ai déjà dit non. Est-ce qu'on peut arrêter là ?

Bien sûr que non. Nanie n'était pas du genre à abandonner. Elle essaya de nouveau, certaine qu'on l'avait mal comprise, et enfonça les maigres défenses de sa fille sans aucune précaution. Je me recroquevillai sous le plaid, tâchant d'oublier ma propre présence.

– Je te remercie pour tyrannique, je vais pouvoir le ranger avec les autres sur l'étagère, entre incompétente et hypocondriaque.

La discussion sombra. Sombra, comme un navire, tout au fond de l'océan.

– Ouais, ouais, je sais. Tu as raison, comme d'habitude. C'est toi qui sais ce qui est bon pour tous les autres, toujours, je n'ai pas oublié. Je te le passe.

Dans ma tête, je bondis sur mes pieds et je courus loin, genre vraiment loin, jusque dans la plus profonde des cavernes, là où on n'aurait jamais pu me retrouver et où je n'aurais jamais eu à parler à qui que ce soit. Dans la réalité, bien évidemment, je restai tétanisé tandis que ma mère m'apportait le téléphone et repartait aussi sec en direction de la cuisine vers une volée de placards et une tasse de café noir. Je collai l'appareil contre mon oreille.

– Bonjour bouchon, commença Nanie exactement comme si j'avais six ans. Ça va mon grand ?

Une pensée fugace m'assaillit, pestant que je ne pouvais pas être à la fois grand et petit, mais c'était exactement comme ça que je me sentais, alors je ne dis rien et attendis que ma grand-mère poursuive, ce qu'elle n'allait pas manquer de faire. Nanie n'était pas le genre de femme à avoir besoin qu'on lui réponde.

– Je demandais à ta mère si tu ne regrettais pas trop de ne pas être avec tes cousins pour les fêtes ? Il y aura tout le monde à la maison : Nicolas, Blandine, Thomas, Audrey et Lilian, avec leurs parents. Tu vas leur manquer.

Étrangement, à cet instant, la scène s'imposa à moi. Tous présents dans la grande salle de la maison de Corrèze, avec le labrador ventru, les guirlandes pelées et les tomates cerises bon marché. Je vis mes cousins, comment ils me regarderaient, et ma gorge se serra.

– Je préfère être avec maman, balbutiai-je.

Je n'en avais pas conscience jusqu'à présent, mais cette seconde acheva de sceller ma certitude. Il valait mieux pour moi que je sois à Oléron. Tout, plutôt que d'affronter ce qui se trouvait au-delà du pont.

– Oui, je m'en doute, c'est pour ça que je lui ai dit qu'il fallait que vous veniez tous les deux, mais elle me dit qu'elle pense que tu es mieux là-bas.

– Elle a raison. J'avais pas envie de voir les autres, Nanie. C'est moi qui lui ai demandé.

– Tu... Ah ? Je ne savais pas mon grand. Mais tu sais, tu peux changer d'avis à tout moment, hein ? Si finalement vous voulez venir, moi, je vous compte quand même, d'accord ? La maison n'est pas loin, vous pouvez être là en quelques heures.

Ma grand-mère n'aimait pas perdre. Après avoir raccroché, elle dirait sans doute aux autres que nous allions réfléchir, que nous n'étions pas sûrs. C'était si dur pour elle, d'avoir tort… Je la laissai poursuivre un peu, mais pas plus que nécessaire.

– Merci Nanie, plaçai-je quand elle me laissa le temps pour les formalités qui libèrent. L'année prochaine, peut-être.

Je raccrochai, expirai lentement pour ne pas me blesser, et me tournai vers ma mère. Adossée au plan de travail de la cuisine, les deux mains serrées autour de son mug étoilé, elle m'observait, manifestement stupéfaite.

– Merci.

Au début, je ne compris pas, puis je me souvins que j'avais affirmé que c'était moi qui avais choisi d'être là, et que ce n'était pas la vérité. Maman le savait. Je haussai les épaules, faute de savoir quoi répondre.

– De rien.

Ma mère se resservit dans un silence empli de fragrances amères et finement torréfiées.

– On n'irait pas en ville, cet après-midi ? Voir les gens, les magasins ? Te trouver un cadeau, peut-être ?

Je pensai à Corentin et au Krokodil. J'eus très envie de dire que non, puis je me souvins de la dispute de la veille. Je pouvais me forcer, un peu. L'accompagner, le temps de quelques heures.

– Oui, dis-je alors. D'accord. Si tu veux.

Chapitre 4

J'ai ouvert toutes les fenêtres, respiré l'air du large, récolté du soleil, et tourné en rond. Ensuite, j'ai repris la voiture avec l'intention d'aller faire des courses, puis je me suis souvenu que j'étais là pour quelques jours à peine, que je repartirais peut-être même dès demain, et j'ai roulé jusqu'à Saint-Pierre en me disant que ce serait tout aussi bien de manger là-bas. Jour de marché ! Quelle chance. Je galère pour me garer, l'estomac dans les talons et trop de touristes pour la saison. Une fois que j'ai fini de débloquer une nouvelle compétence en parking créatif, je gagne les rues piétonnes blanches et bondées, et je me cherche un petit restaurant.

La ville est différente de celle que j'ai gardée dans mes souvenirs. Elle aussi a changé, mais elle n'a pas vieilli, contrairement à moi. Elle semble plus jeune, plus fraîche dans le soleil de juin, avec ses jolis pavés et ses tuiles rouges, sa myriade de fanions colorés et ses promeneurs. Les façades sont sablées et le soleil, éclatant. Je ne marche pas dans mes souvenirs, j'en découvre de nouveaux, qui ne demandent qu'à réenchanter les anciens.

Je me fonds au milieu de la foule en essayant de savoir, rien qu'au visage, qui est de l'île et qui ne l'est pas. Corentin avait affirmé que c'était possible, mais je suis moi-même un étranger ici, et à mes yeux, tout le monde l'est également. Même le serveur qui m'accueille sur le pas de la porte du bistrot ne fait pas assez couleur locale. Est-ce qu'il reste des insulaires ? Je suis persuadé que oui. C'est juste moi qui ne sais pas les reconnaître.

Je rentre dans l'établissement et je me glisse sur une petite banquette, tout au fond, dans l'ombre et si loin de l'éclat lumineux de la rue. À une autre table proche, une jeune femme essaie de calmer une petite fille qui hurle à pleins poumons. Le serveur m'amène la carte et lui propose une grenadine, ce qui réduit immédiatement le volume sonore à quelques reniflements indignés et un bruit intermittent d'aspiration. Fort de sa victoire, il revient avec un sourire éclatant pour que je lui commande une entrecôte et des pommes de terre. Quand il s'éloigne et que je regarde autour de moi, je reconnais finalement l'endroit, malgré le changement de nom, de propriétaire et de décor.

Les images se superposent, difficilement. Elles ne se laissent pas faire, il y a un monde qui s'est écoulé entre le passé et le présent. On pourrait penser qu'en retournant à un endroit, on réveille les souvenirs et les ambiances qui vont avec, et puis on se rend compte que ce n'est pas le cas. C'est ça aussi, devenir adulte : c'est quitter un état dans lequel on reste persuadé que tout sera immuable, et que si on ne profite pas d'un lieu ou d'un moment, il restera là, à nous attendre, intouché et identique. On ne sait pas ce que l'on peut perdre. On ne sait pas que les choses s'achèvent.

Mais enfin, je reconnais le lieu, et je compare mes souvenirs à la lumière du jour. Un hiver contre un été, la nuit contre la luminosité. Pas de doute, mes pas m'ont ramené dans ce bar où nous avions fini par trouver refuge, ma mère et moi, après cet interminable après-midi de marche sous la bruine glaciale. Je ne sais plus ce que nous étions venus chercher en ville, peut-être un fantôme de soulagement. Dans ma mémoire, même si une dizaine d'années seulement me sépare de ce moment, il est teinté d'une telle tristesse que j'en viens à douter que nous ayons pu tenir debout, vivre, et fuir. Nous étions si résilients. Nous le sommes toujours, je suppose. Pour la dixième fois depuis ma sortie du périphérique, je me dis qu'il faudrait que je rappelle ma mère. Je ne le fais pas. C'est un peu comme si elle était là avec moi, de toute façon.

Si je ferme les yeux, je nous verrai assis un peu plus loin, sur des canapés disparus, ombres fantomatiques d'un temps enfui, et j'entendrai peut-être les pas humides des derniers passants, et les chants de Noël qui s'élevaient dans l'obscurité. Des hymnes lancées au ciel, un message sucré d'espoir et de joie mêlée.

Mais qui essaient-ils donc d'invoquer ?

La ville était luisante sous la pluie, et les décorations de Noël balançaient leurs reflets jaunes sur le bitume mouillé. Il y avait des gens, étonnamment. Plein. De la musique sortait de haut-parleurs accrochés aux murs, des trucs anciens et grésillants qui traversaient le temps et les conditions météo pour nous parvenir. Les boutiques sentaient bon et fort ; trop de parfum, de lumière et de chaleur. Elles vomissaient sur le trottoir une débauche d'enthousiasme festif. Des éclats de voix et de rires perturbaient les accords des violons et ricochaient entre les gouttes de pluie. Tout était beaucoup trop vivant.

Ma mère et moi avancions au milieu de la foule, et nous prenions garde à ignorer soigneusement les familles qui marchaient près de nous dans le courant. Nos regards glissaient sur les passants sans s'y arrêter. Pour donner le change, nous faisions semblant de nous intéresser aux vitrines. L'espace de quelques secondes perdues, d'une boutique à l'autre, nous tâchions d'oublier qui nous étions, et ce que nous avions perdu. Peut-être que vivre se résumerait bientôt à ça ; une illusion de musique et de lumière, une pantomime évanescente aux reflets factices. Un semblant de quotidien à la peinture craquelée.

Pour moi, cette fausse légèreté rendait juste tout le reste plus acide. Pas étonnant qu'il soit si difficile d'avaler quoi que ce soit. De temps en temps, ma mère me montrait quelque chose dans une boutique, ou me parlait, et je répondais avant d'oublier la seconde d'après ce dont il était question. Tout était abominablement étouffant, et mon désir d'océan n'en était que plus puissant. J'avais envie de rejoindre Corentin.

La rue principale n'était pas assez longue pour nous engourdir, et pourtant, elle était interminable. À un moment, il faudrait faire demi-tour, et rentrer dans la maison vide que le poêle avait du mal à garder chaude. Là, j'irais sur le rivage. Mais ma mère devait redouter le retour, car elle ralentissait peu à peu. Elle entra dans une boutique de chocolats et acheta de quoi subvenir aux besoins d'une famille de cinq personnes affamées, ignorant mon regard affolé. Rien que de les voir, j'avais l'impression qu'on allait me forcer à les manger et j'en eus le cœur au bord des lèvres.

Ma mère, elle, testa tout. Du chocolat au lait, du chocolat blanc, des pralines. Du réconfort nappé de caramel, de l'énergie facile à avaler, qui se mangeait sans laisser le temps au dégoût de gagner. Je refusai aussi poliment que possible ceux que le vendeur me proposa et attendis que ma mère finisse sa dégustation avec une impatience docile. Elle ferma les yeux, et un regain de couleur lui monta aux joues. Elle eut soudain l'air apaisée. Je regrettai de ne pas parvenir au même résultat, que ce soit avec du chocolat ou autre chose.

– Tu es sûr que tu n'en veux pas, Mathieu ?

Je hochai la tête, bien déterminé à ne rien accepter susceptible de me faire vomir tripes et boyaux dans le caniveau. Ma mère régla ses achats, qu'elle s'estimait manifestement capable d'engloutir seule sans aucun problème. Nous quittâmes la boutique sous de lourds nuages gris qui jetaient sur nous une ombre crépusculaire.

– Qu'est-ce que tu voudrais faire, maintenant ?

– Je voudrais rentrer.

J'aurais sans doute dû essayer de paraître moins malheureux dans ma demande, mais j'étais devenu malhabile avec les mots depuis que j'avais découvert que leur sens était variable. Ils se dérobaient traîtreusement sous ma langue ; je trébuchais sur eux comme sur les pavés disjoints d'une route instable. Le sourire de ma mère se figea et ses yeux se perdirent quelque part où je n'avais aucune envie de la suivre. Puis, elle eut un sourire creux et me désigna le café faisant l'angle de la rue.

– Je voudrais boire quelque chose avant. Le chocolat m'a donné soif. Allons prendre une boisson chaude, tu veux bien ? Tu pourras prendre un gâteau si tu as envie.

Plus de sucre ; merveilleux. Malheureusement, ce n'était pas une vraie question, et ma mère poussait la porte avant que j'aie eu le temps de répondre. Je la suivis en me demandant intérieurement ce que nous essayions vraiment de fuir, et si ça en valait la peine. À l'intérieur, le volume sonore était élevé et les banquettes, rouges et profondes. Nous nous installâmes dans un coin, et un serveur se matérialisa devant nous avec les menus. Je posai les yeux dessus sans même chercher à lire et je laissai ma mère commander un thé de Noël, un chocolat chaud et un cheese-cake à partager.

Autrefois, le cheese-cake était mon dessert préféré. Peut-être devrais-je songer à en changer. N'aurait-il pas été important de marquer une différence ? De changer de goût, de préférence, de vie, de comportement, d'attente, de tout ? Sinon, est-ce que les habitudes ne risquaient pas sans cesse de me rappeler ce que j'avais perdu ? Oui, mais et si changer, c'était trahir et perdre à nouveau ? Toutes ces questions, Tino Rossi en fond sonore, et ma tête prête à éclater... J'avais envie que quelqu'un me dise ce qu'il convenait que je fasse, comment me comporter, mais je savais déjà qu'il n'existait aucune réponse évidente. Même si j'étais encore un enfant, j'avais dépassé cette grande illusion qui nous laissait croire que les adultes possédaient toutes les solutions. Et quand bien même je ne l'aurais pas encore appris, un regard à ma mère après les événements aurait suffi pour voir qu'elle était aussi perdue que moi. Plus solide, peut-être ; mais perdue pareil.

Le serveur revint avec les boissons fumantes et le gâteau et je me rendis soudain compte que nous n'avions pas échangé une parole depuis son départ. Ma mère affichait un demi-sourire crispé. Elle se demandait sans doute ce qu'elle avait fait de mal, où elle s'était trompée, et ce qu'elle pourrait dire pour briser la glace figée entre nous. J'aurais pu lui expliquer qu'elle n'y était pour rien, qu'elle n'avait pas les réponses que je cherchais, mais ça aurait juste eu pour conséquence d'étaler son impuissance, et je ne voulais pas lui infliger ça. À la place, je souris, pris ma cuillère, et goûtai le cheese-cake malgré les protestations de mon estomac dès la première bouchée. Tout était brouillé. Les codes, les mots, mon estomac, et le paysage derrière les vitres mouillées.

En moi, des choses se mirent à fondre et à descendre pour aller se figer plus loin, à un nouvel endroit qui les accueillit avec une réticence fébrile. Je m'évertuai à laisser couler, même si cela me demandait une énergie folle. Je me pris à penser à la cire des bougies, sur le gâteau d'anniversaire. La cire, et tout ce qu'on pouvait faire avec. Des cierges. Enterrer des morts. Le visage des morts en cire pareille, tellement éloigné de celui des vivants.

– Quand tu m'as emmené voir papa, il était différent, dis-je soudain. On n'aurait pas dit que c'était lui. On aurait dit qu'il n'avait jamais été vivant.

Je me suis même demandé s'il l'avait réellement été, ajoutai-je intérieurement.

Était-ce parce que j'avais laissé fondre quelque chose que je n'aurais pas dû, et que ce qui était figé avait pu se libérer ? Les mots étaient sortis, aussi brûlants que des gouttes d'acide perdues dans l'océan des discussions. Ils sonnèrent plus fort, traversèrent tout et bourdonnèrent dans ma tête longtemps après que je les ai eu prononcés. Ma bouche s'était décidée à parler alors que je ne lui avais rien demandé, et elle venait de vomir un autre de ces trucs que je refusais d'avaler. La cuillère avait mordu dans la crème blanche et ferme du cheese-cake, et le coulis rouge se glissait dans la faille. La nausée m'envahit. Je lâchai la cuillère doucement, pour éviter qu'elle vienne tinter sur la faïence. Je n'osai pas relever les yeux. J'ignorais si je devais ajouter quelque chose ou pas. Dans le doute, je m'enfonçai.

– On aurait dit, je ne sais pas... une statue de lui. Mais pas lui.

Et ensuite, j'attendis, pitoyable, tremblant, craignant un danger dont je ne savais rien. À cet instant, le monde pouvait partir dans des milliers de directions différentes, qui dépendaient toutes de ce que ma mère allait dire. Si elle allait se mettre à pleurer, ou se mettre en colère, ou me rétrograder dans ce rôle d'enfant qui me gênait aux entournures parce qu'il était devenu trop étroit pour tout ce que je ressentais et qui était vaste comme l'océan. Il y avait mille façons de me répondre, et j'avais peur de celle qu'elle allait choisir, mais je ne pouvais pas le faire à sa place. Peut-être qu'elle le sentit. Elle prit son temps.

– Non, me répondit-elle en tournant sa cuillère dans son thé. Tu as raison. Moi non plus, je ne l'ai pas reconnu. On n'aurait pas dit que c'était lui.

Son regard se perdit au loin, là où je ne pouvais pas la suivre.

– Et ce n'était pas lui en fait, tu sais ? C'était juste son corps. Et s'il semblait différent de d'habitude, c'est parce qu'il était embaumé, tu comprends ? Je ne sais pas exactement comment ça se passe, mais quand les gens meurent, on les embaume, pour que le corps se conserve mieux. C'est pour ça qu'il avait l'air un peu bizarre, d'accord ?

Le conserver pour qui, exactement ? songeai-je.

Les mots sortaient vite ; ma mère essayait de paraître sûre d'elle. Elle tentait de mettre un filet entre nous et le précipice. Mais maman, si tu avais su… j'étais déjà en train de tomber, maman.

– Si c'était juste son corps, il est où, lui ?

Il est mort, répondit ma tête. *Mort, mort, mort, faut te le répéter combien de fois ? Mort, mort, décédé, mort. Il est mort, il est sous terre, et il est mangé par les vers, maintenant, tu as vu ça en SVT, le cycle de la matière, mangé par des trucs microscopiques, lentement, lentement, avec les joues vides et plus d'yeux, comme les zombies, comme les cadavres dans tes jeux, il est mort.*

– Je ne sais pas où il est, répondit ma mère prudemment.

Puis elle haussa les épaules, essayant sans doute de se débarrasser d'un poids glacé qui lui était tombé dessus à l'improviste, comme la terre sur un cercueil.

– D'habitude, on dit qu'il est au ciel, ou des choses comme ça.

– Pas papa. Les gens comme papa ne vont pas au paradis.

J'avais été si affirmatif que même à moi, je m'étais fait peur. Mais moins qu'à elle, cependant. Elle blêmit.

– Mais il ne faut pas dire ça, c'est affreux ce que tu dis, Mathieu. Ton père était quelqu'un de bien, s'il n'est pas au paradis, alors personne n'y est !

– Qu'est-ce que ça peut te faire ? je demandai avec une hargne que je ne pensais pas ressentir. De toute façon tu n'y crois pas.

Ma mère ouvrit la bouche pour protester, mais j'avalai une grosse bouchée de gâteau, parce que je préférais m'étouffer ou même vomir que de poursuivre sur ce terrain. Alors, elle se tut elle aussi et but lentement son thé. Elle accepta mon renoncement. La culpabilité était bien présente, cependant. J'essayai de corriger ce qui avait été tordu.

– C'est le curé qui me l'a dit. Qu'il n'irait pas au paradis.

– Qu'il aille se faire foutre, le curé.

J'ouvris de grands yeux ronds, mais ma mère ne souriait pas. Et soudain, derrière sa pâleur et ses cernes, l'espace d'une fulgurante évidence, elle fut là de nouveau. Ma mère. J'eus l'envie soudaine de basculer la table et de me jeter dans ses bras, mais, déjà, elle disparaissait de nouveau dans les vapeurs du thé. Je retins mon souffle, puis retournai à mon gâteau, sans pouvoir m'empêcher de vérifier du coin de l'œil si par hasard elle ne revenait pas. Mon cœur battait trop fort. J'aurais souhaité qu'elle soit là avec moi ; mais bien que côte à côte, nous n'avions pas d'autre choix que d'affronter l'hiver en solitaire. Un silence s'imposa, puis ma mère reprit.

– Quand tu me demandais où était ton père, tout à l'heure, je voulais te dire… il est toujours avec nous, d'accord ?

Mon cœur accéléra encore, jusqu'à me faire mal à la poitrine ; une vague de panique pure. Je me recroquevillai, les joues brûlantes, piégé comme un lapin dans les phares, incapable d'éviter le monstre qui rugissait en moi. La présence de mon père se fit si forte, si permanente, que je faillis hurler.

Je serai toujours avec toi dans l'obscurité.

Sa présence et son absence, unies, mêlées comme s'il s'agissait d'une seule et même entité, venue m'étreindre et m'empêcher de respirer. Ma mère ne sembla rien remarquer.

– Dans tout ce qu'on fait tous les deux, dans nos paroles, dans notre vie, il est toujours là, dit-elle.

Sa voix me fit mal, et je souhaitai du fond du cœur qu'elle se taise. Lentement mais sûrement, un grondement s'amplifia qui m'emplit les oreilles et me combla de l'intérieur, inondant tout. J'échappai à la réalité du monde, comme si j'avais la tête sous l'eau, une eau boueuse et noire qui se déversait au-dedans de moi pour me noyer. Ma mère continuait, au-delà du rideau bourdonnant. Elle parlait de foi, à présent. La foi des grands-parents, et la sienne aussi, et des gens que je pouvais voir pour discuter de tout ça, si je le souhaitais. Je ne le souhaitais pas. Je ne l'entendais plus. Je comptais les battements de mon cœur affolé et j'essayais de ne pas repenser au visage figé, embaumé, si semblable à la cire.

Après un échange de cette teneur, nous qui évitions le sujet depuis l'automne si consciencieusement, il n'y avait plus rien à ajouter, ni de faux-semblant efficace.

Ma mère essaya bien de me proposer d'autres magasins, de m'appâter avec une vague idée de cadeau, mais elle n'y mit pas réellement beaucoup d'espoir ou d'énergie, et nous étions tous les deux saoulés de bruit. Sur le chemin du retour, elle me prit la main sans prévenir, sur une impulsion, comme si j'étais encore un petit garçon. Mon premier réflexe fut de la retirer, mais je me bridai et n'osai pas, car ses doigts m'étreignaient comme si elle avait peur de me perdre, et je n'avais pas beaucoup d'efforts à faire pour comprendre que c'était sans doute le cas.

Nous laissâmes bientôt la ville derrière nous. D'épais rouleaux gravitaient à l'horizon, annonciateurs de pluie et de nuit précoce. L'envie monta peu à peu de les rejoindre, de sortir de là, de respirer à nouveau, et la pensée du Krokodil s'imposa tandis que nous avalions les kilomètres. Il se mit à pleuvoir, mais je savais déjà que rien ne m'arrêterait. Lorsque nous arrivâmes enfin à la maison, je bondis hors de la voiture avant même que le moteur soit éteint. Derrière moi, j'entendis ma mère m'appeler, mais je volai par-dessus la clôture, m'enfuis dans la forêt et remplis ma bouche de vent. La pluie me cingla amoureusement et le grondement de la mer remplaça peu à peu le bourdonnement de mes oreilles. Il me promettait un répit, et je courus comme si j'étais poursuivi, par des cadavres aux joues creuses et une odeur de vomi.

Pleure donc face au vent qui te gèle, crétin, pleure de chagrin et de froid, t'es bon qu'à ça de toute façon.

Je claquai des dents mais ne cessai pas de courir pour autant. Mon manteau était ouvert et mon pull se trempait de pluie. Tout m'était égal à part le grondement, l'océan, et l'oubli. Je perdis le reste de mon énergie à lutter contre la dune qui tâchait de m'engloutir à chaque pas, je creusai avec les mains, luttant comme un forcené pour me hisser au sommet et ne pas sombrer. Dans un dernier effort, l'horizon fut là. Je dégringolai sur la plage sans me retourner une seule fois.

Puis, j'eus le droit de ralentir. La menace resta de l'autre côté de la dune, pas sur la rive, pas dans les vagues et l'infini impossible à embrasser d'un seul regard. Le sable humide gardait l'empreinte de mes baskets. Le vent me poussait en avant, collant mes vêtements mouillés sur mon corps frigorifié. La pluie s'abattait, monotone et puissante, griffant le monde sans qu'il s'en préoccupât. Je me sentais comme le monde.

Je gagnai le Krokodil, aspirant au monstre de béton et à son abri rouillé, abîmé, usé, mais redoutable. Je me glissai sans crainte dans son obscurité dense, odorante et repoussante, infiniment bienvenue. Quand je passai le seuil, j'appelai une première fois.

– Corentin ?

Seul le silence caverneux du blockhaus me répondit, et j'avançai dans le noir, les mains posées de chaque côté sur les parois granuleuses. Le tunnel m'engloutit tout entier, et mes pas rendirent un son humide sur le sable mouillé.

– Corentin ?

Il n'y avait plus aucune lumière, désormais. Une idée me vint : si mes mains touchaient les parois qui m'enfermaient et si je faisais un pas de plus, il y aurait un mur devant moi, un mur derrière moi, et je serais emprisonné pour l'éternité. Je hurlerais, je déchirerais mes ongles contre le béton, je pleurerais, je vomirais, n'ayant même pas assez d'espace pour tomber, et je resterais tout seul avec ma voix brisée, dans le silence et l'obscurité.

Comme dans un cercueil.

Je frissonnai, et je ne savais pas si c'est à cause du froid ou d'autre chose. Mes mains se perdirent à chercher une issue.

– Corentin ?

Et les murs s'écartèrent ; je fus dans la pièce, celle à l'odeur louche et aux dessins dégueulasses, à moins que ce ne soit l'inverse. Je regrettai de ne pas avoir emmené de quoi faire de la lumière et me promis de ne pas me faire avoir deux fois. Il devait bien y avoir une lampe électrique dans la maison, ou même un briquet, ou même rien que des allumettes. Ma mère avait réussi à allumer le feu, non ? Dans cette impasse impénétrable, je me demandai soudain si je serais capable de retrouver le couloir derrière moi, et si je pourrais sortir ou si j'allais me perdre dans des dédales que je ne connaissais pas. Je me retournai pour essayer, et quelque chose claqua dans le noir.

Une flamme s'éleva, toute petite, fragile, dorée. Un sourire narquois l'accompagnait. Corentin était assis sur sa caisse, les jambes croisées.

– Salut, dit-il. Je t'attendais.

Je faillis sursauter, mais non. Une sueur glacée glissa le long de mon échine, cependant.

– Qu'est-ce que tu foutais dans le noir ?

Corentin rit et ralluma les bougies près de lui. Au filet de fumée qui s'en échappait encore avant que la flamme ne reprenne, je devinai qu'il avait éteint à mon approche. Une colère fragile monta en moi.

– Je les ai soufflées quand je t'ai entendu venir. Je voulais voir si t'allais entrer quand même, et tu l'as fait. N'empêche, chapeau. T'avais même pas de lumière. C'est vachement courageux.

Ses yeux brillèrent dans le noir, et je me sentis gonflé d'une importance soudaine. Mes poumons s'ouvrirent et je laissai échapper une longue expiration qui emporta tout avec elle, depuis le chocolat jusqu'au chant de Noël et la mémoire de la cire. Contre toute attente, je fondis en larmes. Corentin hallucina.

– Hey, pardon, mec, je suis désolé ! Fallait pas le faire si t'avais...

Je secouai la tête.

– C'est pas toi, je hoquetai, incapable de supporter de passer pour un chiard trois secondes après avoir été un héros.

Corentin attendit, à demi levé, sourcils froncés.

– C'est pas toi, répétai-je. C'est...

Dehors, la pluie redoubla.

– Mon père est mort. Il s'est suicidé.

Corentin se rassit très lentement, sans me quitter des yeux.

– Raconte-moi, imposa-t-il.

Et sans savoir que je scellais mon sort, je m'exécutai.

Chapitre 5

Peut-être que le temps m'a rattrapé sans que je m'en aperçoive. Mon repas me reste sur l'estomac, même avec un café par-dessus. En plus de ça, la fatigue commence à se faire sentir, et si j'ai choisi tout seul de pénétrer dans cet autre monde, la réalité se rappelle à moi sous forme d'arriéré de sommeil. Je règle ma note et constate que la mère et l'enfant sont parties, et que j'ignore depuis combien de temps. J'ignore tout autant le goût de la viande que j'ai mangée, et si j'ai aimé ça. Où sont les instants que je viens de vivre ? Et où étais-je, moi ? Au fond d'un vieux blockhaus, je suppose, gris et fissuré, détruit par les marées.

Il y avait bien longtemps que je n'avais pas été plongé dans mes pensées de cette façon, au point d'échapper au regard vigilant du monde. Pendant la préparation au concours, peut-être, et encore. Non, mon esprit ne s'est plus égaré ainsi depuis la fin de l'enfance. C'est sans doute une capacité que l'on perd avec l'âge, celle de s'éloigner de soi. Le plus loin possible, si loin qu'on oublie même qu'on est là. Une capacité qui nous permet de suivre Peter Pan jusqu'au pays imaginaire, et qui nous est reprise lorsqu'on grandit. Je me demande à quel moment j'ai rendu mon passeport.

Je quitte le restaurant, les mains dans les poches et le nez au vent. Venir à Oléron, cette idée subite qui a rouvert des portes, des chemins perdus. Est-ce que je m'y attendais ? Peut-être. Tous ces souvenirs étaient morts en moi ce matin même, ou au moins quelques jours auparavant, jusqu'à ce que je sache qu'ils avaient détruit le Krokodil. C'est différent, maintenant que j'ai mis le pied sur l'île. Je superpose les réalités, je confronte les lieux et les situations, le froid de décembre et le soleil de juin, qui j'étais alors, et qui je serai demain. On t'avait prévenue que c'était dangereux d'ouvrir cette boîte, Pandore.

Si je ne suis pas certain de ce que je cherchais en venant à Oléron, je crois savoir que ça me fait du bien quand même. Quelque chose d'inachevé dans mon enfance dort ici, un état transitoire avec lequel je n'ai pas fait la paix. Dont je n'ai pas fait le deuil ? Qui est mort, finalement, cette année-là ? On dirait que contre toute attente et en dépit du bon sens, je réalise mon premier pèlerinage, et il est nécessaire, même s'il est déraisonnable. Je me sens si vieux, du haut de mes vingt-trois balais. Il faudrait vraiment que j'appelle ma mère pour lui raconter. Ça la fera rigoler.

Avant de rentrer à la maison, je flâne un peu. J'achète du café, et je passe à la librairie enrichir ma pile à lire de deux ou trois polars supplémentaires que je n'aurai même pas le temps d'ouvrir avant de quitter l'île. Finalement, je prends le chemin du retour en milieu d'après-midi, content de moi, saoulé de soleil et parfaitement prêt à entamer une nuit de vingt heures. Mais j'aurais dû m'en souvenir. Les nuits d'Oléron ne me réussissent pas.

Lorsque je me gare dans l'allée, la première chose que je vois est la vitre brisée. Je jure entre mes dents, et comme le volet est défait, je me dis instantanément que je l'ai mal accroché et que le vent l'a poussé contre la fenêtre. Le temps de sortir mes courses, d'ouvrir la porte et de marcher par inadvertance sur des bouts de verre, je constate à quel point je me suis trompé. Sur tout, depuis si longtemps. Au milieu du tapis repose un galet. Le galet.

Je suis instantanément médusé, médusé au sens premier du terme, j'ai croisé Méduse, je suis une statue pétrifiée par l'impossibilité de ce que je vois. Quelque chose a traversé le temps ; quelque chose de plus fort qu'un galet. La terreur, sans doute. Dehors il fait beau, on est en juin, dehors il y a le soleil, je suis un adulte, putain, et je viens d'être figé, tétanisé et impuissant, à cause d'un galet. Vas-y, bouge-toi, ce n'est pas le même, *ça ne peut pas être le même*. Pourquoi ai-je si froid ?

Je m'arrache à mon immobilité et je marche prudemment jusqu'à l'objet du délit. Heureusement que j'ai des chaussures fermées. Le verre crisse sous mes semelles à chacun de mes pas. Un rayon de soleil doré illumine le caillou noir. Il était déjà improbable à l'époque, on est en terrain calcaire ici ma bonne dame, ce truc ardoisier n'a rien à faire là. Pourtant il y est, le salaud. Je le ramasse du bout des doigts.

Noir et lisse, bien aplati, joliment luisant et arrondi. Une veine argentée le parcourt, dessinant finement un horizon fantôme légèrement tordu sur le côté. Ce n'est pas possible, et c'est pourtant le même galet. J'en mettrais ma main à couper. Je regarde dehors, parce qu'à l'intérieur, c'est le retour des tambours de guerre. Mon cœur essaie de sortir de ma poitrine, mon souffle s'est fait rare, mon estomac se cabre, et le temps me dévore.

Nous faisons semblant d'être des adultes. Mais il suffit de regarder à travers une vitre brisée pour constater qu'en réalité, on ne fait que grandir. Nos monstres ne cessent jamais de nous accompagner tout au long du chemin.

En cette veille de Noël, je luttai pour garder les monstres dehors. Corentin m'écouta religieusement, assis dans la sécurité d'un blockhaus mourant, avec la pluie qui tambourinait sur les murs. J'essayai de parler clairement, mais je n'étais pas bien certain d'y arriver entre le fracas extérieur et celui de mes sentiments. Je n'étais pas en train de raconter, de toute façon. J'étais en train de revivre.

Les journées et les heures qui avaient précédé le grand chamboulement étaient floues dans mon esprit, privées de réalité. Il y avait eu les feuilles brunes sur le trottoir gris, les cahiers qui sentaient encore le neuf mais qui étaient déjà cornés aux angles, les crayons dans la trousse qui côtoyaient les cartouches d'encre vides, et le vent d'octobre. Il y avait eu le collège, la routine, les cours qui se succédaient et le bus pour rentrer. Je me souvenais de tout ça, mais de façon indistincte, comme si ça n'avait pas vraiment eu lieu, ou alors dans une autre vie, que j'avais quittée depuis. Une si lente transition. Et si je remontais le temps, les souvenirs ne gagnaient pas en consistance pour autant. Tout était artificiel, lorsque c'était « avant ».

Dans le désordre de ma mémoire, la journée du basculement était trop vive, comme l'éclat d'une vitre brisée. C'était avant les vacances ; on devait partir en Auvergne. C'était un mardi. Il y avait eu un contrôle d'anglais qui ne s'était pas bien passé. Les verbes irréguliers.

To weep, I wept, wept.

À la fin de la journée, j'avais quitté le collège presque convaincu que je ne m'en étais pas si mal sorti. Et arrivé à l'arrêt de bus, Damien m'attendait.

– Je te ramène chez toi.

Damien, c'était le frère de maman, le jeune qui n'avait pas d'enfant. Qu'on voyait à Noël et que Nanie houspillait parce qu'il avait encore changé de travail. Je l'aimais bien, Damien, mais il n'avait rien à faire là, à la sortie du collège, c'était bizarre qu'il soit là, avec ses traits défaits et ses yeux rouges. Il souriait, et son sourire faisait abominablement peur. Je me souvenais d'avoir eu envie de m'enfuir en courant.

– Viens, je te ramène chez toi.

J'avais répondu non, merci mais non, je vais prendre le bus, maman m'a dit de prendre le bus. Mais c'est ta maman qui m'envoie, tu veux qu'on l'appelle ? Je l'appelle si tu veux, ne t'en fais pas. Va avec Damien, Mathieu, ne t'en fais pas ; qu'est-ce qui se passe ? Rien, va avec Damien, je te retrouve plus tard, je t'aime Mathieu, viens, on y va.

À ce moment précis le chaos avait envahi tout l'espace disponible.

Damien avait prononcé tout un tas de mots que je connaissais mais que j'entendais quand même pour la première fois, et qui n'avaient rien à foutre dans ma vie, dans ma rentrée de collège, trois jours avant les vacances, merde à la fin. Des mots qui parlaient d'irrévocable, d'absolu, de froid. Des mots qui rendaient tout définitif et sans saveur. Des mots qui m'avaient fait pleurer, et Damien s'était garé, et il avait pleuré aussi, et on était restés là, dans la voiture sous la pluie battante d'octobre, à pleurer tous les deux comme des crétins.

– C'est lui qui t'a dit, du coup ?

– Qu'il était mort, ouais. Mais pas tout. Le reste, il l'a laissé à ma mère.

Tout le monde laissait toujours tout à ma mère, comme si c'était son devoir, et qu'il n'y avait qu'elle pour le faire, ou que les foudres allaient s'abattre sur celui qui oserait replonger dans cet enfer à sa place. Elle encaissait tout, parce que personne ne faisait rien pour elle, du coup. On ne voulait pas « se mettre en avant ». Mais qui pouvait avoir l'idée de se mettre en avant sur un truc pareil ? Qui pouvait même y penser ?

Damien m'avait emmené chez Nanie, et c'était loin, mais je ne pouvais pas rentrer à la maison, parce qu'il y avait « la police ».

Corentin m'accorda un regard entendu que j'évitai.

C'est vrai, si j'avais été moi-même, j'aurais été en état de deviner qu'un truc clochait, mais je venais d'apprendre que mon père était mort, et rien n'avait de sens, alors. Chez Nanie, on m'avait entouré à m'étouffer, on m'avait plaint, on avait pleuré, et moi, j'étais peu à peu gagné par une certaine forme d'anesthésie désagréable, un flottement incoercible, et une absence de ressenti terrifiante. Le médecin était venu, et je m'étais demandé pourquoi, et lui aussi, sans doute, mais Nanie avait insisté. Il m'avait parlé. Il était mal à l'aise. Je l'étais plus que lui. Et puis après son départ, Nanie m'avait jeté dans un bain brûlant, puis dans un lit, avec sans doute le merveilleux espoir que j'allais dormir. Comme s'il était possible de dormir.

– Et t'as dormi ?
– Bien sûr que non.

Ou en tout cas, pas au début. Mais il avait bien fallu que je sois endormi malgré ma vigilance.

Quand tu te réveilleras, ce sera pire, parce que tu te souviendras que c'est fini, qu'il est mort et que le cauchemar, désormais, c'est quand tu es réveillé.

Parce que ma mère était venue me réveiller au milieu de la nuit, pour pleurer sur mon épaule et me serrer dans ses bras. Elle était incapable de parler, et dans le noir, nous pleurions tous les deux sur la blessure ouverte et son absurdité. Elle avait fini par s'allonger près de moi et nous avions affronté l'obscurité ensemble. Et je n'avais vraiment su ce qui s'était passé que le lendemain, parce que Nanie avait insisté pour qu'elle me parle, parce que ma mère s'était sentie obligée, et parce que tout le monde semblait prendre pour acquis que je voulais savoir.

– Et du coup ? Il s'était passé quoi ?
– Il s'est tué. C'est tout.

Ce n'était pas vraiment la réalité, bien sûr. Rien n'était jamais « tout », surtout pas ça. J'avais mis des milliers d'images en lieu et place des mots que ma mère ne m'avait pas encore dits. Et finalement, quand elle avait pris le temps de m'expliquer, bien plus en détail que ce que j'aurais pu souhaiter, aucun de ses mots à elle n'était parvenu à faire sens, ni à endiguer le trop-plein de la réalité.

Le « comment » n'importait qu'aux gens pour qui mon père n'était pas un père. Les « pourquoi » qu'ils évoquaient n'avaient aucune valeur pour moi. Leurs discussions à voix basse, leurs regards en coin quand ils pensaient que je ne les voyais pas, leur pitié et leurs larmes, les vraies et les fausses, accentuaient la sensation d'être au centre d'une illusion terrifiante. Des gens que je ne connaissais pas pleuraient plus que moi. Je cherchais pour ma part un juste milieu, entre mon aridité et ma détresse, entre le désert et le gouffre. Je n'en trouvais pas, et ma mère pas plus que moi.

Ils avaient évoqué son travail, pesant, puissant, qui l'aurait rongé jusqu'à la moelle, et je n'avais aucune idée de l'endroit où ça se trouvait ni de ce qui se passait quand on l'atteignait. Ils avaient évoqué maman, mais nous avions refusé de l'entendre, surtout leurs jugements de sa réaction, la mienne, celle que nous aurions dû avoir, celle que nous avions, celle qu'ils auraient attendue ou celle que nous méritions, tout cela avait volé au-dessus de nos têtes comme des oiseaux de malheur, et puis nous l'avions enterré, et tout le monde avait alors attendu de nous que nous recommencions à vivre.

Sauf que nous ne pouvions pas.

– Dur, dit Corentin.

– Ouais.

Je glissai un regard dans sa direction, mes lèvres sèches d'avoir trop parlé, les siennes comme d'habitude, trop pâles, cyanosées. Il se tenait immobile, crispé, comme s'il partageait un peu de la peine que je ressentais, un peu de la mémoire que je venais de lui transmettre. Ses mains jouaient encore avec le briquet, mais ses yeux étaient perdus dans le vide, comme ceux de ma mère lorsqu'elle pensait trop au passé.

– Tout ça c'était il y a des mois, ajoutai-je, mais on est comme bloqués, ma mère et moi. Je sais pas pourquoi.

Corentin m'adressa un regard perçant, mais ne dit rien. Je cherchai des mots appropriés pour préciser ma pensée.

– On n'avance pas. On est arrêtés, et tout continue, sauf nous. Je sais pas quoi faire pour nous libérer.

– Et si tu pouvais faire quelque chose pour vous sortir de là ?

Je relevai la tête, me demandant s'il plaisantait ou pas, mais ce n'était pas facile à savoir, et la diversion était de toute façon bienvenue. Je haussai les épaules.

– Je ferais n'importe quoi pour que ça s'arrête.

– Vraiment ?

– Vraiment.

– Et qu'est-ce que tu voudrais exactement ? Ce serait quoi, « sortir de là » ?

Il y avait quelque chose de sombre dans sa voix, mais un sombre familier, qui ne m'effrayait pas. Je m'étais beaucoup posé la question, sans jamais réussir à trouver de réponse vraiment satisfaisante. Que mon papa soit là ? J'étais trop grand pour cela, désormais. Non, il y avait autre chose à souhaiter, mais les mots se dérobaient toujours, grains de sable d'une dune infranchissable. Je grimaçai.

– Déjà, ce serait bien si j'arrêtais d'avoir mal tout le temps.

– Un, dit Corentin.

Et il leva un doigt, un index rageur pointé sur le plafond de nuit et de béton. Sur le coup, ça me fit sourire, parce que j'eus l'impression d'être face au génie de la lampe. Arrêter d'avoir mal, ça aurait déjà été super, en vrai, et j'avais un réel désir que mon cœur cesse de se briser à chaque respiration.

– Après, je voudrais bien pouvoir faire des trucs, au lieu d'avoir tout le temps l'impression de subir. Tu vois ? Pas juste encaisser sans rien pouvoir faire ; je voudrais décider, changer ce qui se passe.

– Deux.

Le V de la victoire se dessina, et Corentin était toujours aussi sérieux.

– T'es en train de m'accorder trois vœux ? dis-je en riant.

– Commence par les faire, on verra si je te les accorde après, répliqua-t-il.

Il n'en restait plus qu'un, et je cherchai précisément ce qui me retenait loin de ma vie d'avant. Ma gorge se serra. Je pensai à l'instant fugace entrevu dans les vapeurs d'une tasse de thé.

– Je voudrais bien retrouver ma mère.

– Trois, acheva Corentin.

Et il se leva dans la foulée, avant de s'étirer. Je me rendis compte que dehors, la pluie avait cessé son interminable récital.

– Viens, me dit Corentin. Maintenant, il faut trouver la bonne pierre.

Je ne compris pas ce qu'il voulait dire par là, mais déjà, il soufflait les bougies et ressortait son porte-clefs lumineux pour nous éclairer jusqu'à la sortie. Je le suivis dans le boyau de béton et nous débouchâmes à l'air libre, respirant à pleins poumons un ciel lavé et tumultueux. Une autre mer roulait dans le ciel, en écho à celle du bas qui grondait à deux pas. Nous avançâmes sur la grève, en direction du jusant, luttant contre les bourrasques et les embruns. À cet instant, dans notre cœur, nous étions semblables à tous les marins. Rien ne débordait plus de nous que l'immensité à laquelle nous faisions face et si j'avais pensé à cet instant à la ville, j'aurais sans doute juré ne jamais pouvoir y retourner. Je n'étais pas loin de la vérité.

Corentin se mit à chercher des pierres dans le sable, à la lisière des flots, et ce n'était pas facile car il n'y en avait guère. Il ramassait surtout des silex lumineux ou sombres, des fragments de calcaire blond et des morceaux de coquillages.

– Il en faut une bien plate, me dit-il. Ronde et plate, pour faire des ricochets. Tu as déjà fait des ricochets ?

– Pas vraiment.

– Mince, faudra qu'on t'entraîne un peu avant alors, commenta-t-il en riant.

Il nous fallut remonter au nord de la plage, là où les rochers affleuraient sous les vaguelettes, et ôter nos chaussures pour prospecter l'estran sans risquer de nous casser les dents en glissant sur les algues. Corentin trouvait manifestement plus de cailloux que moi, car il s'en bourrait les poches et son pantalon prit peu à peu une teinte humide au niveau des cuisses. Pourtant, ça ne semblait pas le contenter, et il m'encourageait à chercher encore.

– C'est mieux si c'est toi qui trouves, m'expliqua-t-il.

Facile à dire. Je cherchai de mon mieux, et c'est finalement dans une petite flaque laissée par la marée, habitée par des anémones de mer luisantes et des algues d'un vert surréel, que je trouvai mon galet idéal.

C'était un galet presque parfaitement rond, d'un joli gris sombre presque noir, et veiné d'un étrange filon blanc légèrement tordu, figurant comme un croissant. Ça aurait pu être une lune, si la partie ainsi délimitée avait été plus claire, mais elle était aussi sombre d'un côté de cette fine frontière que de l'autre. Le galet avait vraisemblablement été poli depuis des dizaines d'années, et sa surface lisse était douce au toucher. Il rentrait parfaitement dans la paume de ma main, comme s'il avait été taillé pour l'habiter. Corentin se porta à ma hauteur et lui jeta un regard critique, ses cheveux frisés à la diable agités par le vent.

– Joli ! dit-il. Si avec ça t'arrives pas à faire les trois ricochets, c'est que t'es un empoté. Mais on va t'entraîner un peu, pour être sûr. C'est pas que j'aie pas confiance, mais faudrait pas que tu te rates sur ce caillou, et puis ceux que j'ai trouvés sont moins beaux, mais ils feront l'affaire.

Nous quittâmes les écueils en nous poursuivant comme des imbéciles sur les rochers luisants, au risque de glisser et de nous couper les pieds sur les huîtres saillantes. Par miracle nous atteignîmes le sable sans dommage. Corentin me présenta ses découvertes, toutes moins parfaites que la mienne, et il entreprit de me montrer comment faire des ricochets. La prouesse se révéla beaucoup moins simple que prévu. Au bout de dix minutes, j'étais en nage, et j'avais mal au bras, avec comme seul salaire pour prix de mes efforts un vague rebond à la seconde tentative que j'avais été incapable de reproduire par la suite.

– Libère ton bras, m'encouragea Corentin. Sois souple. C'est comme une fronde, mais faut que ce soit ton bras la lanière.

– J'ai jamais utilisé de fronde non plus, râlai-je, les joues brûlantes.

– Oh. Ben on verra ça demain, si tu veux.

Sur ces paroles pleines de promesses, il entreprit de me montrer une nouvelle fois le geste parfait, et sa pierre vola sur l'eau, posant des gouttelettes sur les dessins de l'écume avant d'être engloutie par la vague suivante.

– Souple, insista-t-il. Suis le mouvement.

Je m'acharnai à reproduire ses gestes et finalement, comme le soir tombait pour de bon et que nous ne pouvions guère espérer que je devienne un champion avant qu'il ne gagne tout à fait, Corentin décida que le moment était venu.

– Allez, viens là, me dit-il en ramassant un coquillage brisé.

Sans prévenir, il prit ma main dans la sienne et m'entailla le pouce d'un geste net, dénué de fioritures. Je grimaçai, mais ne retirai pas mon doigt. Le sang se mit à perler doucement aux abords de la fissure irrégulière.

– Faut du sang pour payer, dit-il sans lever les yeux sur moi, pressant mon doigt pour augmenter la quantité.

J'étais incapable de dire s'il plaisantait ou non, mais il était étonnamment grave, et si ses yeux étaient toujours brillants, il ne souriait pas.

– T'as ta pierre ? me demanda-t-il, croisant enfin mon regard.

Je fourrageai dans la poche de mon jeans et y retrouvai le galet noir. Il y appliqua mon pouce sanglant, et un voile de sel restant sur la surface me picota la peau. Corentin observa ma réaction du coin de l'œil, puis libéra mon doigt et entailla le sien avec la même absence d'hésitation. Il appliqua son propre sang, teintant de rouge la veine argentée.

– Je paie aussi, dit-il. C'est ce que font les amis.

Nous observâmes les deux sangs qui se mêlaient puis d'un même élan, nous nous tournâmes de concert face à la gueule béante de l'océan.

– Pense à tes vœux, souffla Corentin, ses boucles folles dansant dans les embruns. Et quand la bonne vague arrivera, tu le sauras.

Nous étions entre deux temps, à nouveau, mais pas cette parenthèse morbide qui nous étouffait, ma mère et moi, plutôt une bulle en suspension, un havre de paix sous la pression, des secondes volées à l'éternité. Dans ma tête, je m'étais mis à compter. Les vagues se succédaient, magnifiques et semblables, et pourtant toutes uniques, toutes différentes, comme les flocons. Je faisais tourner le galet dans ma main, mes doigts glissant sur sa tranche, mon pouce blessé en caressant les aspérités. J'attendais.

La vague monta comme une invitation, plus belle que les autres sans qu'il fût possible de dire pourquoi. Je regardai sa masse se dessiner, glorieuse, sur le contre-jour grisâtre du crépuscule. Le grondement montait, plein de promesses et d'avidité. Je respirai avec elle, et mes gestes furent un souffle supplémentaire.

Si souple.

Je détendis mon bras et le galet s'envola, parfaitement plat, fendant l'air avec une grâce intense. Il toucha le ventre de l'écume qui refluait vers la vague. Elle s'éleva à sa rencontre.

Ne plus souffrir, pensais-je.

Le rebond fut enthousiaste et précis, et la pierre roula sur elle-même pour frapper l'eau une seconde fois, laissant filer quelques gouttes à son contact.

Ne plus subir.

La pierre s'envola une dernière fois pour toucher l'eau juste au pied de la vague, prête à rompre désormais.

Retrouver ma mère.

Le troisième ricochet défia la pesanteur, et la vague se brisa au-dessus de lui, l'engloutissant en plein vol. La déferlante s'abattit là où s'était tenu mon galet et roula jusqu'à nous avec avidité, nous forçant à reculer sous la menace. Puis, comme toutes les vagues, son souffle parut perdre de sa force, et elle reflua sur le sable gris, laissant place à la suivante. Je repris ma respiration. J'avais réussi.

– Ça, me dit Corentin avec un hochement de tête appréciateur, c'était trois superbes ricochets. Plus qu'à attendre pour savoir si tu seras exaucé.

Je me tournai vers lui, hésitant.

– Et je vais l'être ?

Il haussa les épaules dans le couchant.

– Peut-être. Peut-être pas. Peut-être pas quand tu t'y attends, ou pas de la façon que tu crois. C'est difficile de savoir comment fonctionne la magie du monde. Mais il y aura sans doute un résultat. C'est Noël ce soir, après tout.

Et Corentin m'accorda un sourire froid.

Chapitre 6

M'arracher à la contemplation du galet me prend une éternité. Je finis par le glisser dans ma poche, où il vient dessiner une masse dure et froide sous la surface. Puis, je m'attelle à tout ce qui peut m'empêcher de réfléchir. Virer les bouts de verre, passer l'aspirateur, mettre un carton à la fenêtre pour remplacer la vitre brisée. Mes mains tremblent. Je ne peux m'empêcher de jeter des regards au sous-bois, mais tout ça est ridicule, et mon moi intérieur râle de me voir si crédule et si fragile. Je suis un adulte, bordel, un adulte ! Il y a belle lurette que la magie du monde ne m'atteint plus. Si ça se trouve, ce n'est pas le même galet du tout. D'ailleurs, c'est *forcément* un autre galet. N'importe qui est capable de créer de faux souvenirs.

À bien y réfléchir, est-ce que ce galet posé sur mon tapis n'a pas juste remplacé l'image de l'ancien, que j'avais archivé puis oublié consciencieusement au cours de ces dix dernières années ? Est-ce que, dans ma mémoire, je confondrai toujours les deux, désormais ? Une chose est sûre, ce caillou noir remplacera l'ancien dans les douloureux souvenirs de mes ricochets d'hiver.

Comme notre tête est fragile, si facilement détournée de la vérité, si prompte à troquer une réalité pour une autre. Et si la magie de notre enfance venait de là ? Et si tout ce qu'il y avait eu de fantastique, de lumière dans nos yeux et de rêves éveillés n'était que la patine de notre mémoire, de la poussière de songe accumulée ? Si je m'arrête pour y penser, je sais bien que ce n'est pas le même galet. Et pourtant, dans ma main cet hiver-là, c'était bien celui-ci, je pourrais le jurer. Peut-être que mes souvenirs sont la seule magie que je suis capable de créer, désormais.

Le porter sur moi me pèse soudain. J'ai l'impression d'avoir dans ma poche bien plus qu'un simple caillou, plutôt une obole à transmettre au passeur pour retourner dans mon enfer personnel, et retrouver Corentin. Je fais semblant de ne pas le sentir, parce que je ne vais pas me laisser intimider, mais je finis par lâcher prise. L'irrationnel pèse trop lourd sur mon cœur. Je dépose le galet sur le rebord de la fenêtre, où il prend le soleil et agrémente la décoration de ma mère. Il en devient presque inoffensif. Je ne suis plus obligé d'en appréhender le poids, au moins.

Avant de me préparer un dîner sommaire à base de cassoulet en boîte, je passe voir la voisine, histoire d'enquêter sur mon casseur de carreaux. Bien évidemment, elle n'a rien vu, rien entendu. J'en suis à décliner l'apéritif quand elle aiguise ma curiosité.

– Mais bon, dit-elle alors, c'est peut-être les gamins d'ici, le roux, là, et les autres.

– Les gamins ?

Mme Guillot frotte ses mains sur un tablier très dix-neuvième siècle et jette un regard au bout de la rue avant de tendre le bras, comme s'ils allaient arriver d'un moment à l'autre.

– C'est des gosses de l'île, mais pas de Vertbois. On les voit passer de temps en temps à vélo, à toute heure du jour et en toute saison. Ils vont trop vite et ils ne savent pas ce qu'est un stop ! À croire qu'ils vont jamais à l'école, ceux-là.

– Et vous les avez vus aujourd'hui ?

– Non, mais c'est bien du genre à casser une fenêtre pour rire. Vous en faites pas, j'enverrai mon Gilles demain pour vous réparer ça.

Mes pensées sont à vingt millions de kilomètres de la fenêtre, Mme Guillot, si vous saviez. L'espace d'une seconde, je suis sur le point de lui demander à quoi ressemble « le roux », et puis je me dis une nouvelle fois que je suis ridicule, que j'ai passé l'âge et que tout cela n'est jamais qu'une pierre lancée à travers ma fenêtre. Alors je remercie, refuse une seconde fois la proposition de pineau, et celle à dîner qui arrive derrière, et je rentre chez moi au milieu du chant des grillons et d'une ambiance d'été. Pourtant, j'ai froid.

Dans le jardin, je guette les traces dans le sable, mais je ne vois rien, hormis celles laissées par les pneus de ma voiture. Si un vélo est passé par là, il est resté sur la route. Un dernier regard à la forêt derrière moi, et je me prends à regretter d'être encore là pour une nuit. J'aurais sans doute pu partir ce soir, même si ça faisait beaucoup de trajet pour une journée... Qu'est-ce qui me force à rester au fond ? Et surtout, que suis-je venu chercher ? Foutue boîte que l'on ne peut pas s'empêcher d'ouvrir...

Malgré la chaleur de la soirée, je frissonne soudain, tout seul dans ce jardin, et il me semble entendre le vent monter autour de moi. Mais ce vent-ci est un fantôme, comme le reste, je te connais, je n'ai pas peur de toi. La réalité ne s'effondre pas quand la nuit tombe.

Je ferme les yeux, tâche d'aspirer l'air iodé et d'inviter sa chaleur en moi. Demain. Demain j'irai faire le deuil du Krokodil, et je puis je m'en irai, une dernière fois.

Une seule nuit ne me tuera pas.

Le soir de ce premier Noël sans mon père, nous n'avions pas osé le cassoulet en bocal, mais ma mère n'avait pas mis les petits plats dans les grands non plus. Nous étions entre nous, ce n'était pas la peine de forcer les apparences. Elle s'était ouvert une bouteille de graves et avait bu en cuisinant l'un de mes plats préférés, auquel j'avais pourtant à peine touché. Elle ne s'en aperçut pas, ou évita simplement de le faire remarquer. Nous dînâmes du bout des lèvres, sans parler, et la télé qu'elle avait allumée pour nous faire une « distraction » devint rapidement insupportable. Quand elle l'eut éteinte, cela nous soulagea tous les deux, mais n'allégea pas l'ambiance.

Elle avait acheté des bûches glacées pour le dessert. Pas de sapin, mais une tentative de réconciliation avec l'univers, comme un signe de la main pour dire que nous étions encore là, et que peut-être à un moment, nous saurions revenir au monde. La glace m'avait gelé en dedans, mais j'étais incapable de me réchauffer depuis la plage et le galet. Corentin m'avait quitté presque tout de suite après l'affaire, arguant que nous étions le soir de Noël et qu'il devait rentrer chez lui, ce qui était sans doute vrai. J'en avais fait autant, mais pour un résultat plus décevant. La douche n'était pas parvenue à me restituer une température corporelle acceptable, et je tremblais malgré le pull en laine et le poêle.

Après le repas frugal, triste et silencieux, j'aidai ma mère à faire la vaisselle, et nous gagnâmes le salon sans idée précise de comment occuper les heures de la soirée, mais indéfectiblement liés malgré tout, et incapables d'aller dormir. Ma mère s'installa sur le canapé avec sa bouteille, son verre, et un roman policier quelconque. Je m'enroulai dans le plaid, et assis au pied du poêle ronflant, j'allumai ma Game Boy pour jouer à Zelda et tenter de libérer Link piégé sur l'île de Cocolint. L'ironie m'échappa, à l'époque.

L'éternité s'étiola entre les bruits de la console, du feu derrière la vitre noircie, des arbres dans le vent, et le son cristallin du verre qui venait tinter contre l'alliance de ma mère. Dehors, la nuit était calme et éthérée. Nos respirations étaient ajustées. La chaleur ne s'étendait pas en dehors des limites du tapis, mais là au moins, nous étions en sécurité.

Pour la première fois depuis des jours, j'oubliai tout. Les feuilles d'octobre, l'odeur de l'encens et celle de la cire, le goût de nos larmes, et la tristesse infinie de ma mère. J'oubliai même les trois vœux et Corentin. Nous étions une bulle silencieuse, nous étions bien. Sur une autre île, je collectais des instruments de musique, pour réveiller le Poisson-rêve. Il me semblait que je pouvais y parvenir. Puis, il y eut comme un cri dehors, et je revins à la réalité.

La lumière du poêle avait décliné derrière la vitre encrassée. Sur le canapé, ma mère dormait, le visage tourné en direction du dossier. Je faillis l'appeler, mais au lieu de ça, je me contentai de tendre l'oreille pour voir si ce que j'avais perçu était bien réel. Le cri se reproduisit, assourdi par les murs et la nuit, mais impossible à ignorer. Je sauvegardai ma partie et me levai pour aller ouvrir la porte sur l'obscurité extérieure.

Devant la maison, la lumière du séjour découpait un rectangle orangé sur le sol, mais le reste du monde était impénétrable. Aucune étoile n'éclairait le ciel, et la lune, où qu'elle soit, ne me serait d'aucun secours. Je plissai les yeux en vain. Le vent chatouilla mon front et m'apporta le troisième cri, accusateur et déformé.

Derrière, ma mère grogna. Je restai sur le seuil, indécis. Il fallait choisir, et je choisis.

Je rentrai brièvement pour enfiler un manteau et emprunter la lampe électrique accrochée contre le mur de l'entrée. Puis, il fallut enfiler les chaussures et ne pas oublier de prendre les clefs si je ne voulais pas être enfermé dehors. Les cris se répétaient à intervalles réguliers, douloureux et impératifs. Je sortis après m'être assuré que ma mère dormait toujours, fermai la porte avec mille précautions, et m'enfonçai dans le sable et la nuit.

Lorsque j'étais plus jeune, j'avais atrocement peur du noir. Me réveiller dans ma chambre et ne rien voir m'arrachait systématiquement des cris désespérés pour appeler à mon chevet mon père ou ma mère. Il me fallait la porte ouverte et, si possible, la lumière du couloir. J'étais toujours un peu honteux de devoir réclamer que mes parents la laissent allumée, et je me sentais à la fois bête et fragile de ne pas pouvoir m'en passer. Ils ne me le reprochaient pas mais je m'en voulais quand même, parce que je ne comprenais pas ce besoin que la lumière existe en dehors de moi à un moment où je fermais les yeux et n'étais de toute façon pas là pour en profiter.

Un jour, je m'en ouvris à mon père, m'adressant des reproches amers qui me jetèrent au bord des larmes. Il écouta le désordre de mes paroles avec patience, sans rien dire. Puis, comme je me frottais les yeux pour essayer d'échapper aux sanglots, il se rapprocha.

– Tu sais à moi aussi, l'obscurité m'a longtemps fait peur, mais en fait, ce dont on a peur, c'est de notre propre imagination. On a peur de ce qui pourrait se trouver là, et qu'on ne voit pas. Non ?

– Je ne sais pas, hoquetai-je. J'ai juste peur.

– Faisons un test, dit-il.

Il avait éteint la lumière et était resté près de moi, invisible mais indubitablement présent. Nous étions restés côte à côte, moi respirant à peine et lui, exagérant sans doute ses propres inspirations, pour que je puisse m'y raccrocher comme un noyé à la bouée de sauvetage. Finalement, il avait rallumé.

– Tu n'as pas eu peur ?

– Non, dis-je, en secouant la tête. Mais c'est parce que tu étais là.

– Eh bien dorénavant, quand tu es dans le noir et que tu as peur, imagine que je suis près de toi. Si tu rêves assez fort, alors tu pourras même m'entendre. Ne t'en fais pas, mon lapin, et ne sois pas inquiet, parce que je serai toujours avec toi dans l'obscurité.

Ça n'avait pas suffi, bien entendu. Mais je ne pouvais plus reculer devant les ténèbres, à moins de refuser de l'y rejoindre, lui qui y serait tapi pour l'éternité. Je m'avançai donc entre les arbres en me forçant à imaginer l'endroit en plein jour, les aiguilles de pin sur le sol et le lichen sur les troncs.

C'est le même lieu, me répétai-je en avançant à tâtons. *Le même lieu, et la même réalité. Seul le moment a changé.*

Le cri perça les ténèbres, plus proche et plus vif. Si la première fois que je l'avais entendu, j'aurais pu croire qu'il s'agissait d'une personne, il me semblait maintenant reconnaître plutôt un cri de détresse animal, sans pour autant parvenir à identifier le blessé. Je circulais entre les troncs avec précautions, ma lampe balayant le sol devant moi. Je respirais doucement, attentif à tout, et gardais quelque part en moi le lien qui me ramènerait chez moi, dans la maison qui avait disparu dès que j'avais passé l'orée du bois. Mes pas assourdis écrasaient les branches mortes et les ronces sèches. Je n'étais pas certain de savoir ce que je cherchais, ni pourquoi. Et finalement, l'oiseau se révéla.

C'était un goéland, un jeune sans doute, aux rémiges blanches piquetées de brun et de sang. Il était au sol, le bec ouvert et l'œil jaune et luisant, couché sur le flanc, son aile gauche pendant lamentablement sur le sol près de lui. Il haletait et émettait une aura de panique et de douleur. Lorsque le faisceau de la lampe se posa sur lui, il recula dans l'ombre, traînant derrière lui son membre inutile. Nous nous observâmes, incertains tous les deux de la conduite à tenir. Que lui était-il arrivé, pour qu'il se blesse comme ça ? Avait-il heurté un tronc, ou quelque chose ?

Les goélands ne volent pas la nuit, me rappelai-je.

Mais tandis que j'observais celui-ci, je ne pouvais imaginer d'autre scénario l'amenant ici, sur le sable gelé d'une forêt d'hiver, à près de minuit. Peut-être qu'effectivement les goélands ne volent pas dans le noir, s'ils ont le choix. Mais peut-être aussi qu'ils peuvent être surpris. Qu'ils peuvent avoir peur, que quelque chose peut les menacer, que le risque est plus grand à rester immobile qu'à s'envoler dans l'obscurité. Alors, le goéland prend la seule décision sensée, au risque de se blesser.

La poitrine confuse, l'oiseau haletait et tentait d'échapper à ma présence. Sa vulnérabilité lui faisait craindre d'être blessé davantage. Comme je le comprenais… Je posai ma lampe au sol et il recula encore, laissant échapper ce cri rauque qui m'avait appelé à lui. Je levai les mains, pour essayer de lui faire comprendre que je ne lui voulais pas de mal, mais, en réalité, je ne savais pas du tout ce que j'essayais de faire.

– Je vais t'aider, dis-je pour me donner contenance. Ne bouge pas, je vais t'aider.

Comment comptais-je m'y prendre, exactement ? D'un bout de l'aile à l'autre, l'oiseau était immense, et je ne pourrais jamais le ramener à la maison sans qu'il se débatte, en tout cas, pas en tenant la lampe en même temps. Et pourtant j'étais là, les mains tendues, à essayer de le saisir, comme si j'étais sa seule chance alors que je ne pouvais rien faire pour lui. Le goéland dut le sentir, car soudain il se débattit, projetant des gouttelettes de sang un peu partout et me laissant voir, sous son aile blessée, les contours d'une plaie à vif et l'éclat d'un os qui me fit frissonner.

Il vaudrait mieux l'achever, dit une voix en moi. *De toute façon, il va crever.*

L'oiseau lança un nouveau cri, accusateur et plein de haine. Honteux de mes pensées, je tentai de le saisir, mais tout ne fut bientôt plus qu'un tourbillon de plumes et de sable, de becs et de lumière entrecoupée. Comme le goéland s'agitait trop et me griffait, je me protégeai le visage de mes bras pour tenter de reprendre pied. Le chaos se déchaîna autour de moi. L'agression se fit plus forte et les cris, plus nombreux. J'eus la sensation qu'il n'y avait pas un mais des milliers de goélands et je me recroquevillai, entièrement environné de plaintes et de plumes, de nuit et de terreur. J'aurais voulu ouvrir la bouche pour crier, mais le sable volait autour de moi, m'empêchant de respirer.

N'oublie pas de respirer.

Entre mes bras croisés, entre les flots furieux des goélands et les arbres gagnés par la nuit, mon père se dressait. Il m'observait, très pâle, dans ce costume gris sombre qu'on lui avait mis pour le cercueil. Gris froid, gris comme la pierre tombale au-dessus. Anthracite, avait dit ma mère. Je me souvenais de m'être dit que ça ressemblait à une maladie. Dans le sous-bois, entre les attaques furieuses des ailes innombrables, mon père se tenait droit et gris comme une falaise lointaine. Ses yeux dardaient sur moi un regard de lumière.

N'oublie pas de respirer.

Il me tendit la main et quand il l'ouvrit j'y découvris mon galet, luisant encore d'humidité. J'aurais voulu fuir, mais les goélands volaient autour de moi, me griffant méchamment et m'empêchant de bouger. Mon père ouvrit la bouche, découvrant des dents grises et mortes comme lui.

– C'est de ta faute s'il est blessé, dit-il sans trahir la moindre émotion. C'est de ta faute s'il t'attaque. C'est de ta faute si tu as mal. Tout est de ta faute.

– Ce n'est pas vrai ! hurlai-je, mais ma voix se perdit dans un désordre de plumes et de sable.

La panique satura mes sens. Les cris des goélands devinrent les miens. Des griffes perçaient ma peau, me couvrant de sang et de douleur. Mon père leva la main, et je le vis se préparer à jeter le galet.

– Il vaudrait mieux l'achever, dit-il. De toute façon, il va crever.

Le galet s'envola. Ce fut mon propre hurlement qui me réveilla.

Je me dressai en nage dans le plaid, prisonnier de son épaisseur et de la moiteur que ma propre sueur y avait distillée. Je ne parvenais pas à y échapper, pas plus qu'au rêve qui me collait à la peau, me privant de toute rationalité. J'arrachai le plaid comme autant de plumes fantômes, et me relevai, tremblant et hagard, debout au milieu des lueurs mourantes du poêle. J'avais réveillé ma mère, mais il me fallut un million d'années avant de percevoir ses paroles affolées.

– Mathieu ? Mathieu ?

Je tournai sans doute vers elle un regard fou, parce qu'elle frémit et m'attira contre elle. Je me laissai faire, retrouvant avec un mélange de surprise et de soulagement l'étreinte rassurante des bras d'un parent. Là, je tremblai encore, mais de soulagement.

Un cauchemar, un cauchemar, un cauchemar, psalmodiai-je intérieurement tandis qu'elle me berçait en répétant le même mot, mais pour me rassurer et me convaincre que c'était bien de ça qu'il était question.

Je finis par pleurer, de honte et de fragilité. Ma mère écarta mes cheveux humides de sueur.

– Que s'est-il passé ? demanda-t-elle finalement quand elle crut deviner que je me calmais.

Je respirai trop vite et mes poumons me faisaient mal, mais je ne pouvais pas laisser les ténèbres gagner.

– J'ai rêvé de papa, dis-je.

En réalité, j'aurais voulu lui dire que j'avais rêvé du goéland blessé et des ténèbres. J'aurais voulu parler des plumes qui me sortaient des bras, et du galet, et de mon père qui voulait s'en servir pour me tuer. J'aurais voulu lui dire que rien de tout ça n'était de ma faute, mais tout s'étrangla dans ma gorge et je me remis à pleurer comme un bébé. Ma mère me serra contre elle, et elle ne fut pas longue avant de se mettre à pleurer elle aussi, et nous restâmes dans le canapé, enlacés, à mouiller nos nuques respectives de larmes intarissables, longtemps, jusqu'à ce qu'il n'y ait plus rien que nos souffles à partager.

Je me détachai de ma mère, un peu honteux d'avoir craqué comme ça à mon âge, mais son regard de gratitude et de douleur me convainquit que ce n'était pas quelque chose que j'avais le loisir de regretter.

– On devrait aller dormir, dit-elle. Dans nos lits, je veux dire. Ce canapé ne nous réussit pas.

Je hochai la tête, les tempes bourdonnantes, groggy d'un trop-plein de larmes. Ma mère se leva, alluma la lumière, et chassa les dernières œuvres de l'obscurité. Je ramassai ma console dont les piles avaient dû mourir durant mon sommeil et me demandai si j'avais pensé à sauvegarder mon jeu. Tandis que ma mère fermait les volets, je pliai le plaid et jetai un regard à l'horloge au-dessus de la cuisine. Deux heures passées. Joyeux Noël.

– Je vais fermer le portail, dit ma mère en enfilant son manteau.

Je lui aurais bien demandé de ne pas sortir, de ne pas me laisser seul, mais j'avais peur d'être encore plus ridicule, et je me contentai de renifler et de hocher la tête. Je m'apprêtais à monter quand sa voix me fit me retourner.

– Tiens ? Où est-elle passée ?

Je regardai de son côté et contemplai le clou vide près de la porte. Un frisson glacé me coula le long de l'échine.

– Tu sais où est la lampe torche, Mathieu ? demanda ma mère en regardant sur les meubles de l'entrée. Il fait nuit noire, là-dehors.

J'étais incapable de parler. Cette lampe était-elle là, avant que je m'endorme sur le tapis ? Y était-elle, en début de soirée ? Y était-elle hier ? Quand exactement avait-elle disparu ? J'étais incapable de m'en souvenir, et je ne voulais pas penser au rêve, au goéland et au galet.

Ma mère se retourna vers moi, le regard inquisiteur, et je ne pus que secouer la tête en signe de dénégation.

– Tant pis, dit-elle en soupirant. J'irai sans.

Elle ouvrit la porte et le cri perça l'obscurité, m'arrachant un sursaut douloureux.

– C'est le goéland !

Les mots étaient sortis tout seuls et la peur était perceptible dans ma voix. Ma mère me lança un regard interloqué.

– Ça ? Non, dit-elle. Les goélands ne volent pas la nuit. Et puis, je crois que c'est une hulotte. Je n'en mettrais pas ma main à couper, mais j'en suis presque sûre. On l'appelle la chouette porte-malheur, dans les campagnes. Avant, on les clouait aux portes pour éloigner le mauvais sort… Quand elles chantent comme ça, on dit qu'elles annoncent une naissance ou un décès.

Ma mère dut se rendre compte de ce qu'elle était en train de dire car elle se mit à rougir et secoua la tête.

– Bref. Je vais fermer le portail. Tant pis pour la lampe.

Quand elle sortit, je manquai une nouvelle fois de lui crier de rester, mais c'était pour elle que j'avais peur, désormais. Je restai sur le palier, assis sur les marches, jusqu'à ce qu'elle revienne, et elle me gronda parce que je n'étais pas encore couché. Je filai dans le couloir et intégrai enfin mon lit, mais je n'acceptai de chercher le sommeil que bien plus tard, quand j'entendis la porte de sa chambre se fermer, et le silence nous réunir.

Chapitre 7

Depuis combien de temps est-ce que je ne rêve plus ? C'est comme le pays imaginaire, les rêves. Quand on est enfant, on y a accès, et on n'y pense pas. Nos rêves sont un dû, que nous rapportons avec nous de nos nuits d'aventures, comme des trésors à garder précieusement. Et puis on grandit. On y accorde moins d'importance, on les froisse dès l'aube pour mieux les oublier. Ils sont remplacés par le besoin de café, de jouir, de sauter hors du lit parce que merde, j'ai raté le réveil, de courir à la vie qui nous attend hors des draps.

Et voilà qu'un jour, on se rend compte que nos nuits sont vides. On n'y avait pas prêté attention d'abord, mais là, ça devient une évidence, ça crève les yeux, le fait qu'on ne rêve plus. On se dit que ça va revenir, parce que si on y arrivait avant, il n'y a pas de raison, n'est-ce pas ? Et puis le temps passe, et non. Alors on s'habitue au vide. Quel autre choix a-t-on, exactement ? J'ai cessé de rêver, il n'y a pas si longtemps que ça. Peut-être est-ce mieux comme ça. Après tout, plus de rêves, plus de cauchemars. Mais il n'empêche qu'au final, je ne peux pas m'empêcher de trouver que mes expériences ont été amputées de moitié. Ce que l'on vit la nuit, on le vit quand même, parfois plus fort que dans la journée.

J'ai annexé le lit parental sur un coup de tête, parce qu'il est grand et que comme ça je peux dormir en diagonale plutôt que recroquevillé, mais je m'y sens illégitime, et le sommeil m'y fuit. On aurait pu croire qu'après des nuits de garde et de veille, après des heures de route et une fenêtre cassée par un galet fantôme, je tomberais comme une masse, mais c'est tout le contraire. Près de l'oreiller, le radioréveil indique qu'il est trois heures passées. Le nez sous la couette parce que les nuits de juin restent fraîches, je tâche de compter les moutons et les toiles d'araignée au plafond. En vain.

À la place, je rumine, bien sûr. Ma tête est pleine de pensées, douces ou amères, certaines tristes comme un jour de pluie et d'autres acérées, aiguisées par le temps et l'oubli. Je retrouve les sensations et les émotions, comme autant de flacons étiquetés dans ma mémoire qui mélangent leurs essences pour composer un parfum d'insomnie. Ma tête s'égare dans tous les sens, entre les époques et les vies, tisse des liens et des conséquences que je n'avais jamais vus auparavant pour dessiner un schéma global qui porte mon nom. Je suis le résultat de ses réflexions.

Moi, et ma vie de célibataire butineur, collectionneur de soirées arrosées et d'amis de faculté, grand amateur de séries B, spécialiste méconnu des films de gangsters, tricheur de belote, passionné de concerts, moi, je suis l'addition de journées fugaces qui ont existé et m'ont amené là. Je suis qui je suis parce que j'ai été cet enfant-là. Si j'ai choisi d'être médecin, c'est peut-être un peu à cause de Corentin.

Plonger dans ses pensées, comme on plonge dans l'eau, pour découvrir sous la surface ce qui se cache sous les rochers. Là, en bas, tout est sombre et anesthésié. Tu parles. Chaque souvenir que je découvre, chaque moment conservé au fond de moi, a gardé sa saveur initiale et sa dangerosité. C'est comme si tous ces événements s'étaient produits hier ; ils me font mal pareil. Et quel regard je porte sur mes errances de l'enfance ! Dans mon lit, je me tourne et me retourne en vain, et une pensée entraîne l'autre comme le courant, recouvrant la précédente pour mieux me noyer et me maintenir en éveil.

On pourrait croire qu'avec le temps, on est enclin à se pardonner. Qu'en grandissant, on accepte d'avoir échoué, parfois. Que tâtonner est une forme d'apprentissage. Mais ces errements, ils restent, et ils teintent tout le reste de culpabilité. Le passage à l'âge adulte aurait pu être une rédemption, mais ce n'est pas le cas. On emmène de l'autre côté tout ce qui nous définit, tout ce qu'on a fait, en bien ou en mal, et qui nous construit. Pas étonnant qu'il soit si compliqué de trouver le sommeil…

Et s'il m'était impossible de dormir dans cette maison de la transition où j'ai grandi en l'espace d'une seule nuit, terrible, c'est vrai, mais unique ? La plus incertaine de toutes les nuits, celle qui fut un seuil, une porte ouverte sur des lendemains vacillants. Une nuit de décembre où j'avais tout donné au vent. Peut-être que j'ai peur de fermer les yeux parce que j'ignore si je serai le même demain matin, encore entier et vivant. Pourtant, je sais bien que ce n'est pas la maison qui est en cause. Ce n'était déjà pas elle, à l'époque. C'était moi.

C'est moi qui ai choisi de m'y écorcher. Moi qui ai choisi de tenter le diable, et de le suivre, pour voir jusqu'où je pourrais aller. Si le sommeil me fuit, c'est peut-être parce que j'ai peur qu'il soit là, à me guetter. Mais c'est aussi pour cette raison que je suis revenu. Il n'y a qu'ici que je puisse être complet.

J'ai laissé une partie mon âme à cet endroit, pour l'éternité.

La nuit du goéland, j'avais mis du temps à trouver le sommeil aussi. Je restai immobile dans le noir longtemps après le départ de ma mère. Mon cauchemar d'avant Noël résonnait encore très fort en moi, et dès que je fermais les yeux, les traits de mon père, ses dents grises et ses yeux de lumière venaient à moi.

Je serai toujours avec toi dans l'obscurité.

J'avais beau savoir qu'il ne m'aurait jamais fait de mal, je revoyais sa main, et le galet.

Il vaut mieux l'achever.

Je me tournai et me retournai dans mon lit, ressassant des pensées morbides, et finalement le sommeil me cueillit sans que j'y prisse garde, un sommeil haché d'avertissements silencieux que je fus à l'époque incapable d'entendre. Je m'éveillai à l'aube, la pluie battant le velux et les nuages défilant dans un ciel chargé. Je mis, comme tous les ans, quelques secondes avant de me souvenir que nous étions au matin de Noël. Et, au contraire des autres années, cette nouvelle ne me fit pas bondir hors du lit avec dans le ventre une boule d'excitation incompressible. Nous étions Noël, mais un Noël qui n'existerait jamais, celui qu'on m'avait volé et que je ne vivrais pas.

Je rechignai à quitter le lit pour admettre la réalité et en définitive, je ne me résolus à me lever que lorsque ma vessie devint insupportablement douloureuse. Une fois la pression soulagée, j'enfilai ma vieille paire de charentaises et mon sweat en laine polaire avant d'empoigner ma console et de descendre. En bas, ça sentait déjà le café et le pain chaud. Ma mère était debout, elle aussi, et occupée à regarder la météo depuis le canapé où elle s'était réfugiée pour le petit déjeuner. J'allai directement dans la cuisine sans attirer son attention et entrepris de me faire chauffer du lait dans l'optique de me préparer un chocolat chaud. Elle me rejoignit dès les premiers bruits de casserole pour me passer la main dans les cheveux et prendre le relais sans que je lui aie rien demandé.

– Tu as bien dormi mon chéri ?

Comme toutes les questions de ce genre, il n'y a qu'une seule bonne réponse attendue, et ce fut celle que je donnai, quoi que mes cernes aient pu en dire.

J'avais rêvé de brume et d'océan, mais Dieu merci, cette fois-ci il n'y avait plus de goéland.

– Qu'est-ce que tu vas faire aujourd'hui ?

Je jetai un regard consterné au ciel qui se vidait dans le jardin, aux arbres noirs sur fond de nuages, et je haussai les épaules.

– Rien je suppose. Tout va être fermé, et il fait un temps dégueu.

– Mathieu.

– Un temps pourri, rectifiai-je sous son regard sévère. OK. Il pleut, quoi.

Elle hésita, puis se passa la langue sur les lèvres et posa sa casserole.

– C'est dommage. Il y a quelque chose qui aurait pu t'encourager à braver les éléments dans le garage.

Il y eut un frémissement en moi. Un cadeau ? Vraiment ? Ma mère sourit. Je pris le chemin du garage en essayant de ne pas paraître trop pressé, mais j'y allais quand même d'un bon pas, pour ne pas la décevoir. Tout était une question de dosage.

Je n'avais jamais vu la voiture garée là. Elle aurait à peine pu y caser un demi-châssis. C'était plein à craquer d'un capharnaüm sans nom qui prenait la poussière entre deux étés. Il y avait le congélateur, des meubles, des caisses de je ne sais quoi, des outils et des pots de peinture et... un vélo. Un vélo tout neuf, rouge braise. Je m'arrêtai net.

C'était un vélo de sport, avec le guidon tourné comme les cornes d'un bélier. Verni et luisant, un vrai vélo d'adulte, aux roues fines et aux pneus parfaitement gonflés. J'avais demandé un vélo, l'an passé. Ma mère avait dit non, parce qu'elle ne voulait pas que je m'en serve en ville ; c'était trop dangereux et nous n'avions pas de place où le ranger dans l'appartement. Comme c'était pour aller au collège et que manifestement il en était hors de question, je n'avais pas insisté. Mon père avait dit qu'il m'en paierait un pour Oléron, pour l'été. Pour être libre d'aller à la plage seul, et d'explorer. Puis il avait oublié. Pas moi. Pas ma mère. C'était inattendu et parfait. Ce matin-là, elle venait de le convoquer entre nous sans douleur et sans peine. C'était d'autant plus fort en moi que je n'avais rien souhaité. Mes yeux me brûlaient.

– Il te plaît ?

Ma mère s'était glissée derrière moi et posait sur le vélo un regard anxieux qu'elle ne voulait pas m'adresser.

– Il est super, dis-je, la gorge enrouée.

Ma mère ne demanda rien de plus. Elle me serra contre elle, m'embrassa les cheveux, les ébouriffa de nouveau et soupira.

– Promets-moi juste que tu seras prudent avec ce bolide, et viens boire ton chocolat. De toute façon, tu n'iras nulle part habillé comme ça.

J'avais des fourmis dans le cœur. J'expédiai le petit déjeuner, la faim me fuyant comme chaque matin dès les premières bouchées. Il ne me fallut guère de temps pour m'habiller, et lorsque je redescendis, la seule chose que je voulais savoir, c'était si la pluie avait accepté de rendre les armes. Dans le salon, ma mère était recroquevillée, et au premier regard, je la devinai de nouveau éteinte et triste. Il me fallut quelques secondes pour repérer le téléphone vissé à son oreille, mais bien moins pour deviner qui était à l'autre bout du fil. Comme je m'imposai dans son angle de vision, ma mère me vit et roula des yeux pour me faire sourire. Elle y parvint, mais je ne pus m'empêcher de la trouver très pâle. Une petite fissure en moi, prête à m'engloutir, s'inquiéta de savoir tout ce qu'elle pourrait encore encaisser avant de se briser. Je refusai d'y penser.

– Oui maman, dit-elle, mais je ne vais pas me taper la route jusque chez toi avant de remonter… ce serait contre-productif ; nous sommes quand même venus dans l'île pour nous reposer.

Je lui demandai silencieusement si je pouvais y aller, et elle hocha la tête, avant de griffonner sur un coin de journal : *Rentre pour déjeuner !* Je levai les deux pouces en signe d'assentiment et me faufilai dans le garage sans attendre la fin de sa conversation. Elle gérerait mieux si je n'étais pas là, libre de se mettre en colère en mon absence. Moi, j'avais besoin d'air.

Le vélo était toujours là, un miracle de Noël rutilant. Je passai la main sur le cadre froid. Avais-je le droit d'être heureux ? Sous mes doigts, il y avait des promesses de vitesse et de liberté, mais je m'en voulais un tout petit peu de les désirer. Parce que finalement, chercher à échapper au chagrin, est-ce que ce n'était pas trahir ?

Ton père voulait que tu aies ce vélo.

C'est vrai. Il voulait aussi me jeter un galet.

Je chassai toutes les voix, posai la main sur le guidon et me décidai. Le vélo était merveilleusement léger. Les rayons de ses roues cliquetaient parfaitement tandis que je le menais vers la sortie, et s'il peina dans le sable, dès que nous fûmes sur la route, je sentis qu'il ne demandait qu'à s'élancer. Sous le ciel chargé mais lumineux, avec le vent qui dansait autour de moi, je sentis soudain les chaînes se relâcher, comme sur le sommet de la dune le jour de notre arrivée, comme au fond du blockhaus. Une nouvelle bulle, où respirer.

C'est Noël, songeai-je, et je me demandai si mon premier vœu avait été exaucé.

Tout m'apparaissait doux et apaisé. Je m'élançai.

Comme attendu un matin de jour férié, les rues de Vertbois étaient désertes, et je pus sillonner la chaussée du centre-ville et des résidences. Toutes les voitures que je croisai étaient sagement garées le long des trottoirs et rapidement, je ne m'embarrassai plus des règles du code de la route pour laisser libre cours à mon envie de liberté. Sur un coup de tête, je sortis de la ville pour prendre la route du littoral, et je donnai toute l'énergie dont je disposais, testant les limites. Le vent sifflait à mes oreilles. Quand je ralentis finalement, rouge et heureux, une voix moqueuse m'interpella.

– Ils se sont passé le mot, ou quoi ?

Je me retournai et eus la surprise de trouver là Corentin, fièrement monté sur un vélo tout-terrain gris aux couleurs froides et métalliques.

– Toi aussi ? demandai-je, incrédule.

Il hocha la tête en riant.

– Mon vieux était trop petit. J'en voulais un grand. C'est génial que t'en aies eu un aussi. J'allais au blockhaus pour te retrouver, mais je t'ai croisé sur la route. J'ai eu un mal fou à te rattraper ! Mais c'est cool, on va pouvoir aller où on veut, maintenant !

Il jeta un regard critique à mon bolide et fit la moue.

– Enfin, surtout moi. Toi, tu vas devoir rester sur les sentiers balisés.

– Peut-être, dis-je avec morgue, mais j'y roulerai toujours plus vite que ton monstre !

Il n'en fallait pas plus. La minute suivante, nous dévalions la route qui nous ramenait à Vertbois, moi devant et lui derrière, ne s'épargnant pas pour tenter de me rattraper. L'ivresse était incroyable. Je me débarrassai de ma tristesse et de ma rage dans le vent qui me cinglait le visage. Tout se délitait derrière moi, et des mois de poussière s'enfuyaient, s'arrachant à ma carcasse d'enfant mort pour disparaître avec les nuées en direction de l'horizon. Je me détricotais et un air neuf emplissait mes poumons, me permettant de nager dans le courant

Pense à respirer.

Et respirer plus grand. Je jetai des regards en arrière et des commentaires amusés à Corentin, qui luttait farouchement pour se maintenir à ma hauteur malgré son VTT trop lourd. Il était plus fort que moi ; il s'en sortait honorablement, mais j'avais la satisfaction de savoir que je n'étais moi-même pas à fond.

Nous filâmes à travers l'île, dans les marais, sur les routes goudronnées flanquées de fossés remplis de pluie et d'ajoncs épais. La journée n'aurait pu être plus belle ni le cauchemar de la veille plus loin. Je me sentais délivré d'un poids, d'une veille, d'une obscurité froide qui se dissolvait dans la vitesse et l'instant. Je fonçai à toute allure, sans plus rien entendre, les oreilles brûlantes et le bonheur à portée de main. Il n'y avait plus rien en dehors de mon poids sur les pédales, et des roues qui mordaient le bitume avec une avidité grisante.

Parfois, Corentin nous orientait, et nous changions de cap comme les oiseaux sauvages capables de sentir sans la connaître leur ultime destination. Il pleuvait par intermittence, mais même la bruine glacée était incapable de nous dissuader de foncer toujours plus vite et plus loin, juste heureux de pouvoir nous rendre où nous le voulions. Corentin lâcha son guidon, et j'appris à en faire autant, les bras étendus comme un funambule sur la corde raide, la tête rejetée en arrière pour mieux voir les nuages. Les souvenirs que j'engrangeai ce matin-là confinaient au sublime. Je ne touchais plus terre, et le vélo avait des ailes.

Il n'y avait pas vraiment de plan, ou alors, il fut oublié en cours de route. Nous roulâmes au gré des chemins, et nos roues nous ramenèrent près de la mer. Nous gagnâmes la baie de la Perroche et poursuivîmes jusqu'à La Cotinière, nous riant des rares voitures qui croisaient notre chemin et filant, dégoulinants et hilares, comme si nous avions un but précis qu'il nous fallait atteindre avant qu'il ne soit trop tard.

La Cotinière nous apparut plus vivante que Saint-Pierre, trop domestiquée pour nous. Elle était frémissante d'une journée de travail semblable aux autres, où la vie des hommes dépend davantage du rythme des marées que des caprices du calendrier. Les bateaux étaient sortis, malgré le gros temps et la mer démontée. Nous gagnâmes la rade, comme attirés par des aimants puissants, et laissâmes les vélos accrochés à une balustrade proche pour nous mêler à la foule. Dans le port, les bateaux roulaient sur des eaux grises et épaisses, et nous entendions les vagues se briser sur la digue, au-delà de la jetée. Les tintements des mâts lançaient dans l'air des échos surnaturels, inidentifiables, aux accents de chants de sirènes.

Corentin furetait partout comme s'il était chez lui, et je le suivis, tâchant d'être tout aussi invisible et rapide que lui. Près du marché de la Victorine, les hommes débarquaient la pêche précédente, et ça parlait des creux du large, et du grain qui passait au nord. Nous n'écoutions rien, trop occupés à inspecter les caisses de polystyrène. J'ouvrais grands les yeux, peu habitué à cette masse encore fraîche qui ne sentait pas tant les poissons que l'océan profond dont ils étaient issus. Il y avait quelque chose d'à la fois morbide et terrible à voir ces corps qui nageaient encore librement quelques heures auparavant étendus les uns près des autres sur leur lit de glaçons, leurs yeux fixes dépourvus de toute expression. Ils étaient nombreux, si nombreux qu'on eût pu croire que l'océan était vide, et qu'il n'y avait plus rien de vivant là-dessous, plus rien qui puisse bouger, espérer, grandir.

Corentin m'appela silencieusement d'un geste de la main et je le rejoignis près d'une grande caisse de plastique d'où sortaient des petits cliquetis sur lesquels j'aurais été bien en peine de mettre une origine si on m'avait posé la question. En me penchant par-dessus, je découvris des dizaines de gros crabes luisants, aux pinces immobilisées par des élastiques verts, qui se grimpaient les uns sur les autres en quête de liberté et de lumière. Je fis la grimace. Corentin afficha un sourire carnassier.

– Ils sont gros, hein ? Sur les récifs, on en pêche jamais des comme ça, mais ils te pincent sévère si tu approches les doigts.

– Comment ils font pour les attraper ? demandai-je, incapable d'imaginer qu'on puisse prendre une bête pareille avec une canne ou un filet.

Corentin fit un geste vague de la main.

– Ils font ça au casier, ou au carrelet. Ils mettent des appâts dedans, généralement des viscères de poisson, et puis ils posent le piège sur le fond de l'eau, et les crabes viennent. Ils sentent qu'il y a de la bouffe, alors ils ne font pas attention où ils mettent les pinces, et t'as plus qu'à les remonter.

Je ne pus m'empêcher de ressentir un peu de pitié pour les crabes amoncelés les uns sur les autres au fond d'une caisse, vivants, impuissants, piégés, incapables de savoir ce qui les attendait. Peu de temps avant, ils avaient l'océan pour eux, et maintenant, plus rien qu'ils puissent comprendre, plus rien qui fasse sens, et la mort au bout du chemin avec une casserole d'eau bouillante et un peu de mayonnaise. Corentin tapota la carapace d'un gros tourteau qui leva ses pinces, sur la défensive et pourtant inoffensif, entravé par les élastiques.

– C'est triste, dis-je, pas certain d'assumer tous les bâtonnets de surimi que j'avais pu engloutir au cours des dernières années.

– C'est la vie, répondit Corentin en haussant les épaules. Regarde.

Il se tourna vers un énorme poisson serpentiforme, luisant et massif, à la gueule à demi ouverte et à l'œil couleur de cendre.

– C'est un congre, me dit-il. Regarde-le, il est presque plus grand que nous, mais maintenant, il va geler là, on va le débiter en petits morceaux et le manger. C'était bien la peine de passer autant de temps à nager là-dessous pour finir dans une assiette, hein ?

Sans prévenir, Corentin se saisit d'un couteau de pêcheur et l'enfonça jusqu'à la garde dans la tête de la bête, dont la bouche s'ouvrit en grand dans un reproche muet et dont l'œil se tordit, sectionné. Un liquide s'en échappa, larme unique.

– Hey !

Un géant barbu en bottes tendit un doigt vengeur dans notre direction.

– Tu ne touches pas aux poissons, gamin !

Corentin lui fit un geste obscène et renversa le panier de crabes avant de prendre la fuite. Sur le sol, l'armée cliquetante des crustacés éparpillés se mit à grouiller, envahissant l'espace cimenté jonché de glace et d'eau. Ils s'égaillèrent en tous sens. Je levai les yeux et croisai le regard furieux et blessé de l'homme à la barbe. L'instant d'après, il courait dans ma direction.

J'eus un hoquet incrédule et fis volte-face pour m'enfuir, paniqué. Corentin ne m'avait pas attendu. Comme des voix furieuses s'élevaient derrière moi, je pris mes jambes à mon cou pour contourner le port et retrouver mon vélo. Je n'avais plus qu'une seule idée en tête, foutre le camp. Je ne me retournai pas une seule fois.

Mon bolide était tout seul accroché à la rambarde et je l'enfourchai en pesant lourdement sur les pédales, une horde de marins furieux réels ou imaginaire vociférant à mes oreilles. En quittant le port, je manquai de me jeter sur le capot d'une voiture qui remontait la rue dans l'autre sens et qui klaxonna avec véhémence. J'ignorai royalement les protestations du conducteur, glissai mon vélo entre sa portière et les maisons, montai sur le trottoir et manquai de renverser une aïeule en chaussons avant de disparaître à la faveur d'un virage.

– Ici !

Devant moi, au carrefour suivant, Corentin me faisait des signes. Je le rejoignis aussi vite que possible, et il démarra avant que j'arrive à sa hauteur pour que nous puissions repartir à pleine vitesse, roues contre roues, en direction de l'intérieur. Le vent nous poussait dans le dos et le code de la route prit de nouveau une importance très relative tandis que nous avalions l'asphalte, ivres de notre propre audace. Le bien et le mal se confondaient à l'horizon. Il n'y avait plus que la vitesse, et l'abandon. Et c'était bien suffisant, comme libération.

Chapitre 8

Ma nuit d'adulte s'achève dans la lumière dorée d'une nouvelle aube de juin. J'ai dû dormir, finalement, et le sommeil a été perturbé, car je m'éveille complètement saucissonné dans des draps froissés avec la gueule de bois de celui qui n'a pourtant rien bu. Je me souviens, en essayant de remettre mon cerveau à l'endroit, que j'ai abusé des nuits blanches et du café. Comme le radio-réveil indique onze heures et des pruneaux et que j'ai quatre appels en absence sur mon portable, je requalifie ma grasse mat' en coma profond et je m'autoprescris un shoot de caféine avant la crise de manque.

Dans la cuisine, les chants des oiseaux et l'air tiède ont envahi la pièce d'autant plus facilement que mon carton-fenêtre est moyennement isolant. Je remplis la cafetière en regardant avec insistance le galet posé en évidence sur le plan de travail, mais il est semblable à ce qu'il était quand je l'ai trouvé sur le tapis, et tout cela est plus proche d'un délire irrationnel que d'autre chose. Après m'être servi un mug fumant, je rappelle ma mère, qui a rempli ma boîte vocale de messages silencieux. Elle déteste les répondeurs, mais oublie systématiquement de raccrocher avant qu'ils ne se déclenchent. Cette fois, elle me répond presque tout de suite.

– Tu as essayé de me joindre ? Ça sonnait dans le vide, j'étais inquiète.

– J'ai essayé de te joindre hier, et tu as essayé de m'appeler quatre fois en moins de cinq minutes à huit heures du matin. Tu espérais quoi ?

– Du coup, ça va ? Tu n'as rien ?

C'est tout ce qui importe, dans sa voix et dans sa tête, tout ce qui remplit ses pensées depuis les événements. Savoir que les autres vont bien. Elle a trop craint le pire, trop souvent, trop longtemps. C'est son traumatisme ; une cicatrice laissée par la mort de mon père je suppose, qui lui fait attendre la catastrophe au détour de chaque seconde. Mon travail est de la rassurer, entre autres. Rendre le monde plus doux, aussi, si je peux. Au moins un peu.

– Je vais très bien. Devine où je suis ?

Mon engouement est à moitié feint, mais moi aussi j'ai besoin de légèreté après cette nuit tourmentée.

– Chez toi ?

Ce manque d'imagination me fend le cœur.

– Oui et non.

Un silence dubitatif s'installe, alors je sors pieds nus sur le bois peint de la terrasse, et je tends mon téléphone à la foule ornithologique en délire.

– Alors ? je demande en reprenant le combiné.

– Dans une volière ?

Je lâche l'affaire.

– Je suis à Oléron.

Ma mère se récrie au téléphone.

– Quoi ? Tout seul, alors que tu n'es même pas en vacances ? Tu n'es pas en vacances, si ? D'habitude, quand tu es en vacances, tu me le dis. Et puis tu vas à l'étranger, alors...

– Je ne suis pas en vacances. Je suis venu pour deux jours. Je repars tout à l'heure ; je bosse jeudi.

– Mais... toute cette route ! Pourquoi ?

C'est vrai, ça, pourquoi ?

Parce qu'ils ont détruit le Krokodil.

Je hausse les épaules, bien qu'elle ne puisse pas me voir. Il n'y a qu'une seule réponse vraiment honnête à donner, mais je ne suis pas certain de l'assumer.

– Parce que j'avais besoin de revoir la maison.

Elle ne me demande rien de plus, étrangement. Un silence de printemps s'installe entre nous, étiré et délicat, partagé et lointain.

– Tu te souviens ? De cet hiver-là ?

– Quelle idée stupide j'avais eue de nous emmener là-bas !

On aurait dit Nanie.

– Quelle idée tu as eue de l'emmener là-bas !

Ma mère râle et se blâme, répète les milliers d'horreurs qui auraient pu arriver, tout le drame du monde dans une si petite île face à un si grand océan, mais je ne l'écoute qu'à moitié, car j'ai mes propres souvenirs, et ce ne sont pas les mêmes.

– Pourquoi étions-nous descendus à Oléron, maman ? Pourquoi tu nous avais emmenés là ? Tu étais venue chercher quoi ?

Je me rends compte que cette question, que je n'ai jamais posée, est au cœur de mes pensées depuis plus de dix ans. Elle n'a pas besoin de réponse et pourtant, elle a toujours été là, flottante. Elle ne détermine pas ce qui s'est passé, mais me rend juste curieux, parce que ce choix a déterminé tout le reste. J'entends ma mère soupirer.

– Sincèrement ? Je ne m'en souviens pas. J'avais juste envie... de ne plus être avec les *autres*... Je voulais du vide et du silence.

Un rire sec résonne.

– On peut dire que j'ai été servie.

J'ai moi-même un sourire.

– C'est sûr, dis-je. Tu ne voulais pas les gens, alors tu as eu pire.

– Nous avons tous eu pire, frissonne-t-elle.

Je ne peux pas vraiment lui donner tort sur ce point.

Après le congre, Corentin et moi filâmes en sens inverse, longeant toujours l'océan. Mon compagnon se mit bientôt à rire, et son hilarité se dispersa dans le vent tandis qu'il tournait vers moi un regard humide de larmes de joie. Nous nous mîmes à slalomer sur la route déserte, nous penchant dans les virages, frôlant le sable du bas-côté, et coupions les priorités à des véhicules invisibles sans aucune vergogne. L'hilarité de Corentin n'en finissait pas, et bientôt je ris avec lui, mes doigts gelés et mes joues en feu. Nous n'aurions pu être plus heureux.

Pourtant, quelques crampes dans mon ventre me rappelèrent à la réalité et après avoir vérifié l'heure, j'expliquai à Corentin que j'allais rentrer, car ma mère m'attendait pour déjeuner.

– Tu es sûr ? demanda-t-il.

Je trouvai sa question bizarre, mais oui j'étais sûr. Corentin sourit, dit d'accord et hocha la tête. J'aurais voulu ajouter quelque chose, mais je ne trouvai rien de pertinent et en définitive, nous convînmes de nous retrouver en début d'après-midi à la sortie de Vertbois pour de nouvelles aventures. Avant de le quitter, je posai une dernière question qui me brûlait les lèvres.

– Tu penses qu'on va avoir des problèmes avec les marins ?

Corentin haussa les épaules.

– Quelle importance ? dit-il en me saluant avant de mettre les voiles, penché en avant sur son VTT.

Je le regardai disparaître avec un mélange d'envie et d'incrédulité, puis je repris la route de la maison et garai mon vélo dans le garage, à la fois fier et heureux d'avoir vécu une telle matinée. C'était un cadeau d'autant plus précieux que la veille encore, ou la nuit même, je n'aurais pu imaginer pareille légèreté. Tout à coup, notre venue dans l'île était une porte de salut, une possibilité de se débarrasser de la mort qui me collait aux talons. J'entrai dans la maison avec un mélange de fierté et d'excitation. Tout retomba trop vite, dès les premiers pas et la compréhension.

Il faisait froid dans le salon ; quelqu'un avait laissé le poêle s'éteindre. Rien n'était au four, rien n'indiquait qu'on ait fait quoi que ce soit dans cette maison après mon départ. Il n'y avait aucun de ces bruits qui prouvent qu'un lieu est vivant, aucune de ces odeurs qui annoncent un repas. Rien de tout cela, juste le froid, et les cendres humides.

– Maman ?

Je vérifiai d'un coup d'œil que la voiture était bien à l'endroit habituel et c'était le cas. De toute façon, nous étions le 25 et tout était fermé. Où ma mère serait-elle allée ?

– Maman ?

Aucune réponse. L'inquiétude me gagna, parce que moi aussi, j'avais appris peu de temps auparavant ce qu'avoir peur voulait dire. Je cherchai partout en bas, ce qui fut vite fait, puis gagnai l'étage, visitai rapidement la salle de bain déserte, et trouvai finalement ma mère allongée tout habillée sur le grand lit parental. Elle dormait. J'entrai, incrédule, me demandant si je devais la réveiller ou bien prendre mes précautions pour ne pas la déranger.

En faisant le tour du lit, je pus enfin voir son visage et ses yeux rougis, ses traits tirés et sa fatigue résignée. Il y avait la boîte de comprimés sur la table de chevet. Oh, elle n'était pas vide, merci bien, mais elle était là, à midi moins le quart, et même moi je savais que ce n'était pas sa place à une heure pareille, et que ma mère aurait dû le savoir aussi. Mais la tête enfouie au creux de son bras, elle avait sans doute décidé que tenir jusqu'à midi, ça suffisait pour aujourd'hui. J'allai m'asseoir sur le lit et, après une rapide hésitation, lui secouai l'épaule. Il fallut insister pour obtenir un résultat.

Quand ma mère ouvrit enfin les yeux, elle posa sur moi un regard vide, comme si elle ne savait plus ni qui j'étais ni ce qu'elle faisait là. Je tentai de dissimuler la panique que je ressentais à la voir dans cet état.

– Maman, dis-je, il est midi. On mange pas ?

Elle chercha ses mots, ouvrit la bouche, ne dit rien, et je devinai toute l'énergie qu'elle déployait pour garder les yeux ouverts et interagir avec moi. Ça n'aurait pas dû causer une telle souffrance, ça n'aurait pas dû être si compliqué, elle n'aurait pas dû souhaiter être si loin de moi. Je sentais monter une colère d'un égoïsme froid.

– Je ne me sens pas très en forme, Mathieu, dit-elle en se frottant les yeux. Et si tu te faisais à manger, d'accord ? Je ne me sens pas en état de me lever, et puis je n'ai pas très faim… tu peux te faire des œufs, si tu veux, mon chéri.

Elle se tourna sur le côté et, avant que j'aie pu trouver quoi lui dire, se rendormit. Je restai un moment à ne plus savoir quoi faire, fébrile de désespoir et de colère. Je demeurai à la même place jusqu'à ce que sa respiration se fasse régulière et que je fus certain qu'elle était partie pour un ailleurs qui la laissait en paix, mais dont j'étais exclu. Je me levai alors avec l'envie poignante de la réveiller pour pouvoir lui hurler dessus mais je ne le fis pas. À la place, je refermai la porte sur son sommeil et descendis jusque dans la cuisine, la boule au ventre et dans la gorge. Je ne pleurerais pas.

Tu es sûr qu'elle t'attend ?

Je refusai de céder ; je refusai de perdre. Je mis une casserole d'eau à chauffer, une poêle avec un fond de beurre et je me fis des coquillettes avec un œuf au plat que je retirai trop tard du feu et qui garda ce petit goût de brûlé qui détruit tout le reste. J'avais toujours aussi froid, mais je n'avais pas la force de rallumer le poêle et je restai emmitouflé dans le plaid pour manger sur le canapé, ce qui était une certaine forme de rébellion, parce que si ma mère avait été là j'aurais bien évidemment été tenu de manger à table. Une fois mon repas fini – la moitié des coquillettes ; j'avais à peine réussi à toucher à l'œuf trop cuit –, je mis l'assiette dans l'évier et restai comme un imbécile dans la maison vide, où tout me rappelait que rien n'était normal.

J'eus envie d'allumer ma console mais ne le fis pas. Je voulus trouver quelque chose à la télé, mais il n'y avait rien pour moi en cet après-midi de Noël, où les programmes sont tous plus inintéressants les uns que les autres parce que personne n'est devant l'écran, et qu'on ne va pas se donner du mal pour ça. Je guettai sans le vouloir des sons émanant de l'étage mais il n'y en eut aucun, et quand je décidai finalement de repartir, je remontai par acquit de conscience pour retrouver ma mère comme je l'avais laissée. Je ne la réveillai pas cette fois-ci mais au contraire la laissai dormir, et l'abandonnai.

Je rédigeai malgré tout un petit mot pour lui expliquer que j'étais reparti pour l'après-midi, et que je ne rentrerais pas tard, promis. Une part de moi se demanda si elle en avait quelque chose à foutre. Une autre espérait qu'à mon retour, au moins, elle serait réveillée pour de bon. Je me couvris, car la bruine commençait à tomber, et je quittai la maison en passant par le garage. Tandis que je remontais l'allée qui menait à la route, je me retournai pour regarder la maison, et je fus pris d'une envie folle de tout détruire.

Plus rien n'avait de sens, et je n'étais pas sûr que quoi que ce soit en récupère un jour. Tout était bancal ; nous étions amputés. La mort de mon père avait brisé le fragile équilibre qui nous unissait, et nous tentions de marcher, sans y parvenir, avec les membres de cette famille qu'il nous restait. Il n'y avait plus rien à quoi se raccrocher, ni aucune certitude que nous sortirions un jour de cette instabilité éreintante.

Entre l'automne et Noël, nous avions essayé, mais ça ne fonctionnait pas, ou plus. Le monde était flou, de l'autre côté d'un océan. Le quotidien était redevenu discernable, c'est vrai, mais il jetait du sel sur la plaie, rendant chaque jour plus insupportable que le précédent. Moi, j'avais peur de respirer, peur qu'elle ne s'écroule, parce qu'elle tenait le ciel au-dessus de nous. Tous les deux, nous tournions autour du cadavre de l'automne, incapables de l'abandonner, incapables de savoir comment aller de l'avant, ni si on en avait vraiment envie. Ces journées-là étaient perdues dans le néant, elles aussi.

Il avait fallu retourner en classe. C'est à ce moment-là que j'avais compris que rien ni personne n'avait changé à part nous. La rupture était à l'intérieur de ma poitrine, mais à l'extérieur aussi, entre moi et les autres, pour toujours. J'étais tombé en dehors du monde. J'avais changé de rôle dans la grande pantomime des collégiens. Les regards n'étaient plus les mêmes, ils étaient pleins de curiosité, d'avidité morbide, d'intérêt poli, de pitié aussi, de gêne trop souvent et je les fuyais tous, je les détestais tous autant qu'ils étaient. Je croyais encore me souvenir que j'avais eu des amis avant, mais même cette certitude était devenue fragile. Et puis, j'étais loin des autres, désormais. J'étais persuadé que c'était pour l'éternité.

Du coup, je m'étais appliqué à faire le ménage, créant une solitude autour de moi qui ne demandait aucun entretien. De toute façon, après ce que j'avais enduré, plus rien ne pourrait être plus douloureux, n'est-ce pas ? Mes « amis » avaient eu des questions et je n'avais pas envie d'y répondre ; une façon comme une autre de me faciliter la tâche. Corentin, lui, ne m'avait rien demandé. Mais peut-être que c'était plus facile pour lui parce que contrairement aux autres, il n'appartenait pas au monde « d'avant ». Peut-être.

Penser à Corentin apaisa mon désir de destruction. Je n'étais peut-être pas obligé d'être toute ma vie le rejeton d'un mort, et peut-être même que je n'étais pas obligé d'encaisser tout ce poids accroché aux fils de mon identité. Peut-être que je pouvais renverser des caisses de crabes, tuer des poissons crevés et fuir en riant pour le reste de la journée.

Je jetai un dernier regard derrière moi et enfourchai mon vélo. Ce n'était pas grave si je partais. Ce n'était pas grave si ma mère dormait, si elle m'avait abandonné pour un oubli éphémère et une secourable pharmacopée. Ce n'était pas grave si j'étais seul et malheureux, et si je n'étais pas assez courageux pour affronter l'océan. Parce que j'allais pédaler vite, bordel, et renverser sur mon passage tous les crabes de la création. Et ce ne serait pas grave non plus si je ne rentrais pas à la maison. Parce que j'aurais respiré entre-temps, respiré au moins un peu, pour de bon.

Chapitre 9

Je discute plus d'une heure avec ma mère, ce qui ne m'était pas arrivé depuis mon adolescence. Notre échange est facile, et c'est exactement comme si le fait d'être à Oléron avait créé entre nous un lien invisible améliorant la communication. Nous sommes sur la même longueur d'onde à tous les sens du terme, tout à fait capables de nous entendre, pour la première fois depuis une éternité.

C'est fou comme un souvenir partagé nous rassemble. Une pièce secrète, dans laquelle ne peuvent entrer que ceux qui étaient là, que ceux qui l'ont vécu. Pour ma mère et moi, décembre avait été notre second traumatisme, celui qui avait failli nous tuer après le premier, qui nous avait volé l'homme de notre vie. Et nous étions vivants, en définitive, et tout cela était lointain, inoffensif. Nous prenons le temps d'en discuter, à distance l'un de l'autre et des événements passés, dans la chaleur de juin, où on se dit que rien de terrible ne pourra jamais nous atteindre.

De fil en aiguille, on parle de papa. C'est rare ; déjà parce qu'on ne bavarde pas souvent ensemble, et ensuite parce que même quand ça nous arrive, c'est un sujet que nous évitons soigneusement, l'un comme l'autre. Parfois, je me demande avec qui ma mère discute de ces années perdues, de cette vie qu'elle a eue avec mon père et que je n'ai partagée qu'à moitié, de ce qu'elle a vécu avec cet homme qu'elle aimait. Avec qui peut-elle revivre ça, parler de ça, se souvenir ? Pas avec moi, c'est certain ; ce serait étrange de parler de cet amour-là avec l'unique enfant qui en est issu, mais alors avec qui ? Ses copines, quand d'aventure elle va voir une expo avec elles, ou manger un morceau un midi ? Avec Nanie, indéracinable souche de mon arbre généalogique ? Avec la famille de mon père, si silencieuse par nature ? Ou bien garde-t-elle ça pour elle ; un trésor enfoui dans sa mémoire qui n'a de valeur qu'à ses yeux et ne saurait briller pour les autres comme il brille pour elle ?

Je n'ai pas été souvent amoureux, à tel point que je ne suis même pas certain de l'avoir été du tout. Il y a des gens qui ont compté, c'est certain, mais rien qui m'ait donné envie de respirer le même air qu'eux plus de quelques mois. Rien qui ait pu ressembler à cet amour inconditionnel qui unissait mes parents. Et ce lien est mort avec lui, la laissant seule sur le rivage, avec la certitude qu'elle ne vivrait plus jamais ce qu'elle avait vécu. Je ne vois pas avec qui elle pourrait partager ça. Je ne vois pas qui serait capable de comprendre. Nos unions sont uniques. Même quelqu'un qui, comme elle, nourrit un amour parfait pour son partenaire ne pourrait reconnaître la couleur de celui qu'abrite ma mère. Comme un flocon de neige, sa forme et sa lumière n'appartiennent qu'à elle.

Tandis qu'elle évoque l'avant, et que je l'écoute et reçois une mélancolie qui n'est pas la mienne, je songe que ce que j'ai vécu de plus absolu jusqu'ici, c'est peut-être ma mémoire de l'île justement, et je m'interroge sur cette étrange comparaison. Est-ce que l'amour a le même goût que l'abandon ? Est-ce que c'est courir, les yeux fermés, en espérant ne pas tomber ? Si c'est ça, c'est un mensonge. Nous tombons tous, à la fin. Tout le monde finit toujours par tomber.

Pourtant, en cette journée de Noël, j'avais le meilleur de mon enfance avec moi, et la chute semblait lointaine et improbable. Corentin et le vélo avaient balayé la gangrène de mon malheur, et dès que je l'avais rejoint hors de Vertbois, j'avais oublié ma mère, son apathie et le deuil qui nous unissait. Nous explorions l'île comme si elle était à nous, et que tout ce qui s'y trouvait pouvait se plier à notre volonté. Nous étions les propriétaires éphémères des marais sauvages à la végétation grise et gorgée d'eau. Notre route était un ruban de macadam marqué comme la peau d'un vieux reptile, et nous délaissâmes même sa relative sécurité pour un chemin de pierre blanche qui s'enfonçait dans le bocage. Les bruits s'effacèrent, et nous fûmes libres de nouveau.

L'après-midi débutait juste, mais il n'y avait plus vraiment de temps entre nous, plus de limites ni d'obligations, juste un absolu de gris et de muscles endoloris. Corentin ne m'avait pas demandé si ma mère m'attendait vraiment pour le déjeuner, et je ne savais pas si c'était parce qu'il avait oublié sa question ou s'il savait simplement avoir eu raison. Je lui en voulais, dans une certaine mesure, de deviner mieux que moi les accrocs du quotidien, d'avoir cette lucidité froide qui m'échappait, même pour des choses qui me concernaient davantage que lui. Cette sensation ressemblait à celle de la veille, quand je lui avais parlé de mon père ; j'avais eu l'impression qu'il comprenait mieux que moi ce que tout cela impliquait, et la douleur et l'inertie, la peine et la fragilité. Non, il n'avait pas posé de question, mais il n'en avait pas eu besoin. Il voyait la soif qui me dévorait, et s'appliquait juste à la sustenter.

Bientôt, il n'y eut plus que les clayères et nous, les chemins et les chenaux, la pluie froide de décembre et l'éternité sous nos doigts gelés. L'oubli, enfin, jusqu'à s'en saouler. Le vélo filait merveilleusement, Corentin tenait ma roue, et nous allions vers le sud en coupant toutes les routes qui se dressaient devant nous. Nous ne ralentissions jamais, évaluant le chemin à suivre d'un regard, au risque de prendre un virage trop serré ou de nous faire renverser. Lorsque nous débarquâmes sur la route qui menait au pont, la voix de Corentin me parvint, lointaine et impérative.

– Serre à gauche, serre à gauche ! Le débarcadère !

J'obéis sans discuter, traversant la route sans un regard pour les véhicules qui pénétraient ou quittaient l'île sous le crachin épais. Nous dégringolâmes au bas de la pente, sur le chemin qui menait au relais fermé que j'avais reconnu lors de notre arrivée. Un coup d'œil par-dessus mon épaule et Corentin m'enjoignit de poursuivre sur une sorte de jetée qui s'avançait, parallèle au pont.

C'était une route d'apocalypse, au béton craquelé et à la mousse abondante, et l'eau vint rugir à nos pieds. J'allais toujours devant, et je surveillais tant Corentin derrière mon épaule que je fus à deux doigts de percuter la grille. Elle surgit du néant, acier sur le gris du ciel. Je sautai sur les freins et fis crier mon vélo neuf, mais enfin je m'arrêtai avant d'embrasser le métal, les cheveux dégoulinants de pluie. Corentin vint s'immobiliser derrière moi, mort de rire.

– La vache, j'ai cru que t'allais te la prendre !

– T'aurais pu me dire qu'elle était là, protestai-je. Pourquoi tu nous as fait descendre ? C'est fermé !

– C'est comme le blockhaus. C'est pas parce que c'est fermé qu'on peut pas y aller.

Il sauta à bas de son vélo, le coucha près de la grille, et escalada cette dernière au mépris des piques qui se dressaient au sommet. Je l'entendis à peine retomber de l'autre côté. La mer rugissait, le vent chantait, et les moteurs des voitures proches comblaient les vides.

– Tu te ramènes ?

Il y avait plein de choses que j'étais prêt à faire, ce jour de Noël. Décevoir Corentin n'était pas l'une d'entre elles. Je m'armai de courage, essayai de ne pas penser aux piques acérées et au métal glissant sous mes doigts et mes baskets, et je passai tant bien que mal la frontière coupante qui me séparait de la jetée. Je retombai prestement de l'autre côté, non sans soulagement.

– Pas mal, évalua Corentin. Allez, viens ! Je vais te montrer.

Il passa devant moi sur le chemin gris et craquelé, marbré de mousse et de lichen, jouant les guides touristiques tandis que la bruine nous enveloppait. L'ancien débarcadère, m'expliqua-t-il. Abandonné depuis la construction du pont, désert et laissé aux éléments, inutile. Pendant plusieurs dizaines de mètres, la structure longea le viaduc proche, puis elle s'incurva lentement vers le nord, à mesure que le pont s'élevait près d'elle, infiniment plus bruyant, vibrant de vie. Peu à peu, le débarcadère s'éloigna, s'offrant davantage au pertuis et troquant le bruit des moteurs contre celui des vagues.

Le chemin malmené s'élargit, les rambardes repoussées sur les côtés, et l'espace fut bientôt occupé par un ancien bâtiment dont le squelette délavé pourrissait sous le ciel indifférent. Les cavités vides de ses ouvertures laissaient entrevoir l'océan au-delà, et nous le dépassâmes, négligeant nous-mêmes sa carcasse taguée pour nous nourrir d'horizon et de mouvement. La fin du débarcadère était abrupte et sans rambarde aucune, avec juste une vieille échelle de métal qui plongeait dans l'eau grise.

– Tu es prêt ? me demanda Corentin, les yeux brillants.

– Prêt ? Prêt à quoi ?

– Pour la course, me répondit-il, mystérieux.

Il me fit reculer jusqu'au point où la jetée s'éloignait du viaduc, et nous nous retournâmes pour faire face à l'extrémité que nous venions de quitter, face au bâtiment aveugle, à l'eau grondante et à la bruine qui se mêlait d'embruns. Corentin dégoulinait, l'eau sur son visage luisant dans la lumière pâle du jour, piètre reflet de la fièvre dans son regard. Il souriait en contemplant l'extrémité du débarcadère, excité par avance devant le défi qui s'annonçait.

– On part en même temps. Et c'est une vraie course, je te préviens, le premier arrivé a gagné, mais le premier à freiner perd. Et fais gaffe, parce que si tu freines trop tard, c'est le bain assuré. Alors ?

Son regard trouva le mien.

– Tu as peur ?

Je cherchai en moi, et n'y trouvai rien qui puisse m'arrêter. Je me gorgeai de fierté et d'envie, de fureur et de gloire, de liberté et de colère.

– Certainement pas, dis-je.

Nous nous penchâmes en avant et il compta lentement, écho simultané de mon propre compte à rebours. Nous nous élançâmes ensemble, la pluie nous collant les cils et les vêtements au corps. Corentin prit instantanément une longueur d'avance. Il s'enfuit en courant en direction de l'est, de l'eau et du vide. Je me jetai à ses trousses, refusant de perdre ce premier défi. La mousse était glissante et le béton luisait de flaques éphémères sur lesquelles se reflétait la tourmente du jour. L'ombre de Corentin s'échappait devant moi, l'eau de la mer et du ciel se mêlant en brume incontrôlable autour de lui. Je plissai les yeux pour le distinguer au milieu des éléments en fureur, et je courus comme si la route sous mes pieds ne s'achevait pas à une poignée de mètres de là.

Les vagues se fracassaient bruyamment contre les piliers du débarcadère et jetaient au-dessus de nous des vagues d'écume grises qui touchaient les nuages. Derrière moi se tenait le néant, devant moi grondait l'océan. J'étais entre deux mondes, mais j'y étais avec Corentin, et la seule chose qui importait était de savoir qui irait le plus loin.

Nous émergeâmes auprès du bâtiment fantôme, et Corentin prit à droite tandis que j'obliquai à gauche. Nous nous perdîmes mutuellement et en débouchant de l'autre côté, je ne le retrouvai pas. Imaginant qu'il avait pu tomber, je tentai de prendre l'avantage, mais mes baskets glissèrent sur le béton disjoint et je m'effondrai au sol, éraflant mon jeans et m'écorchant méchamment la peau en dessous. La coupure à mon pouce se rouvrit, et mes paumes de mains meurtries se gorgèrent de sel. Je me relevai sous les vagues grondantes, à deux pas du vide, et de l'échelle rouillée, trempé jusqu'aux os et me demandant ce que je foutais là.

– Quel gadin !

Corentin était derrière moi, les mains sur les cuisses et les joues rouges, parfaitement mort de rire. Je me relevai en rosissant.

– Peut-être, mais j'ai gagné !

– T'es prêt pour la revanche ?

Il me fit signe de le suivre et recula jusqu'au bâtiment, auquel il tourna le dos pour faire face aux vagues et aux grondements.

– C'est vachement court, dis-je.

Il y avait peut-être une cinquantaine de mètres entre le bâtiment et l'extrémité du débarcadère. Nous sentions le sol vibrer sous nos semelles. Corentin appuya les deux mains sur le mur derrière nous, les yeux rivés vers les rouleaux gris.

– Tu vas voir, tu vas trouver ça long, promit-il. On refait la même, mais il y a un truc. T'es courageux ou pas ?

– Évidemment !

– Ben c'est le moment de le prouver.

J'attendis la suite, et il hocha la tête, comme pour se convaincre que c'était la bonne décision, le choix logique. Quand il se tourna vers moi, j'aurais pu parier qu'il allait faire une connerie. Je ne pensais juste pas que j'allais la faire aussi.

– On refait la même, répéta-t-il. Mais cette fois-ci, on ferme les yeux.

Je mis quelques secondes à comprendre, puis je contemplai l'extrémité glissante sur laquelle je m'étais abîmé les mains quelques minutes auparavant, et j'ouvris la bouche pour protester. Le rire de Corentin m'en empêcha.

– Tu verrais ta tronche ! dit-il, hilare. Mais rappelle-toi. T'es courageux, ou pas ?

Pour le coup, je refusai de protester, plaquai à mon tour mes mains contre le mur derrière moi, et bandai mes muscles. Oui, j'étais courageux.

Il y aura un prix à payer pour être heureux.

Et je le paierai avec toi.

Je calculai les pas. Je calculai les foulées pour arriver le premier, et m'arrêter avant la fin. Tout était précieux, chaque pas entre le mur et le vide lointain. Si je stoppais trop tôt, c'était l'échec. Trop tard, la chute. Mon cœur se mit à battre plus vite, et la pluie aussi.

– Tu es prêt ?

Bien sûr. J'attends ça depuis des milliers d'années.

Je ne songeai pas un instant que Corentin pût garder ses yeux ouverts quand je les fermai. Je pressai mes paupières l'une contre l'autre, et quand il donna le départ, je m'élançai en avant dans l'obscurité, sans aucune crainte, aucun obstacle, et la peur était un combustible dont je me nourrissais. Je comptai mes pas en direction du vide, je sentis la mer en dessous de moi qui me portait, je sentis le vent sur mon visage qui me cinglait, et tout avait une saveur puissante ; j'aurais pu marcher sur l'eau. Je perdis le compte dans le désordre de mes sensations, tout était enivrant et profond, et soudain la terreur monta comme une lame de fond et je m'arrêtai net avant d'ouvrir les yeux, essoufflé et triomphant au ras du bord. Trois, quatre mètres maximum. Si j'avais réfléchi, j'aurais été incapable de faire mieux. Il me fallut une poignée de secondes supplémentaires pour me rendre compte que j'étais seul. Je regardai partout autour de moi, en vain.

– Corentin !

Le son de ma voix m'apparut aussi distant que le moteur des voitures sur le pont derrière moi, et là-bas, au-delà de la brume, je ne pouvais que deviner les reflets mouvants du continent. L'eau se faisait plus présente, terriblement proche, s'efforçant sans mal de me transir et de m'engloutir tout à la fois. Le courant du pertuis roulait sous moi en vaguelettes épaisses et furieuses, frappant les piliers de la jetée jusqu'à faire trembler l'édifice.

– Corentin !

Le vent me saisit, et le froid aussi. Devant moi, il n'y avait que l'extrémité du monde, et une immensité moutonneuse qui s'étendait au-delà de la réalité de l'île. Tout se mêlait, entre tumulte et plénitude. J'aurais pu rester là jusqu'à la fin des temps. Je ne sentais plus la morsure du vent, ni les assauts de la pluie. Une vague un peu plus coriace que les autres vint frapper les abords de la jetée, et les gouttes énormes me retombèrent dessus comme une grêle salée et familière. Tout tremblait, jusqu'au plus profond de mon être. Je jetai la tête en arrière.

Un cri de tempête explosa, un cri de joie débridée et de rage sauvage, un cri qui contenait tout ce qui dormait en moi, retenu par ces liens du quotidien générés par l'affection familiale et l'école complice. Pourtant, ce n'était pas mon cri. Corentin seul le libérait, tendu en avant jusqu'à menacer de traverser le vide, les poings serrés et la gorge saillante, un sourire merveilleux sur le visage. Il me jeta un regard brillant, gonflant la poitrine jusqu'à la faire exploser, et hurla de nouveau, dominant le tumulte des vagues et l'appel du néant.

Alors, ce fut plus fort que moi. Je sentis l'air emplir mes alvéoles pulmonaires, toutes, jusqu'à la dernière, gonfler cette carcasse étrécie dans laquelle je m'éteignais depuis des mois, allumer une rage semblable à celle de mon compagnon, et le son monta, incroyablement clair et libérateur. Il surfa sur les vagues, s'éloignant en direction des dernières écumes et de la silhouette du continent fantôme. Nous criâmes ensemble, jusqu'à ce que nos voix se cassent et que la mer ait gagné, jusqu'à ce qu'on soit courbaturés et trempés, morts de rires et ivres de vent. La jetée avait créé un lien entre nous et l'éternité. Corentin me gratifia d'un sourire essoufflé.

– Et là, ça va mieux hein ?

– Ouais, râlai-je, enchanté. Carrément. En plus j'ai encore gagné.

Il hocha la tête, inspira profondément et me tapa sur l'épaule au risque de me balancer à la flotte.

– Voilà, dit-il. Je savais que ça te ferait du bien. Et tu sais ce qu'il te faut, maintenant ?

Je jetai un regard aux vagues furieuses zébrées de pluie, à la silhouette du viaduc lointain et à celle de la côte inaccessible, et je secouai la tête, souriant déjà à la prochaine aventure qu'il choisirait de m'offrir.

– Recommencer ! beugla-t-il en faisant volte-face sans m'attendre.

Il s'enfuit de nouveau, et je me lançai à ses trousses, parce qu'il y avait une jetée à parcourir, et tout un nouveau monde de lumière et de rire à conquérir, loin des profondeurs, des goélands et des ténèbres de la nuit.

Chapitre 10

À force d'évoquer le passé, ma mère finit par me dire que ce qu'elle a conservé de notre ancienne maison, notamment les photos, est stocké à Oléron. Il faut avouer que quand je suis parti pour mes études, notre appartement de banlieue contenait beaucoup trop de mètres carrés pour un si petit bout de femme seule. Elle a alors vendu pour s'installer dans Paris ; un investissement, avait-elle assuré. J'essaie de ne pas penser à ce qu'elle a voulu dire par là.

Mais dans son trois-pièces rive droite, il n'y avait pas la place d'emmener toute une vie. Et s'il y a une maison qu'on ne vendra jamais, par contre, c'est bien celle-ci. Alors elle m'explique, les cartons dans le garage, et nous avons soudain eu la même envie d'exhumer le passé. Je lui promets de récupérer les photos. Elle me remercie vingt millions de fois, comme si je lui faisais une fleur. Moi, j'imagine déjà la cascade de conséquences.

Je vais récupérer les albums, m'extasier de les reconnaître depuis les tréfonds de la mémoire où je les avais enfouis. Je vais les feuilleter, m'arrêter sur un ou deux clichés, me demander en quelle année c'était exactement, et agir en tout et pour tout comme si j'avais soixante-dix balais. Je les mettrai dans le coffre, et je les lui amènerai. Elle me demandera de rester dîner. Elle aura acheté un chianti pour l'occasion. On commandera italien, et on mangera des raviolis au gorgonzola en tournant les pages, regarde, là, c'est qui ? Un cousin, je crois.

Oui, je vois ça d'ici. Et puis je rentrerai, je laisserai les photos chez elle, elle dira qu'elle les ramènera sur l'île, et elle ne le fera pas. Les albums iront encombrer une étagère déjà trop remplie, et elle ne les rouvrira sans doute plus jamais. Ce n'est pas grave. Ces quelques heures que nous vivrons ensemble me vont. Elles valent la peine que j'aille me perdre quelque temps dans la poussière et les cartons.

La clef du garage force dans la serrure et la porte résiste ; il faut dire que quand on sait lire les indices, la peinture et la rouille, le sable qui ronge, on devine qu'elle n'a pas dû livrer passage à qui que ce soit depuis des lustres. Et une fois ouverte, on ne s'étonne plus que ce garage-là ne remplisse pas son office. Les étagères débordent, les murs ont disparu derrière, et des piles de cartons bancales partent à l'assaut de tous les espaces disponibles. Même nos vieux meubles sont stockés là. Une armoire abîmée, un lit démonté, l'ancienne cuisinière qu'on a sans doute oublié de vendre au ferrailleur… Toute une vie d'avant, petit chaos familier, qui cligne des yeux dans la lumière, étonné qu'on se soit souvenu de son existence.

Je me fraie un chemin dans la poussière pour retrouver mes marques, les cartons et l'écriture de ma mère dessus. Ce n'est pas les Archives nationales ; le mode de classement laisse à désirer. Je n'ai pas envie de passer toute ma matinée à ouvrir ce qui doit l'être pour retrouver les photos, mais j'ai promis, et je tiendrai. Je commence à farfouiller et bientôt mes sinus protestent et me déclenchent une crise d'éternuements pas piquée des hannetons.

Lorsque j'ai enfin trouvé ce que je cherche, au bout d'un laps de temps bien trop long sur l'échelle de l'allergie, je ressors avec mon butin pour aller le poser sous la véranda. J'y serai plus à mon aise, à l'air libre, avec un café à portée de main. Il y en a peu, finalement. Tous les souvenirs de notre famille tiennent dans trois petites boîtes, et ce sont les cadres qui prennent le plus de place. Je sors mes trouvailles les unes après les autres pour les disposer autour de moi comme des trophées en me demandant ce que j'observe. Tout est si lointain, appartenant à une vie que je n'ai pas vécue.

Ma mère adorait mettre notre vie en photo, avant. Je ne me souviens pas d'avoir vu un seul cliché de nous obtenir une place de choix sur l'une de ses commodes, après cet automne-là. Pour toujours, notre famille contenait mon père, et elle avait, d'une certaine façon, cessé d'exister avec lui. Ou alors nous avions juste fait le vœu de ne rien ancrer dans du papier glacé qui eût pu acter son absence ? Ce n'était pas ma décision, dans ce cas. Tout ce que je vois, c'est que nos souvenirs sont figés dans un certain « avant ». Peut-être qu'il existe des photos de moi adolescent, mais elles sont encore dans leurs pochettes, les unes derrières les autres, un peu collées par le temps, oubliées parce qu'en vrai, personne ne les regarde. Personne n'aura jamais besoin de contempler l'anniversaire de mes quinze ans, parce que personne n'en discutera avec un accent de nostalgie dans la voix.

J'ouvre les albums et retrouve une bulle chaude d'autrefois, dont je ne suis pas certain qu'elle ait réellement existé. Mon père est assis sur un mur, les coudes en appui sur les cuisses, sa tignasse folle en boucles rebelles couronnant un visage qui, finalement, me ressemble assez. Ma mère est à côté, qui me tient dans ses bras. Je dois avoir quatre ans. À l'époque, je ne sais pas encore qu'il mourra sept ans plus tard. Quand je plonge mon regard dans le sien, figé dans un instant dont je ne me rappelle rien, j'échange avec lui silencieusement et je reconnais une ombre partagée, une ombre familière, elle aussi.

Une ombre qui ne dira jamais pourquoi.

– Pourquoi il s'est suicidé, ton père ?

Nous nous étions assis à même le sol dans la ruine du débarcadère, pour échapper à la pluie qui avait décidé de noyer le ciel et nous dans la foulée. Ça tombait gris et dru, si bruyant qu'on était obligés de crier, une véritable averse de la côte, imprévisible et violente. On s'était réfugiés dans le bâtiment pour attendre qu'elle passe ; tout finissait toujours par passer. Là, on avait observé par les fenêtres rongées les vagues grêlées sous le déluge, et Corentin avait lâché sa question comme une bombe sous la surface.

J'hésitai, car il y avait des milliers de réponses possibles, et je n'avais pas envie d'être hypocrite. Je cherchai en moi ce qui serait le plus sincère, le plus simple, le plus proche de la vérité, et ne découvris qu'un gouffre aux arêtes blessantes, au bord duquel j'eus peur de me pencher.

– Maman dit qu'on ne saura vraiment jamais pourquoi. J'ai l'impression qu'elle a une raison à elle, mais c'est sans doute pas la même que la mienne.

Corentin me regarda en plissant les yeux, et je vis qu'il essayait de comprendre ce que je venais de dire. J'avais moi-même toutes les peines du monde à mettre autant de mots sur des ressentis d'une telle amplitude.

– On saura jamais. Il a pas fait comme dans les films, là, tu sais, genre laisser une lettre où il explique. Il a rien laissé. Il en a pas parlé avec qui que ce soit ou du moins, je ne crois pas. Alors on sait pas.

Je fis la grimace, parce que les mots déposaient un goût désagréable sur mes lèvres, plus prégnant que le goût du sel et plus agressif aussi. C'était presque comme s'ils répugnaient à sortir, à se laisser prononcer et admettre. Eux non plus n'étaient pas à leur place, devant l'énormité de ce qu'ils essayaient de raconter. Je ne savais pas si j'avais envie de parler de tout ça, mais mes pensées tournaient cependant autour de ce que je savais et tâtaient, comme d'habitude, les zones d'ombre et les incertitudes. Des questions auxquelles je n'étais même pas certain de vouloir réellement de réponses.

– Moi, je pense qu'il était malheureux, dis-je. Mais je ne sais pas pourquoi. C'est juste... je sais pas, quand je le voyais, quand il me souriait, quand il faisait des choses où il avait l'air d'être heureux et de s'amuser, il était pas là. Pas vraiment. J'avais toujours l'impression qu'il était loin, ailleurs et que là où il était, c'était pas cool. Il me donnait l'impression de faire semblant d'être heureux, tu vois ?

Je me tournai vers Corentin, espérant presque qu'il allait se mettre à rire, changer la conversation, me dire qu'il ne voyait pas et que j'étais cinglé. J'espérais tout ça parce que, quelque part, je trouvais ça plus facile à vivre que cette obscurité que j'avais cru lire chez mon père, que j'avais perçue malgré mon âge, et qui était terrifiante.

Du plus loin que je m'en souvienne, elle avait toujours été là, comme une ombre, une autre image de lui superposée à la première ; un flou involontaire de mise au point ratée qui nous empêchait de l'atteindre. L'ombre le retenait auprès d'elle, même quand tout allait bien. Évidemment, c'était pire quand tout n'allait pas. Il déclinait en hiver, à mesure que les jours raccourcissaient et que la nuit gagnait du terrain. Il riait trop fort à Noël. Les autres feignaient de ne pas le voir, alors j'en faisais autant. C'étaient des adultes ; je calquais mon comportement sur le leur. Je partais du principe qu'ils savaient quelle était la meilleure façon de réagir, dans ces cas-là. Quand on est enfant, c'est ce qu'on croit.

Est-ce qu'ils auraient pu faire davantage ? Est-ce qu'il n'y avait pas plus utile que de faire semblant ? Du haut de mon jeune âge, j'avais l'impression qu'ils entraient dans son jeu parce qu'ils pensaient que c'était la voie de moindre douleur. Qu'ils ne l'aideraient pas en lui mettant le nez dans son obscurité. Qu'il valait mieux lui laisser croire, par leurs paroles et leurs actions, que nous étions dupes de ses efforts et que tout allait pour le mieux. Vu de ce côté de l'automne, on ne pouvait pas dire que leur silence complice l'avait vraiment aidé. J'étais un peu en colère de ça, même si ça me rendait surtout triste et honteux. Je le dis à Corentin. Il me dit qu'il comprenait et qu'il aurait été en colère pareil.

– Faire semblant, c'est le début du mensonge, et une fois que t'as commencé à mentir, tu ne respires plus jamais.

Et des mensonges, il y en avait eu plein. Après tout ça, ma mère m'avait envoyé voir un pédopsychiatre, parce que c'était une des cases à cocher pour « exorciser », selon elle. La conscience des mots était déjà là. J'avais cherché exorciser dans le dictionnaire ; je ne le connaissais pas, mais il ne m'inspirait pas confiance. De ce que j'en avais compris, il fallait sortir quelque chose qui aurait été à l'intérieur de moi, un monstre dévoreur ;

pas un vrai démon, mais une obscurité latente et malfaisante – la même que celle de mon père ?

J'avais détesté ça. J'avais détesté le fait de devoir parler à un inconnu de ce que j'étais supposé ressentir, quand personne n'avait demandé à mon père ce que c'était que cette ombre qui lui collait aux semelles et qu'il m'avait apparemment léguée. Je ne comprenais pas pourquoi on voulait que je partage ce que je pensais, puisque c'était trop tard, de toute façon. Et à mes yeux, ce petit morceau d'obscurité qui me venait de lui, j'aurais plutôt dû le garder précieusement. C'était une relique, tout ce qu'il me restait de mon papa, ça et une plaque au cimetière qui n'avait aucun sens. Je n'avais aucune envie de m'en débarrasser. Ça aurait été le trahir. Le pédopsy était un ennemi de mon chagrin. Je ne souhaitais pas encore renoncer à la tristesse.

– Je voulais pas lui parler. J'avais l'impression que ça lui faisait plaisir que j'aie besoin de lui, que j'aie vécu tout ça, et j'avais beau savoir que c'était pas vrai, j'arrivais pas à me l'enlever de la tête.

Corentin grogna.

– Moi non plus, j'aurais pas aimé ça. S'ils m'avaient forcé, j'aurais fait exprès de ne rien dire.

Sa réflexion me fit sourire. Moi aussi, j'avais choisi de garder le silence, au début.

– Faut pas faire ça, parce que du coup, ils en déduisent qu'il faut que tu reviennes. Alors au bout d'un moment, j'ai commencé à dire des trucs.

– Comme quoi ?

Je haussai les épaules.

– Ce que je pensais qu'ils voulaient entendre.

Quand tu commences à mentir, tu ne respires plus jamais.

C'était vrai et faux à la fois. J'avais très envie de paraître fort aux yeux de Corentin, et cette idée que j'avais manipulé le psy devait sans aucun doute me donner l'air cool. Mais d'un autre côté, si à de nombreuses reprises j'avais effectivement dit ce que je pensais que les adultes voulaient entendre – que j'étais très triste, ce qui était vrai, que je n'avais rien vu venir et que c'était un choc, ce qui était faux –, il y avait d'autres moments où j'avais tenté d'être sincère dans le dialogue. Il m'était arrivé de baisser ma garde et d'essayer, presque par inadvertance, d'échanger véritablement, et de peut-être recevoir une réponse qui aurait contenu une once de vérité. J'aspirais tant à l'entendre, cette vérité ! J'étais certain que lorsqu'on me la donnerait, je saurais la reconnaître. La plupart du temps, le psy me disait des trucs de psy, et je me souvenais que je devais retourner dans mon rôle et ne pas attendre de lui de révélation. Pourtant, une fois, une fois seulement, il m'avait semblé que nous avions touché quelque chose du doigt. Sur les raisons, justement. Ce n'était pas un bon souvenir.

– J'ai parlé au psy de l'ombre, dis-je sur une impulsion soudaine à Corentin. Je lui ai dit que mon père était jamais heureux. Il a répondu qu'il fallait que je sache que ce n'était pas de ma faute et j'ai dit d'accord.

Je serrai les poings.

– Avant qu'il en parle, j'avais jamais pensé que ça pouvait être de ma faute. Maintenant, je ne pense plus qu'à ça.

Et cette graine avait laissé pousser une plante, une fleur au parfum omniprésent, qui s'épanouissait en moi et glissait ses racines dans mes failles.

– Du coup, je suis tout le temps triste et en colère quand j'y pense, parce que je sais que ce n'est pas de ma faute, je le *sais vraiment*, mais je ne peux pas m'empêcher d'y penser quand même, tout le temps, et ça me fait mal. Je n'arrive pas à revenir à l'état d'avant, de quand je savais que ce n'était pas de ma faute, déjà, mais qu'en plus je n'y pensais pas du tout.

– Les médecins c'est les pires.

Je ne compris pas exactement ce que Corentin voulait dire. Pire que quoi, que qui, au juste ? Je suivais le fil de mes propres pensées, essayant de remonter à la source tout en sentant qu'elle m'échappait.

– Et tu vois, je me suis dit, si ça se trouve, c'était ça qu'avait mon père. Un déséquilibre, un machin auquel il pensait sans arrêt et qui l'empêchait d'être présent. Un truc auquel il essayait d'échapper, mais qui le pourrissait quand même.

– Et tu penses que c'était quoi ?

– J'en sais rien.

Il y avait une vraie curiosité morbide de ma part à essayer de percer les raisons de tout ça, à retrouver la racine du mal, mais je redoutais d'essayer. Qu'est-ce que je pouvais, moi, quand ma mère et les autres avaient échoué ? Et qu'est-ce que ça aurait changé, de comprendre après qu'il était parti ? Est-ce que ça aiderait à dormir la nuit, à...

N'oublie pas de respirer.

Cesser de pleurer ?

Je sentis mes mâchoires se crisper et je flambai soudain d'une colère froide, glacée, comme une lame de tempête, une colère vaste comme l'océan, et gelée en dedans.

– Il aurait dû laisser un mot, ou quelque chose, n'importe quoi pour qu'on ne se retrouve pas après lui à se demander pourquoi. Il n'a pas pensé à ça. Il a pensé qu'à lui, il n'a pas pensé à nous.

– Il a dû penser que ça ne comptait pas.

Je tournai vers Corentin un regard incrédule, mais il ne me regardait pas, il scrutait l'horizon et l'imprenable fort, là-bas, dans la bruine et le ressac. Il dut cependant sentir que je le fixai, car il se tourna vers moi et sembla surpris de me trouver là, accusateur et blessé.

– Pas vous, andouille. Lui. Il a dû penser qu'il ne comptait pas assez pour que ce soit important ; pas assez pour que ça vaille la peine. Que tout irait mieux sans lui.

– Alors c'est pas moi l'andouille. C'était lui.

Des larmes de colère me piquetèrent les yeux mais je les essuyai avec rage.

– Un crétin fini, s'il a pensé que ça n'aurait pas d'importance et qu'on s'en foutrait, ça ! Le dernier des crétins.

Ou alors il pensait que vous ne l'aimiez pas assez, souffla en moi la fleur toxique.

Je ramassai un éclat de ciment et le jetai au vent, ce qui était encore plus crétin parce que la poussière qu'il libéra me revint aussitôt dans la gueule. Corentin s'étrangla de rire, et moi, je pus dissimuler de vraies larmes de rage derrière un masque de douleur, me frottant les yeux en jurant. J'aurais presque pu le faire exprès. Les grains microscopiques me griffaient les yeux et brouillaient le monde. Bizarrement, je me pris à repenser à ce vieux conte de *La Reine des neiges*, où un garçon se fait geler le cœur par un éclat de miroir. Peut-être que c'était ce qui m'était arrivé. Le miroir de ma vie brisée avait gelé tout ce qu'il y avait de doux dans ma poitrine. Peut-être que les contes disaient la vérité. Si c'était le cas, ils étaient bien les seuls.

– On gèle, ici, finis-je par dire pour détourner ma colère de moi-même.

– Et puis il fait presque nuit. On se casse ?

Corentin se leva. Il semblait tout avoir oublié de notre conversation. C'était pourtant lui qui l'avait initiée, lui qui avait réveillé la fleur empoisonnée. Il n'avait pas l'air décidé à s'en préoccuper.

– On dirait qu'il s'est arrêté de pleuvoir, dit-il en sortant. Ou en tout cas, on devrait passer entre deux averses.

Je me levai à mon tour, à contrecœur, avec la sensation que j'avais de nouveau laissé toute la place à la douleur. Nous remontâmes le débarcadère pour atteindre la grille, et nos vélos dégouttants de pluie. Corentin bâillait à s'en décrocher la mâchoire. La fleur murmura que je l'avais ennuyé. Ma colère enfla démesurément.

– On se retrouve demain ? proposa-t-il en enfourchant son VTT.

Je haussai les épaules et gardai le silence. Il me sourit et plongea la main dans sa poche. L'instant d'après, il me tendait le couteau à écailler. Celui du congre. Je ne m'étais même pas rendu compte qu'il l'avait pris.

– Tiens, dit-il. Je te le donne.

Je pris le couteau du bout des doigts, abasourdi. Lorsque je testai le fil de la lame, comme je l'avais vu faire dans les films, je fus effaré de le trouver aussi effilé.

– Qu'est-ce que tu veux que j'en fasse ? demandai-je, incertain.

Un couteau. La tête d'un congre. Le sang à l'extrémité de mon pouce aussi. Il était d'un joli gris de ténèbres.

– Ce que tu veux, m'assura Corentin avec un geste vague. Moi, j'en ai déjà plein, mais toi, t'es de la ville... t'as déjà eu un couteau, avant ?

Je secouai la tête. Non, bien sûr que non. On se baladait rarement avec des couteaux dans les poches du pantalon.

– Ben voilà, il est à toi. Joyeux Noël.

Et Corentin me salua avant de filer à fond de train en direction de la route et du crépuscule glacé, où de gros nuages sombres n'en finissaient pas de rouler. Je demeurai sur place, interdit, avec le couteau à la main. Je n'avais même pas pensé à le remercier ; mais le remercier pour un couteau volé ?

Je regardai ce second cadeau inattendu et tranchant. La lame était dure, droite et fuselée, magnifiquement incurvée et arrondie comme une vague, et elle venait s'encastrer dans un manche de bois noir aux veines apparentes. Je le tournai et le retournai dans ma main, tentant de ne pas penser au congre. Étais-je heureux ? Il me semblait que oui. Heureux et fier aussi. Je possédais un couteau, désormais.

Je jouai à fendre l'air devant moi, et trouvai le bois chaud au creux de ma main. Je me sentis grand et validé. Quelques centimètres de plus, également volés. Puis, comme la pluie revenait, je mis dans ma poche ce trésor inopiné et pris à mon tour le chemin de la maison, luttant contre le vent pour atteindre mon refuge avant la nuit. J'échouai cependant.

Lorsque je pénétrai dans le salon, l'obscurité était encore plus impénétrable que celle de l'extérieur, et je ne pris même pas la peine de vérifier si ma mère était toujours en train de dormir. La maison aurait pu être déserte, ça n'aurait fait aucune différence. Je renonçai à manger et gagnai ma chambre, fourbu. Pourtant, je n'avais pas froid. Je restai allongé sur mon lit, les yeux dans les nuages, à jouer avec le couteau.

La journée avait été interminable et puissante, et elle m'avait rempli en dedans, alors que je ne me sentais pas vide auparavant. Il y avait des espaces qui avaient été comblés, et le goût de moi-même avait changé. Je n'étais pas certain de savoir ce que j'avais acquis, à part ce couteau. Peut-être quelque chose qui m'aiderait à traverser la nuit, avec un peu de chance. Quelque chose pour empêcher les cris et le goéland. Quelque chose de puissant. Au moins étais-je armé, désormais.

Bien assez pour souhaiter le combat ; et peut-être aussi pour l'affronter.

Chapitre 11

La poussière a gagné. J'ai le nez qui coule et les yeux éclatés d'un lapin malade. Je rêve d'assaisonner mon café avec des antihistaminiques, mais je ne suis pas bien certain que le mélange soit pertinent, et je préfère de toute façon finir mon tri avant. Quand ces cartons seront vides, je jure de foutre le feu dedans.

Je passe un chiffon doux sur les couvertures aux couleurs passées des albums que je compte emporter, et la poussière vole dans la lumière. Je suis bien content d'être resté dehors pour cette activité, sans quoi, il aurait fallu passer l'aspirateur dans toute la maison avant de repartir. Et pour un type qui souhaite dégager ce soir, ce n'est pas gagné ! J'irais plus vite si je me contentais de glisser les albums dans le grand cabas en plastique que j'ai déniché pour les ramener, mais je ne peux pas m'empêcher de passer toutes les pages en revue, et de jeter un œil sur ces instantanés d'une époque révolue. Il y a longtemps que nous ne nous étions vus, papa. Je me souviens de toi.

Partout, l'ombre se retrouve, même si elle change de nom. Parfois, elle s'appelle Fatigue, et parfois, Colère. Ici, elle est Peur. Là-bas, Violence contenue. Mais c'est toujours la même ; les mêmes couleurs, la même palette, la même fleur qui pourrit de l'intérieur. Une chose est sûre, si toutes les photos en ont gardé l'empreinte, alors il était impossible de ne pas la voir, adulte ou pas. Mon père n'est pas partout, mais la langueur s'est distillée d'une page à l'autre et la douleur aussi, jusqu'à ce cliché avec le vélo rouge qui pourtant aurait dû en être exempt. S'il y a bien un objet qui devrait contenir ma libération plutôt que ma peine, c'est ce vélo. Mais au milieu des autres photos, il fait mal pareil.

J'essaie de comprendre entre les pages, mais sans trop y croire. Il y a longtemps que j'ai dépensé cette énergie-là. Comprendre est un renoncement de chaque heure ; on n'a jamais vraiment fini de capituler. Il me faudrait accepter l'idée que sur la somme des années que nous avons partagées, j'ai représenté moins du tiers de la sienne. Quel poids pouvais-je avoir ? Quel impact aurais-je pu m'accorder, moi, petit grain de sable impromptu – même si ma mère ne le reconnaîtra jamais – qui s'était glissé dans la belle mécanique du cœur qui les unissait ? Je suis ce qui reste. C'est déjà pas mal, disent les photos sur lesquelles je m'attarde. C'est déjà ça. Au moins en reste-t-il quelque chose, même si ce n'est que moi.

Et ces albums, c'est pareil, c'est déjà ça. On aurait pu ne rien avoir. On aurait pu tout perdre, d'autant plus cet hiver-là. On a eu de la chance, finalement, que ma mère ait été aussi triste et aussi lointaine, repliée dans un havre de douleur qu'elle nourrissait chaque jour et chaque nuit pour que surtout ne se tarisse pas la source de ses larmes. Elle avait tout embarqué en haut, sauf les photos au mur, évidemment, mais les albums étaient au pied de son lit, où ils ont peu souffert. Ça aurait été une autre histoire s'ils avaient été à leur place dans le salon. Rien n'était ressorti indemne du salon. Tout ce qui s'y trouvait avait été détruit cette fameuse nuit.

Accaparé comme je l'étais par Corentin, je n'avais rien noté à l'époque de la distance que ma mère avait prise avec moi, de cette solitude qu'elle avait choisie pour digérer sa peine. Ou plutôt si, mais je m'en étais servi pour alimenter ma colère et ma rancœur. Le sublime égoïsme de l'enfance. Son choix d'Oléron aurait pu m'éclairer ; mais il aurait fallu que je condescende à y réfléchir.

Elle s'en est excusée depuis ; pas plus tard qu'une demi-heure avant au téléphone, je suis désolée Mathieu, j'aurais dû être davantage là, je n'ai pas été à la hauteur ; tais-toi, tu racontes n'importe quoi. Le fait est que ce que je ne peux sans doute pas encore lui dire, c'est que sa présence était la dernière chose dont j'avais besoin, comme elle la présence de Nanie. Il est des épreuves qui ne peuvent être franchies que seul. Et pour traverser la mienne, on m'avait envoyé Corentin. Quelle drôle de journée ça avait été, ce 25 décembre, tout de même.

Même si drôle est un mot furieusement mal approprié, ce fut un étrange Noël à tous les niveaux.

Le matin, j'avais un vélo. Le soir même, j'avais un couteau.

À l'aube, c'est le vent dans les branches qui m'avait réveillé. Par la fenêtre, je pouvais voir danser la cime des pins dans la bruine permanente, et leurs branches squelettiques qui s'entrechoquaient sur un ciel luisant et détrempé. Sur ma table de chevet, il y avait le couteau, et un réveil qui marquait le milieu de la matinée. Où que soit Corentin, il devait m'attendre.

Je me levai à la hâte et m'habillai plus vite encore, délaissant mes vêtements humides de la veille pour un jeans un peu court mais sec et un pull Poivre Blanc. J'étais obligé de garder mon manteau, mais je le secouai et dégringolai l'escalier, bien décidé à le mettre à sécher devant le poêle avant de partir. Mais depuis la cuisine, ma mère m'adressa un regard d'orage qui m'arrêta net.

– Tu es déjà habillé ?

Je descendis les dernières marches sur le qui-vive, bien certain de voir des étincelles voler autour d'elle.

– Oui, dis-je, prudent. Pourquoi ?

– C'est inhabituel, c'est tout. Tu es sorti ce matin ?

La question était pleine de piquants et je cherchai au fond de moi une assurance suffisante pour affronter ce qui couvait.

– Non, répondis-je, le plus sincèrement que je pus. Je viens de me lever.

– Tu me promets ?

Un océan de reproches dormait dans ses paroles. Je sentis le rouge me monter aux joues. S'il y avait des reproches à faire, j'en avais tout un sac à déverser, sur son absence la veille, l'abandon et la solitude. Sur les repas que nous n'avions pas partagés, si tant est que l'un de nous ait réellement mangé. Sur mon autonomie et sa passivité. Des reproches, j'en avais plein. Mais à l'entendre parler ce matin-là, je sentis que je ne gagnerais pas, car ce qui me menaçait était plus gros que moi. Je me calmai et pris un air attentif, tentant de dissimuler derrière un voile d'inquiétude tout ce que je contenais d'agressivité.

– Je te le jure, dis-je. Pourquoi ? Qu'est-ce qui se passe ?

Ma mère prit le temps de m'observer avec une intensité dérangeante, puis elle soupira et passa une main fatiguée sur des yeux qui l'étaient tout autant.

– Pour rien, je me demandais si... mais c'était idiot, je suis désolée, c'est juste que comme j'ai été un peu absente hier, je me disais que tu étais fâché, et...

J'attendis la suite, qui ne vint pas. Elle ravala ses larmes, puis se redressa et tapa du plat de la main sur le bar avant de lever les yeux au plafond, épuisée jusqu'au fond d'elle-même.

– On m'a crevé les quatre pneus de la voiture.

J'écarquillai les yeux.

– Quand ?

Ma mère haussa les épaules.

– Cette nuit sans doute ; ou hier soir. Je m'en suis aperçue quand j'ai voulu aller chercher le pain ce matin. Les quatre, à plat. Je te jure, j'avais pas besoin de ça.

Je n'avais aucun mal à la croire, et j'avais de la peine pour elle, malgré cette étincelle sombre qui brûlait au fond de moi.

– Crevé comment ? demandai-je.

– Net. Au couteau, ou avec un truc du genre.

Je me mordis la langue. Ma mère leva les yeux sur moi, et je restai impassible, autant que possible. Elle allait sans doute trouver que ça cachait quelque chose. Je cherchai une réaction appropriée à la situation quand le destin m'accorda une diversion. Il y eut un bruit dehors, un grondement suivi d'un klaxon féroce et ma mère écarta les rideaux pour regarder qui arrivait. J'aurais pu deviner.

– C'est le dépanneur, dit-elle. On va remorquer la voiture à Saint-Pierre. Je risque d'y rester un moment pour faire les papiers et pour régler les détails de l'assurance. Si ça se trouve, je vais devoir aller porter plainte, et je ne sais pas si ça va être facile un dimanche matin ! Heureusement que le garagiste était ouvert.

Elle se parlait plus à elle-même qu'elle ne me parlait, et tandis qu'elle tempêtait sur ce qu'elle allait pouvoir faire ou non pour sa voiture, je m'écartai d'elle en pensée, complètement accaparé par l'idée, obsédante, que ses pneus avaient été crevés au couteau. Elle enfila sa veste bleue et avec son visage si pâle, j'eus l'impression de contempler une noyée. Sans savoir pour quelle raison exactement, je frissonnai.

– Tu ne viens pas ?

Je secouai la tête, incapable de parler, mais l'accompagnai néanmoins sur le seuil pendant que le garagiste remorquait la voiture. Ma mère monta dans la cabine sans cesser de lui parler tandis qu'il répondait par monosyllabes en agitant la main d'un air entendu. Elle ferma la portière, me fit un signe, et bientôt ils disparurent, me laissant seul.

Je rentrai à la maison, mais me révélai incapable de manger quoi que ce soit, ou même de tenir en place. Je pris mon manteau humide, animé d'une fureur froide, nourri de crainte et de déraison. Je récupérai mon vélo dans le garage et pris la route, pédalant comme un damné. Je n'étais pas certain de savoir où je me rendais. Tout était irréel, tout m'échappait.

Pense à respirer.

Je gagnai le débarcadère, laissai mon vélo à la grille, sautai par-dessus, et courus comme un fou jusqu'à l'extrémité, assourdi par le vent furieux et les flots débridés. Je ne m'arrêtai qu'à un pas du vide, la pointe de mes baskets presque au bord, avec rien d'autre sous les yeux qu'une immense plaine moutonneuse et mouvante aux reflets argentés. Je la respirai jusqu'au fond de moi, hésitant sur la direction à prendre, puis je fis demi-tour sur un coup de tête et courus de nouveau jusqu'au bâtiment dans lequel j'avais parlé du mensonge qui change les gens. Là, je me mis dos au mur, les mains plaquées contre le béton rugueux et abîmé, et, reprenant mon souffle, je fermai les yeux.

M'élancer fut plus simple que la veille, chaque foulée plus légère que la précédente, dans une course où l'hésitation n'existait pas et qui me faisait vibrer jusqu'au plus profond de moi. Puis revint la peur, je m'arrêtai net, et retrouvai l'océan devant moi, toujours plus loin que l'inquiétude ne me l'avait fait craindre. Je me sentis honteux alors, et la rage alimenta mon feu intérieur. Je repris ma place, et recommençai. Je ne sais pas jusqu'où je voulais aller. Ce que je savais par contre, c'est que m'arrêter avant la fin ne me suffirait pas.

Chaque tentative me rapprochait du bord, et je m'engouffrai dans une logique de mieux. Au fond de moi brûlait une certitude ; si je faisais assez bien, si j'étais assez courageux, alors ça en vaudrait la peine. La tempête soufflait autour de moi, et elle participait à me galvaniser. Les embruns s'engouffraient dans mes poumons à chaque inspiration, et je me noyais debout, je me noyais de course et de témérité. J'avais enfin cessé de penser.

– C'est vrai, dit une voix derrière moi. Tu es courageux.

Je sursautai, ne me souvenant pas de m'être immobilisé si près du bord, ni si c'est là que la dernière course m'avait mené. Derrière moi, Corentin m'observait avec dans le regard un je ne sais quoi de lumineux. Je tâchai de ne pas en crever d'orgueil.

– Je m'entraînais, dis-je crânement.

– Je vois ça.

Il sourit de toutes ses dents.

– T'es obligé de rentrer déjeuner, aujourd'hui aussi, ou tu es libre ?

La pique qui s'était glissée dans ses paroles ne m'échappa pas, et je gonflai la poitrine avant d'esquisser un geste négligent.

– Je suis libre comme l'air. On a crevé les quatre pneus de ma mère, elle en a pour la journée à s'en occuper.

– La vache, les quatre ?

– Ouais. Au couteau.

Nous ne dîmes rien de plus. Corentin me regarda, et je regardai Corentin, et je n'étais pas certain de savoir ce que je souhaitais vraiment qu'il croie, ni ce que j'avais sous-entendu avec cette dernière information. Corentin ne posa pas de question.

– On va faire un tour, alors, proposa-t-il à la place, à moins que tu aies faim ?

– Non, dis-je. Je n'ai jamais faim.

– Moi non plus, répondit-il avec un sourire carnassier, son visage blanc entouré de cette incroyable couronne de cheveux flamboyants. Alors, qu'est-ce qu'on fait ? On va voir le fort ? Ça te dit ?

– Carrément !

Nous quittâmes le débarcadère avec la même sensation que si nous l'avions vaincu. Corentin enfourcha son vélo gris, et je me lançai à ses trousses en direction du nord. Nous remontâmes l'île en direction de

Boyardville, à travers les marais, les petits prés bordés de végétation basse, d'un chemin blanc à un autre au risque d'abîmer mon vélo rouge tout neuf. Le vent soufflait fort, et Corentin me rappela que les marins avaient parlé d'un grain au large. Il nous avait trouvés. Assourdissant, il enflait autour de nous, complice de notre envolée. Les gens étaient terrés chez eux ; personne ne se promenait sur ce réseau sinueux et déserté, et, nous n'avions comme compagnons que les goélands et les nuages. Cette solitude était parfaite.

Nous évitâmes Saint-Pierre en passant au sud, et il y eut bientôt moins de terres autour de nous, et davantage d'eau. Des fossés, des canaux, des clayères innombrables, centaines de miroirs de toutes les formes pour refléter le blanc du ciel. Les couleurs étaient froides et limpides comme un jour de décembre. Je me sentais purifié et vivant.

Bientôt, nous approchâmes du but, mais nous choisîmes une nouvelle fois de nous tenir à distance de La Perrotine et de Boyardville pour emprunter le chemin de la plage, le sentier des vélos abandonné pour l'hiver, couvert de sable vagabond et d'aiguilles de pin, mais pour nous, à jamais ouvert. Là, tout se fit calme et tendre, et nous remontâmes si vite que nous en eûmes presque chaud dans nos vêtements d'hiver. J'étais certain, sans être capable de dire comment je le savais, que Corentin ne s'arrêterait qu'une fois atteinte l'extrémité. J'avais raison. C'était étrange de voir comment il me guidait, quand mon vélo de course aurait dû mettre plusieurs longueurs à son VTT. Je ne ménageai pas mes efforts, pourtant, mais quoi que je fasse, il resta devant.

Enfin, nous fûmes au fort des Saumonards, et nous abandonnâmes nos vélos pour traverser l'orée de la forêt, percer au pied des dunes, et accueillir le pertuis. Son odeur nous emplit, ses sons nous ravirent, et le fort Boyard, posé au ras des flots, nous apparut dans sa morne immuabilité. Il était battu par les vagues, ferme face à l'horizon, et pour la première fois il me sembla le comprendre, et je me sentis comme lui. Seul peut-être, mais imprenable.

Je pris une grande inspiration, et Corentin en fit autant. Sans nous concerter, nous dévalâmes la pente en hurlant, nos âmes au diapason. Nos pieds ne nous portaient plus ; nous volions.

Chapitre 12

Une fois les photos triées, je ramène le reste des cartons dans le garage afin de les ensevelir pour un nouveau millénaire. L'étagère en pin de mauvaise qualité penche dangereusement sur le côté et grince sa désapprobation quand je la charge. Dans son dandinement et mes efforts pour faire loger les boîtes déformées sur la planche où elles reposaient jusque-là, je dérange le passé sans le vouloir et un bruit de chute m'informe qu'un objet quelconque vient de tomber. Je jure entre mes dents, insiste, réussis à rentrer le premier carton au prix de douloureuses contorsions, et avant de loger le deuxième à côté de son compagnon, je regarde au sol la source de tout ce désordre.

Je ne me souviens de lui qu'au moment où je le tiens dans mes mains. Instantanément, je pense au livre de Stephen King, celui avec le clown et les enfants qui oublient en grandissant à quoi servaient les balles en argent. J'avais oublié ce pistolet. Maintenant que je sens dans ma main son poids familier, tout remonte en moi et me noie sous la masse des souvenirs. Comment ai-je pu oublier qu'il se trouvait là ?

Les photos avaient déposé un baume apaisant ; le pistolet d'alarme me transperce. Il efface ma famille et les souvenirs qui vont avec pour me catapulter au cœur de décembre. Il faut dire que ça fait beaucoup, après le galet. Mais contrairement au caillou qui a brisé la fenêtre de ma cuisine, ce pistolet a le droit d'être là, lui. Je me souviens du soir où je l'ai caché derrière ces mêmes cartons, couvert de sang et de souillures, effrayé à l'idée de ce que nous venions de faire et de ce que cette arme était à présent sous le même toit que moi.

J'avais peur que ma mère le trouve, ce soir-là. Le lendemain, il était complètement sorti de mes pensées. Je n'y ai plus jamais songé. Eût-elle mis la main dessus qu'elle aurait sans doute conclu qu'il était à mon père, de toute façon. Je suppose. Ça aurait sans aucun doute été plus vraisemblable pour elle que la vérité. Tout aurait été plus vraisemblable que la vérité. Qu'est-ce que je vais en faire ?

Il est resté là pendant des années, oublié derrière des cartons de souvenirs aussi abandonnés que lui, et pourtant, l'idée de le remettre à sa place est inconcevable. Je ne peux pas garder ce pistolet d'alarme dans cette maison, c'est juste impossible. Je sais d'avance que je n'y arriverai pas, et je n'essaie même pas de me convaincre que si je le repose à sa place, je l'oublierai. Ce n'est pas comme ça que ça marche.

Je joue avec l'idée de le jeter à la poubelle, tout simplement, mais je ne parviens pas à m'y résoudre non plus. On ne sait pas qui pourrait tomber dessus ; une bande de gamins, ou n'importe qui d'autre, et toutes les conséquences sur mes épaules.

Je le démonterais bien, si je savais comment m'y prendre, mais ce n'est pas le cas. Je ne vais parvenir qu'à me faire mal ou me ridiculiser, peut-être les deux avec un peu de chance. Il faut pourtant que je m'en débarrasse, je le sens au fond de moi, c'est une certitude viscérale. J'aurais dû le faire il y a déjà longtemps. J'aurais même dû ne jamais le prendre, mais nous avions peur ; ou en tout cas, moi j'avais peur.

Corentin, je n'en suis pas certain. Je crois que pour lui, rien n'était effrayant. Surtout pas la mort.

Nous avions joué sur la plage de Boyardville jusqu'à ce que naisse l'obscurité. J'avais oublié ma mère, et les pneus crevés. J'avais presque tout oublié en fait, mis à part l'euphorie, et l'éloignement salutaire que me conféraient nos errances. Corentin exultait, comme s'il était fier d'être parvenu à m'amener jusque-là, et comme si c'était à lui que je devais ce résultat. Moi, j'étais surtout enchanté de compter à ses yeux, et d'aller un peu plus loin à chaque fois.

Il parla plusieurs fois de ma course sur la jetée en solitaire, et je crevais d'orgueil de lire en lui l'approbation pleine et entière. On ne peut pas courir assez vite quand on a peur du vide, mais il m'avait montré que j'avais le droit de ne plus avoir peur du tout. Il éveillait en moi une faim d'indifférence absolue, indifférence au monde et à son coût, à la douleur, et aux jours qui passent. Il rendait cela possible. J'avais envie d'y croire.

Les détails de cette journée ne s'ancrèrent pas dans ma mémoire ; la soirée devait tout emporter avec elle. Quelques images demeurèrent cependant. La plage des Saumonards était infinie et désertée, et lorsque la pluie nous laissait un répit, nous courions à perdre haleine dans le sable, vers l'horizon. La lumière du ciel était de plomb. Puis peu à peu, elle déclina, et le crachin s'abattit sur nos silhouettes solitaires. Pourtant, je n'avais pas envie de repartir. Corentin le sentit sans doute.

– Tu veux rentrer ? demanda-t-il soudain, juste au moment où je me demandais si la journée n'était pas en train de s'achever mollement.

Il y avait dans sa voix une tentation muette qui ne m'échappa pas.

– Tu proposes quoi ?

– Sur le chemin du retour, on pourrait s'arrêter. Il y a un endroit super cool où j'aime bien aller. C'est juste… c'est pas trop permis. C'est mieux d'y aller la nuit.

Un frisson pas désagréable me courut le long de l'échine. Je grimaçai un sourire. Corentin y répondit. Je l'admirais trop pour le décevoir, j'étais trop orgueilleux pour renoncer, et trop en colère pour être raisonnable.

– D'accord, dis-je. Je te suis.

Ainsi commença ma chute, accompagnant le crépuscule.

Le soir tomba à une vitesse folle tandis que nous filions sur nos vélos, le gris devant et le rouge derrière, à la rencontre de l'hiver. Corentin se retournait de temps en temps pour vérifier que je le suivais, mais je n'avais aucune velléité de rébellion et il aurait pu m'emmener jusqu'au bout de l'île sans obtenir de moi la moindre réaction. Cependant, il ne devait pas se rendre si loin.

Nous descendîmes vers le sud et longeâmes le chenal de La Perrotine avant de le remonter de l'autre côté, comme si nous souhaitions retourner à la mer. Juste avant les dunes mais après le dernier bâtiment, Corentin tourna sur un chemin de cailloux blancs qui courait dans les marais en suivant le rivage. Le vent ne nous fit pas de cadeau et j'eus du mal à suivre sur mon vélo, sans conteste plus à son affaire sur des terrains moins difficiles. Heureusement, Corentin ralentit bientôt, avant de s'arrêter tout à fait et de coucher le VTT le long d'un buisson épineux. J'en fis autant, interloqué de le voir ausculter les environs avec autant de sérieux.

– Il n'y a rien, ici, protestai-je.

Il me gratifia d'un sourire complice et s'élança pardessus le fossé boueux pour courir sur l'herbe rase. Je lui emboîtai le pas avec circonspection. Bientôt, il nous ramena derrière la dernière bâtisse que nous avions croisée, un immense hangar cerné de grillage, un cimetière silencieux rempli de spectres géants. Corentin s'approcha furtivement, mais seul le vent nous accompagnait ; le vent, et le tintement des mâts si caractéristique. Les bateaux nous toisaient avec sévérité, dressés de toute leur coque dans la morne attente du retour des beaux jours. Une zone d'hivernage. Corentin rayonnait. Je n'étais pas certain de savoir ce que nous foutions ici, mais j'abritais une armée de papillons dans mon ventre, qui se déchaîna quand Corentin dévoila un accroc dans le grillage, et une ouverture suffisamment grande pour que nous nous y faufilions.

– T'as peur ? demanda-t-il.

L'étincelle qui animait son regard m'aurait entraîné au bout de la Terre avant que j'aie admis avoir la trouille. Il se glissa sous le grillage tordu et je le suivis, tandis qu'il en relevait les bords pour m'aider à passer. Et avant d'avoir compris ce qui se passait, j'étais de l'autre côté, tremblant d'excitation et de peur mêlées, au milieu des catamarans et des yachts abandonnés.

La visite fut étrangement silencieuse, pour commencer. Corentin nous faisait passer sous les ventres rebondis et écaillés, et je glissai la main sur les peintures érodées qui gardaient la mémoire de l'eau, et sur les bouées accrochées à leurs flancs dont les couleurs passées avaient dû être fluos. Tout était colossal et oppressant. Nous glissions entre les titans.

Nous lisions dans un murmure les noms de ces vaisseaux fantômes échoués dans leur triangle des Bermudes grillagé, et nous échangions des regards de connivences et de plaisir. *La Belle des marées. Ouest Oléron. La*

Charentaise. Danseuse. Le Cormoran. Chacun avait sa propre silhouette de géant endormi, et nous passions de l'un à l'autre avec admiration, rendant grâce à leur présence imposante. Je rêvais de monter à l'intérieur. Et ce que je souhaitais, Corentin le réalisa, bien sûr.

Il fallut commencer par un petit, un hors-bord sans prétention, aux flancs bleu et blanc. De là, nous gravîmes les échelons, de pont en pont, jusqu'à un mastodonte à la silhouette sombre et au mât plus haut que tous les autres. Sa coque, d'un bleu si sombre qu'il en paraissait noir, portait un liseré rouge sang à fleur d'eau, ou en tout cas, là où je me figurais que l'eau devait arriver. Sur celui-là, il fallut se hisser. Les cordages laissèrent des marques rouges sur mes mains de ce que je dus tirer, mais quand je me redressai sur le pont lessivé, le vent me saisit, et avec lui, l'euphorie.

– On dirait qu'on y est, hein ?

Corentin n'avait pas besoin de préciser quoi que ce soit. Oui, on aurait dit. On aurait pu jurer qu'on était sur l'eau, qu'on était libres et loin, qu'on était seuls et intouchables. Le bruit de la marée dans le pertuis, celui du vent dans les mâts, le roulement des nuages dans le ciel créaient pour nous une houle imaginaire qui nous emportait le cœur et les illusions. Nous étions les capitaines d'un destin incertain, et nous flottions à sa rencontre sans crainte. J'avais tout à la fois envie de rire et de me taire, mais surtout, j'avais peur de briser l'illusion. Une fois de plus, Corentin s'en chargea.

– Viens, m'invita-t-il. Il est ouvert.

Je ne lui demandai pas comment il le savait. Il passa devant et ouvrit la porte de la cabine. Quelques marches descendaient dans le ventre de la bête, dans l'obscurité impénétrable des profondeurs. Il y disparut sans moi et sans se retourner. Je restai hésitant devant la porte, puis une lumière déchira le tissu noir du gouffre béant. Le briquet. Le visage de Corentin apparut, roussi et mouvant.

– Allez, viens.

Je pensai un instant au blockhaus. C'était la deuxième fois que je le suivais ainsi dans les limbes, mais cette fois-ci, j'en éprouvais une joie déraisonnée. En bas, tout était de bois luisant et fuselé, à peine discernable dans le halo de la flamme. Des hublots donnaient sur le ciel tourmenté, mais ils devaient être fumés et on ne devinait que les volutes fuyantes des nuages en déroute. Corentin éleva la flamme, trop près du plafond à mon goût, et éclaira les banquettes cramoisies et les coussins assortis. Il alla s'asseoir, et le briquet faillit un instant, me laissant dans la complète obscurité avant qu'il ne le claque de nouveau et ne rétablisse un éclat de réalité.

– Tu viens souvent ? demandai-je avec admiration.

– De temps en temps. Celui-là est échoué depuis des années. Tu veux voir un truc encore plus cool ?

Il n'attendit pas ma réponse et se releva pour ouvrir une sorte d'armoire à pharmacie fixée au mur, et dont le cadenas céda sous ses doigts. Avait-il la clef ? Je ne parvins pas à m'en convaincre. À l'intérieur, il y avait tout un tas d'éléments enchâssés pour maximiser l'occupation de l'espace, et surtout une boîte de plastique rouge.

Il la saisit sans hésitation et la posa sur la tablette, entre nous, avant de l'ouvrir d'une seule main, faisant claquer les attaches sans difficulté. Quand il en dévoila le contenu, je restai stupéfait, le souffle coupé.

N'oublie pas de respirer.

Un pistolet. Je contemplai la forme reconnaissable, le noir luisant, le canon droit et épais, et il me fallut un trop long moment avant de comprendre que ce que j'avais sous les yeux était fait pour tirer des fusées de détresse. Je croisai le regard de Corentin qui, un sourire en coin, admirait la sidération qu'il avait réussi à provoquer. Il semblait passablement fier de son effet.

– Qu'est-ce que t'en penses ?

– Tu devrais le remettre à sa place, c'est dangereux.

Ma bouche était sèche et les tremblements dans ma voix, calamiteux. J'avais l'air d'être un enfant de deux ans réclamant d'être en sécurité. Il ne s'y trompa pas et se permit de rire, ce qui me hérissa, mais me fit également honte. Qu'est-ce qui m'avait pris ? L'arme était dans sa boîte. Il n'y avait rien à craindre. Cela ne dura pas longtemps, cependant. Sans cesser de rire, Corentin se saisit de la crosse.

– Moi, dit-il avec la certitude de celui qui a déjà gagné, ce que j'en pense, c'est qu'on devrait l'essayer. Ça fait des années que j'en rêve, et puis là, vu le grain dehors, doit y avoir personne pour nous voir. On y va ?

Je le regardai retirer l'arme sans réagir, et charger une fusée avant d'en mettre une seconde dans sa poche. Il referma ensuite la boîte et la remit en place sans se presser avant de me précéder à l'extérieur, non sans avoir glacé toutes les protestations que j'aurais pu émettre d'un seul regard moqueur.

Que s'était-il passé ? Où avais-je glissé ? Cette excursion avait cessé de me faire rire, mais je ne trouvai rien pour enrayer la chute, ou retrouver la légèreté. Les deux m'auraient satisfait pareillement, mais les deux se refusaient à moi, me contraignant à suivre contre mon gré, ou fuir et perdre tout ce que j'avais si durement gagné. Je sentais bien que le vide s'ouvrait sous mes pas, mais comment aurais-je pu reculer ?

Sur le pont, la nuit s'installait lourdement, et les lampadaires de la ville étaient déjà allumés. Il devait être dix-sept heures passées, et les considérations du quotidien me frappèrent en même temps que le vent. J'allais me faire passer le savon du siècle si je ne rentrais pas bientôt ou si on nous attrapait, et pourtant j'étais tout aussi incapable de quitter ce cimetière de bateaux que de m'envoler entre les nuages.

Corentin chargea l'arme sans marquer d'hésitation. Je ne parvenais pas à me convaincre qu'il était sérieux et qu'il comptait réellement presser la détente. Il avait rangé son briquet et manipulait le pistolet comme s'il savait parfaitement comment il fonctionnait. Je songeai qu'il était de l'île, et que, peut-être, c'était une chose qu'on apprenait ici, appeler à l'aide. Je ne m'en sentis que davantage encore étranger à la situation. Moi, je n'avais jamais su et pourtant, je n'avais jamais autant désiré en être capable. Oui, j'avais besoin d'aide. Je ne respirais plus. À cet instant, j'aurais sans doute pu profiter de la déchirure dans ma poitrine pour m'enfuir, mais Corentin ne m'en laissa pas le loisir.

– Tu veux ? dit-il en me tendant la crosse.

Je ne parvins qu'à secouer la tête. Je glissai interminablement, mais je pouvais essayer de protester. Si mon corps refusait de m'obéir, il me restait les mots ; les mots pouvaient venir à mon secours.

– T'es malade, dis-je. On va s'attirer des emmerdes, et puis faut vraiment que je m'en aille ou ma mère va me tuer. Va le remettre à l'intérieur, c'est n'importe quoi.

J'aurais voulu paraître plus assuré que ça. Les mots ne me trahirent pas, c'est vrai, mais ma voix s'en chargea. Corentin haussa les épaules et je frissonnai de tout mon corps. La vision du congre, du couteau planté, de l'œil déformé, s'imposa soudain à moi et me donna la force de prendre enfin une décision.

– Je me casse, dis-je.

L'espace d'une seconde incompréhensible, Corentin pointa l'arme sur moi et j'eus réellement peur. Puis, il leva le bras en l'air et grimaça un sourire.

– Quand on fait des vœux, il faut se donner les moyens de les voir exaucés ! T'es un lâche, ou t'es un guerrier ?

Et il pressa la détente. Je me recroquevillai sous le bruit et la pluie d'étincelle tandis qu'une balle luisante montait au firmament, happée par le vent, et explosait en une bulle écarlate et fumante qui nimba tout l'hivernage d'une lumière fantomatique. Corentin se renversa en arrière et poussa un cri de victoire en direction du ciel, et j'eus envie de l'imiter malgré la frousse, l'irréalité, le danger et la nuit. Mais avant que son cri ne se soit éteint, un autre son monta qui se chargea de nous tétaniser.

Les aboiements éclatèrent. Tellement forts, tellement proches, tellement *en mouvement*. Notre compréhension fut immédiate. Corentin se précipita vers le plat-bord et sauta par-dessus au risque de se rompre le cou. J'avais de nouveau un temps de retard, mais je n'attendis pas cette fois-ci de voir les chiens me foncer dessus pour détaler. Je descendis plus prudemment que Corentin ; il était déjà au grillage quand je touchai le sol.

Je courus, bien décidé à ne pas être encore du même côté que les chiens quand ils nous auraient repérés. Corentin m'attendait au niveau du trou, inquiet sans doute que je me fasse prendre et ne le dénonce. Je me glissai sous les doigts crochus qui m'entaillèrent le blouson et les jambes tout en l'invectivant. Tout glissait sur lui ; il était pris d'un rire irrépressible qui me donna envie de le frapper. Je n'en eus pas le temps ; les chiens arrivaient.

Ils étaient deux, vifs et taillés pour se battre. Les halètements furieux nous parvinrent avant que nous puissions les voir et bientôt leur silhouette sombre et élancée se dessina dans l'éclat mourant du halo rouge. Mes chevilles étaient encore de l'autre côté, et j'eus toutes les peines du monde à me hisser en sécurité. Comme dans un cauchemar où on ne peut fuir, mes mouvements étaient trop lents, et j'avais la sensation qu'ils ne me permettraient jamais d'être en sécurité avant que le monstre ne m'attrape. Pour le coup, ce fut Corentin qui me récupéra.

– Debout ! imposa-t-il. Si tu passes, ils passent aussi.

Les chiens se jetèrent sur le grillage, les babines retroussées sur leurs crocs furieux, mais nous étions pour l'heure hors d'atteinte. Nous ne prîmes pas le temps de souffler et nous nous précipitâmes en direction des vélos avant de savoir s'ils trouveraient le trou par lequel nous leur avions échappé. Corentin avait enfin cessé de rire, mais il n'était pas assez effrayé à mon goût. Il souriait même encore en enfourchant son VTT pour le lancer sur le chemin.

– Et maintenant, tu trouves pas qu'on a bien rigolé ? Est-ce que ce n'était pas exaltant ? Est-ce que tu ne sens pas qu'on est vivants ? me cria-t-il avant de foncer sans vérifier que je le suivais.

J'eus la tentation de prendre le chemin inverse, juste pour être débarrassé de sa présence, de l'arme et de tout ce que je venais de vivre, justement, mais c'était impossible. Avant que j'aie pu m'élancer dans la direction de la ville, ce havre salutaire de civilisation et de lumière, des bruits reconnaissables de grattement et de rage montèrent jusqu'à moi. J'eus à peine le temps de prendre de la vitesse sur le chemin que deux ombres se jetaient à mes trousses, enragées. J'appuyai sur les pédales de toutes mes forces, au risque de me foutre au fossé dans la nuit montante. Il n'y avait plus rien en moi qu'une seule idée, une seule force, un seul espoir : rouler plus vite que ne couraient les chiens.

Chapitre 13

La solution a fini par se présenter, évidente. Ce pistolet, je vais le porter à la capitainerie. Eux, ils sauront quoi en faire, et je réparerai un vol qui a été commis il y a longtemps par un gamin perdu, irresponsable, et peut-être un poil psychotique. Si je suis honnête avec moi-même, cette analyse *a posteriori* est probablement une déformation professionnelle.

Plutôt que de remettre à plus tard quelque chose que je peux faire tout de suite, et aussi parce que l'heure a tourné et que je compte manger avant de quitter l'île, je décide de me rendre à La Cotinière donner le pistolet et acheter du lieu noir. Ce sera parfait avec quelques patates, et ça me tiendra jusqu'à ce que je retrouve la junk food et les néons de la ville. J'en profiterai aussi pour faire le plein, tiens.

Je prends la voiture et quitte la maison après avoir vérifié que j'ai tout bien fermé, je salue la voisine qui est dans son jardin en train de faire Dieu sait quoi, et je prends la route sous le soleil, les souvenirs d'un hiver infernal laissant place à la paisible chaleur de juin. Les routes d'Oléron sont désertes mais sèches, et elles embaument déjà la résine de pin et le sable chaud. Peut-être que ce n'est que dans mon imagination, mais j'ai retrouvé l'île de l'été, et ça me semble étonnant, maintenant que j'y pense. Que les souvenirs d'un seul décembre passé ici aient pu à ce point supplanter tous les autres souvenirs possibles, tous ceux d'avant, ceux de soleil et d'océan. Faut-il que la marque laissée par ces quelques jours ait été puissante. Mais je ne me sens pas seul dans ce traumatisme. Il n'est sans doute pas un seul Oléronais qui ne partage cette obscurité.

La Cotinière se ressemble, seul le modèle des voitures a changé, et peut-être la peinture du marché ouvert de la Victorine, mais ce n'est même pas certain. Il y a du monde ; les acheteurs se déplacent à l'appel des harangueurs qui vendent la sardine et le rouget. J'irai plus tard chercher un truc à cuire au court-bouillon, à peu près la seule cuisson de poisson que je maîtrise. Pour l'heure, il me semble plus urgent de me débarrasser du pistolet qui pèse lourd au fond du sac en plastique où je l'ai confiné. Il y a une forme d'urgence à rendre cette arme, à ne plus encombrer mes placards et mes souvenirs avec tout ce qu'elle charrie. Je ne comprends même pas que je l'aie tolérée jusqu'ici.

Tu l'avais oubliée, me souffle mon esprit.

Et c'est vrai. Comme l'île, comme l'hiver, comme le blockhaus. Comme Corentin. Avant que ma mère ne m'appelle, j'avais tout oublié. Enfoui dans des rêves abandonnés au cours du temps. On oublie toujours le pays imaginaire quand on grandit. Je presse le pas jusqu'à la capitainerie.

Le jeune qui lève les yeux depuis l'arrière du comptoir a l'air d'un lycéen mal dégrossi. Je ne suis pas beaucoup plus vieux, mais je me demande depuis combien de lustres j'ai perdu cette candeur de fin d'adolescence qui donne une forme de lumière immortelle aux traits. Il me toise, les sourcils relevés, et je devine que j'ai été classé dans la catégorie touriste au premier regard. Je dois être aussi proche d'un marin typique qu'un perroquet d'un faisan.

– Je peux faire quelque chose pour vous ?

Je grimace un sourire de circonstance et m'avance jusqu'au comptoir où je pose l'arme très doucement. Manquerait plus qu'il pense que je le braque. Mais pas du tout ; il n'a pas l'air effrayé pour deux sous, et même pas surpris en prime. Il se demande juste ce que je fous avec ce machin dans mon sac plastique.

– C'était chez ma mère, je précise. Dans notre maison de vacances. On la loue. Ça m'embêterait que des gens tombent dessus, des enfants ; on ne sait jamais ce qu'ils pourraient faire avec ce truc.

L'adolescent hoche la tête.

– Vous avez un bateau ?

– Heu, non. Je ne sais pas d'où ça vient, en réalité. Enfin, je sais qu'on l'a depuis longtemps, mais je ne sais pas comment il est arrivé là.

Le mensonge passe tout seul, je le regarde sortir avec un étonnement muet. De quoi j'ai peur, exactement ? De me faire engueuler par ce gosse ? Que se passera-t-il, si je lui dis, écoutez, j'ai fracturé un bateau quand j'étais gamin, et j'ai volé ce pistolet mais j'aimerais que vous m'en débarrassiez, voilà. Que dira-t-il de si terrible ? Pourtant, je n'assume pas. Je mens. L'adolescent me considère en silence, et peut-être me croit-il ; ou pas. En tout cas, il n'insiste pas. Il prend le pistolet, l'ouvre, l'ausculte et me regarde à nouveau.

– Des cartouches ?

Ma gorge se serre, bien malgré moi.

– Non, dis-je. Il n'y en a plus.

Je me souviens du moment où la dernière a été tirée. Et je me souviens aussi de l'éclat de sa lumière, dans les yeux du chien en train de crever.

Nous avions fui, si vite que même la nuit ne nous rattraperait pas. Tout était engourdi dans un clair-obscur nuageux, un gris de cendres et de veillée funèbre, mais nos poumons et nos muscles étaient en feu, et nous étions en lutte contre les éléments. Le chemin était une cicatrice blanche dans le paysage et il s'enfonçait, luisant, dans la campagne détrempée et sombre des marais. Derrière se perdaient les aboiements.

Corentin menait toujours, et son VTT lui donnait un net avantage sur le terrain que nous affrontions, mais je malmenais mon vélo de course avec ténacité, dans l'espoir d'échapper aux crocs que j'imaginais presque à la hauteur de mes mollets. J'avais plus d'énergie que je n'aurais pensé en détenir moins de cinq minutes auparavant, et l'adrénaline m'inondait l'esprit, rendant tout flou et urgent. La dernière fois que j'avais ressenti ça, c'était dans la voiture, quand je pleurais dans les bras de mon oncle Damien. Ce n'était pas un souvenir agréable. J'avais pensé que je ne survivrais pas à la douleur. Il y avait de nouveau cette sensation poignante que si je n'allais pas assez vite, je ne passerais pas le crépuscule. Alors je pédalais à m'en arracher les muscles, et j'étais penché en avant, espérant qu'aucun caillou ne m'enverrait chuter et me rompre la nuque dans un fossé.

Au bout de ce qui me sembla une éternité, Corentin disparut dans la trouée d'une haie et je débouchai juste après lui sur une route, enfin, une vraie, goudronnée et lisse, sur laquelle je pus prendre de la vitesse et retrouver mon équilibre. Je jetai un regard derrière moi et frissonnai en devinant la silhouette massive et sombre du chien lancé à nos trousses. Il n'y en avait plus qu'un ; c'était déjà ça, un seul c'était suffisant, déjà. Sur la route, nous avions une chance de le semer, j'en étais certain, parce que nos vélos allaient plus vite qu'un chien. J'aurais été bien en peine de dire alors à quelle vitesse celui lancé à nos trousses pouvait courir, mais je pensais que nous avions une chance de le vaincre, et cette seule idée suffisait à me sauver.

Je rattrapai Corentin. Il se maintint à ma hauteur, les joues écarlates et les yeux luisants. Il avait toujours l'air de prendre tout cela beaucoup trop à la légère, mais je n'avais plus assez de souffle pour le lui dire, et je n'en pouvais plus de cette journée.

– On va le semer ! me cria mon compagnon d'infortune avec une joie féroce que je ne partageais pas.

Je me contentai de hocher la tête. J'ignorais quelle direction nous avions prise, mais, à un carrefour, je devinai les noms sur les panneaux et constatai que Corentin avait pris la direction de Vertbois. Je ne pouvais rien faire d'autre que le suivre, et lui faire confiance, mais une confiance qui se mêlait de reproches et de crainte.

Corentin m'adressa un sourire complice, en demiteinte, empreint d'une assurance morbide qui, pour la première fois, me dérangea. Au croisement suivant je fus à deux doigts de lui dire de s'en aller, mais je devinai qu'il n'en ferait rien et n'osai pas ouvrir la bouche.

Nous doublâmes le carrefour, filant comme des flèches, passant dans les rayons jumeaux des phares d'une voiture pour disparaître avant qu'elle n'arrive à la hauteur du stop que nous avions grillé. Il y eut alors le crissement des pneus, le choc sourd, et le cri du chien, atroce, trop aigu. Comme si ça avait été un signal attendu, Corentin jeta son vélo dans le bas-côté et s'allongea dans l'herbe pour regarder derrière lui. Avant d'avoir pris la moindre décision je l'imitai et vins me plaquer dans la végétation glacée du bord de la route pour observer, le cœur battant à m'en fracasser la poitrine, l'accident que nous venions de provoquer.

La voiture s'était immobilisée, les phares éclairant les arbres devant elle, et leurs branches nues sur le couvert du ciel. Le conducteur était descendu, un grand type qui devait avoir la cinquantaine, et il regardait devant son pare-chocs, les bras ballants, indécis.

– Il a buté le chien, gloussa Corentin, les nerfs à vif.

– C'est de notre faute, soufflai-je, le souffle court.

– Il avait qu'à pas nous courser, ce sale clébard.

– Fallait pas qu'on passe le grillage, c'est de notre faute.

– Pas de la mienne.

Je n'insistai pas. Corentin ne m'écoutait pas vraiment, et je sentis qu'il n'y avait pas de prise sur lui pour ces considérations. Je me concentrai sur l'homme, là-bas, sa voiture, et les phares qui n'éclairaient pas la forme étendue au sol. Je me demandai s'il allait faire quelque chose, et quoi. Je me vis à sa place, prendre le chien, le mettre dans la voiture, trouver un vétérinaire.

– On est dimanche, et puis hier c'était Noël, bonne chance pour en trouver un et pas raquer un rein.

J'avais dû parler à voix haute, mais l'accent de dédain dans la voix de Corentin me gela. Alors quoi, qu'est-ce qu'il y avait d'autre à faire ? « Rien » fut une réponse qui me brisa le cœur. L'homme voulut tirer le chien par les pattes, mais l'animal protesta à fendre l'âme et le conducteur recula comme si on avait essayé de le mordre, ce qui était peut-être le cas. Il fit quelques pas dans un sens, puis tourna autour du corps, et finalement, remonta en voiture. J'étais éberlué. Est-ce qu'il comptait réellement le laisser mourir ? Mais il n'était pas mort, on l'avait entendu se plaindre, il n'était pas mort ; et pourtant la voiture recula, tourna, manœuvra sur la route étroite, et s'éloigna bientôt, ses petits phares rouges disparaissant dans le lointain. Au milieu du carrefour, un peu plus sombre que le reste, il y avait le chien.

Je me levai d'un bond, mes baskets glissant sur la pente, et courus dans sa direction en oubliant que j'avais un vélo. Il me sembla que Corentin m'appelait, mais son cri était lointain et il ne m'atteignit pas. Je ralentis en approchant du carrefour. Je n'étais pas sûr de ce que j'allais découvrir, ni de ce que je voulais voir. Pourtant, il était impensable de s'en aller maintenant, sans aller contempler la conséquence de mes actes. À quelques mètres du chien, j'entendis sa respiration sifflante, hachée.

L'animal était allongé sur le flanc, la langue entre ses dents rougies, et sa poitrine se soulevait compulsivement tandis qu'il me regardait venir à lui de ses grands yeux cerclés de blanc. Des yeux de frayeur, des yeux de noyé, qui contemplaient la vérité. Je sentis mon corps répondre à sa douleur, mes muscles se crisper, ma poitrine se fendre, je me mis à pleurer sans fin.

– Oh, merde, merde, merde.

Comme le conducteur avant moi, je fis le tour du chien, me tordant les mains et gémissant comme lui, incapable de savoir comment réagir. Le chien me suivait des yeux, haletant comme jamais, comme s'il crevait de chaud alors qu'on était gelés et qu'en réalité, il crevait tout court. Je voulus m'approcher, mais il suintait de lui un liquide dont je ne pouvais distinguer la couleur ; et je ne parvenais pas à savoir s'il dégoulinait de pluie et de boue ou de sang, ni à me décider à salir mes genoux dedans. Je me détestai de songer à mes vêtements pendant qu'il était en train de mourir.

– Ce n'est qu'un clébard de merde, dit Corentin.

Je n'avais pas vu qu'il s'était approché pendant que je regardais le chien. Il se tenait à distance, détaché et froid, à observer, lui aussi. Il avait à la main le pistolet d'alarme, et toute la joie de la course avait disparu de son visage, laissant place à une expression dure et lointaine. Une expression semblable à la pierre, à un galet poli par l'hiver.

– C'est pas comme s'il était important, ou qu'il comptait pour quelqu'un, c'est qu'un clébard de merde.

– C'est de notre faute ! hurlai-je à m'en déchirer les cordes vocales, à la fois mort de rage et de honte. Il faut qu'on fasse quelque chose !

Corentin releva les yeux sur moi et je frissonnai jusqu'à la moelle.

– Il vaudrait mieux l'achever, dit-il, détachant soigneusement chaque mot. De toute façon, il va crever.

Je sentis l'air quitter mes poumons. Corentin resta là, les bras ballants, à m'observer, et moi, je me noyais. Le goéland dans ma tête était paniqué, mais sa voix ne me parvenait plus. Il était de l'autre côté de la surface.

Pense à respirer !

Puis, Corentin leva la main, chargea le pistolet de la cartouche restante, et braqua l'arme sur le chien qui haletait, le chien qui me regardait avec sa langue tordue et ses yeux blancs.

– On n'a qu'à le tuer, dit Corentin. De toute façon, il va crever.

Je ne pris pas le temps de décider et je me jetai sur lui, parce que c'était la seule décision à prendre, celle qui me permettrait un jour de respirer de nouveau. Corentin tomba à plat dos sur la route, et le coup partit vers le ciel, une longue et magnifique traînée d'or en explosion sanglante, une comète écarlate au-dessus de nos têtes, et son éclat dans l'œil du chien en train de mourir. Qui appelait-on au secours ? Corentin voulait tuer le chien, et le chien était nimbé de cette aura brûlante qui avait failli le heurter, et sa souffrance possible se déversait en moi et me donnait la nausée.

Je faisais barrage à Corentin, à la douleur, à la cruauté. Nous luttâmes ; je sentis le macadam sur ma joue, mes mains gelées sur les graviers, le sang à mes tempes et les larmes dans mes yeux, je sentis la chair que l'on déchire et mes dents crisser les unes contre les autres, je sentis mes articulations furieuses et ma rage qui avait pour nom désespoir.

– De toute façon il va crever, souffla Corentin.

– Va-t'en ! hurlai-je au ciel. Va-t'en, va-t'en, va-t'en ! Laisse-le ! Laisse-moi !

Je ne sais pas combien de temps ça dura. Je ne sais pas qui a gagné, mais je sais qu'à la fin, il n'y avait plus que moi, le chien, et le pistolet. J'étais sur la route, à genoux, et je pleurais. Dans mes souvenirs, j'avais posé la tête du chien sur mon jeans, et je me moquais désormais des taches qu'il allait y laisser. Je pleurais, et le chien haletait et bavait une salive sanglante sur mes mains souillées et frémissantes. Il n'y avait plus que moi et le chien, et un ciel tourmenté qui menaçait de crever, lui aussi. Je pleurais, je hurlais, et j'étais si seul que j'aurais pu jurer que plus personne n'existait dans l'île en dehors de moi et du chien que j'avais tué.

À un moment, le chien cessa de haleter. Son œil était toujours ouvert, écarquillé. Il n'avait pas essayé de me mordre du tout, malgré ce qu'il avait dû endurer. J'étais resté là, et il avait respiré, jusqu'à ce qu'il arrête, et qu'il soit parti, sans que je m'en sois rendu compte. Moi, en le regardant, j'avais la sensation de contempler la vérité. J'étais un petit garçon inutile et malheureux, et ceux qui étaient vivants mouraient. Cette fois-ci, c'était de ma faute, cependant. Mes actes avaient mené le chien à ce carrefour, à l'accident, à sa tête sur mes genoux. Si j'avais fait autrement, d'autres choix, d'autres carrefours, il serait vivant. Tout ce sang sur mes mains. C'était insupportable.

Je restai longtemps avec la tête du chien sur mes cuisses, jusqu'à ce que tout devienne trop pesant. Il ne pleuvait toujours pas, mais le ciel était lourd et noir, et quand je ne vis plus le blanc de l'œil ouvert et qu'il n'y eut plus de larmes à verser, je me levai. Je ramassai l'arme près du corps, parce que je ne voulais pas la laisser là, et je me dirigeai vers le fossé où j'avais laissé mon vélo. Il y était, solitaire, sanglant, toujours étendu sur le flanc, comme le chien derrière moi.

Je le relevai, le ramenai sur la route en tremblant de tous mes membres et l'enfourchai. Les premiers mètres me coûtèrent. Je claquais des dents, autant de froid que d'épuisement. Je partis sans un regard en arrière. Corentin avait disparu depuis longtemps. Je n'étais pas sûr de le revoir un jour, ni d'en avoir envie. Tout ce que je savais, c'était que j'étais loin de chez moi et qu'il était tard, et que désormais je devrais trouver seul le chemin qui me ramènerait.

Chapitre 14

J'ai laissé l'arme derrière moi ; une dernière écaille pleine de poussière abandonnée à d'autres mains, et je termine ma mue en optant pour une sole à faire à la poêle, parce que ça ira plus vite. Les poissons sont frais, le marché aussi, les vendeurs en ciré et mon humeur au beau fixe. Il y a un temps pour tout, et je suppose que pour moi est venu le moment de renoncer, à l'île, au passé, à tout.

Je paie ma sole et je flâne, parce qu'après il faudra repartir. Ma certitude d'être ici pour la dernière fois rend toutes les secondes précieuses. Je suis déjà parti il y a longtemps ; je n'ai fait que revenir hanter mon présent d'autrefois avec l'homme que je suis devenu. Mon apaisement et ma résilience, pour donner du courage à l'enfant que j'étais alors et pour l'assurer que derrière l'enfer, il y a d'autres matinées de juin qui attendent. C'était tellement difficile à imaginer, à l'époque.

Je quitte la Victorine pour retrouver ma voiture et je prends la route du supermarché pour mettre de l'essence. Il n'y a pas grand monde dans les rues de La Cotinière, juste les habitants qui se saluent, et qui prennent le temps, eux aussi. Je suis distrait parce que j'observe cette vie quotidienne sur les trottoirs, mais un fond de vigilance monte la garde pour moi, heureusement. Quand ils déboulent, j'écrase le frein avant d'avoir réfléchi, et la seconde d'après, je remplis l'habitacle de jurons fleuris qui couvrent à peine les battements de mon cœur.

Le groupe de gamins qui m'a coupé la route s'éloigne déjà, trois d'entre eux filant en danseuse sur leurs vélos tandis que le quatrième suit, recroquevillé sur son skate, fermement accroché au porte-bagages du plus costaud. Je les regarde s'enfuir en essayant de contrôler ma tentative de crise cardiaque et c'est presque comme si je les entendais rire, alors qu'ils disparaissent à un embranchement, sans un regard en arrière pour l'accident qu'ils ont failli provoquer. Je reprends mes esprits et m'aperçois que les autochtones regardent la voiture d'un air de reproche. Ça va être ma faute, aussi ?

Je suis à deux doigts de réagir avec humeur quand, finalement, je décide que ça ne m'atteint pas. Au lieu de m'énerver, je leur fais un grand sourire, agrémente le tout d'un salut digne de la reine d'Angleterre et de deux coups de klaxon enthousiastes, puis je reprends ma route sous leurs regards médusés. Je m'entends même ricaner tandis qu'ils rétrécissent dans mon rétroviseur. Qu'est-ce que ça peut faire ? Je n'ai écrasé personne, après tout.

Mais la collision s'est produite, au moins dans mon esprit. Ce n'est pas un hasard. Le regard de la vieille sur le trottoir est chargé de reproches datant d'un autre temps. Je ne peux pas fuir indéfiniment. Même rendre le pistolet ne suffit pas à effacer l'histoire. J'étais venu voir le Krokodil ; j'étais venu enterrer ce qui devait l'être. Je ne peux pas repartir sans avoir accompli ce dernier pèlerinage et regardé en face l'enfant que j'ai été, et celui qui m'a accompagné cet hiver-là. Je ne peux pas, ou alors, il me faudra revenir. C'est une vérité gravée au fond de moi.

À cette pensée, ma gorge se serre. J'irai sur la plage. Je me tiendrai au sommet de la dune, comme je l'ai fait si souvent en esprit depuis que j'ai su qu'ils avaient détruit le Krokodil. L'espace d'une poignée de secondes, je me dis que je pourrais repousser ma visite à après le repas, mais j'y renonce presque aussitôt. Cette idée n'est séduisante que parce qu'elle me soulage d'un poids. Ce n'est qu'une tentative d'évitement, encore, et je refuse d'avoir parcouru tout ce chemin pour des nèfles. Le repas, puis quoi, la sieste, les affaires et zut, il est déjà tard, il faut que j'y aille, tant pis, ce sera pour mon prochain passage dans l'île ? Non, je ne serai pas lâche une nouvelle fois. La rédemption, tout comme les souhaits, a un prix. Les mains crispées sur le volant, je me résous à faire face tandis que je reprends le chemin de Vertbois et que je passe devant la station-service en oubliant de m'arrêter.

Il fallait bien que la confrontation ait lieu un jour. Maintenant est un présent comme un autre. Mieux vaut tard que jamais. Ils ont détruit le Krokodil, mais avant que le temps ne l'avale, je gravirai la dune et j'y retournerai.

Après la mort du chien, j'étais rentré à la maison dans un état second, incapable de discerner quel instinct englouti m'avait permis de retrouver ma route. La nuit était lourdement tombée autour de moi, désormais, et des nuages noirs flottaient dans le ciel. Je n'en pouvais plus, et pourtant, j'avançais. Il ne pleuvait toujours pas ; j'aurais même voulu qu'il pleuve. Au moins, ça aurait été raccord, avec moi, et le chien mort. Le ciel me décevait une nouvelle fois.

Dans les films et les séries, il pleuvait toujours quand on enterrait les gens. Mais le jour où on avait mis mon père en terre, il faisait beau, évidemment. J'avais trouvé ça humiliant. Un dernier jour d'automne sous le soleil, avec le bleu là-haut comme une insulte, comme le couteau dans la tête d'un congre déjà mort. Ce bleu et ce soleil m'avaient mis en colère, parce qu'ils ne servaient à personne, et parce qu'ils ne serviraient plus jamais à rien. Mais j'avais été en colère contre moi aussi. De penser à la pluie.

C'était tellement stupide, d'accorder une si grande importance à la météo. Du venin en moi, qui me donnait un goût méprisable. Parce que je n'étais pas entier, parce que je n'étais pas capable d'accorder toute ma peine au cercueil en chêne et à ce que j'avais perdu. L'irréalité de la mort donnait aux plus infimes détails une importance cruciale qui me dégoûtait du monde et de moi-même.

Pourquoi est-ce qu'il me pleuvait dessus en permanence, sauf quand il aurait fallu ? Pourquoi est-ce que tout se succédait si vite, l'euphorie de la jetée et la tête du congre fendu ? Le bateau sur l'horizon, et le regard blanc ? Pourquoi est-ce que j'étais aussi fébrilement heureux et triste, aussi découragé, tout cela à la fois, jusqu'à la nausée ? Pourquoi avais-je été heureux de découvrir ce vélo, puisque ce n'était pas la bonne personne qui me l'avait donné ?

– Putain ! hurlai-je face aux éléments. Putain, putain, putain !

Si ma mère avait pu m'entendre, elle aurait été furieuse, mais cette pensée me réchauffa plus qu'autre chose. J'étais tellement en colère contre l'absurdité du monde que je n'en pédalai que plus fort. La ligne d'horizon avait disparu dans le flou de mes larmes. J'en voulais à Corentin d'avoir provoqué tout ça, d'avoir voulu tuer le chien, d'être parti sans moi. Je m'en voulais plus encore d'être tombé en bas de ma propre montagne, quand, quelques heures auparavant, je tutoyais le sommet. J'aurais aimé que mes jours ressemblent à la lumière dorée sur l'océan, mais à la place, ils étaient le gouffre insondable qu'il ne cachait pas vraiment. Et il n'y avait aucune illusion à nourrir. J'avais cru atteindre le ciel ; je coulais.

Pense à respirer.

Peu à peu je ralentis, et finalement la pluie se mit à tomber. Lentement d'abord, puis de plus en plus fort, jusqu'à me transir complètement et noyer mes questions sous une douche glaciale. La pluie, enfin. Aussi déprimante fût-elle, elle calma les battements affolés de mon cœur, la fureur, et l'incendie qui se déchaînait en moi. J'en contemplai les cendres avec détachement. Peut-être que c'était ça, ne plus souffrir. Quelques secondes à contempler l'orage, et la certitude que tout finirait englouti. J'achevai le chemin gelé jusqu'aux os.

J'atteignis la maison fourbu et dégorgeant d'eau, mais pour la seconde fois, il n'y eut personne pour m'accueillir. Le poêle dégageait encore une certaine chaleur, mais il en était à consumer ses propres braises. Sur la table de la cuisine, ma mère avait laissé une note dans mon assiette, une poignée de mots en accusation fragile.

Je t'ai attendu.

Je considérai le papier avec circonspection, me souvenant de sa journée pourrie, des pneus, et de son abattement. Et nous étions déjà la nuit... Je me figurai ma mère seule devant la fenêtre, guettant un enfant qui ne revenait pas.

Ne m'attends plus jamais ! Je m'en fous que tu t'inquiètes !

Je l'imaginai hésitante, soucieuse aussi. La douleur qu'elle avait pu ressentir. La culpabilité trouva son chemin familier, mais, pour la première fois, n'atteignit rien de plus que mes entrailles. Elle ne trouva pas mon cœur. Je dégoulinais de pluie sur le carrelage du salon, et je ne trouvais rien de plus en moi qu'un calme indestructible. Je ne parvins même pas à m'inquiéter de son absence, ou à regretter la mienne. Je ne frissonnai pas non plus, gelé pourtant. Tout était détaché, distant.

Cesser de souffrir.

Je ne touchai pas à l'assiette et montai directement à l'étage en laissant derrière moi des traînées boueuses. Je me débarrassai des couches superficielles de mes vêtements sans prendre garde à l'endroit où ils tombaient, les baskets en haut de l'escalier, le manteau sur le palier, et les chaussettes dans la foulée. Au bout du couloir, la porte de la chambre de ma mère était entrouverte. Je poussai jusque-là et posai le bout des doigts sur la poignée qui céda sans un bruit. Sur le grand lit, ma mère était allongée, immobile, me tournant le dos. Elle avait rabattu la couette sur elle, et je devinai qu'elle dormait. Sur la table de chevet, il y avait une bouteille de vin entamée, et au sol et autour d'elle, les photos éparpillées de nos albums souvenirs.

Dans un flash, je devinai sa journée, le temps passé à attendre son fils égaré, puis le choix du plongeon, et la descente, lente, douloureuse, vers les jours d'avant, parce que c'était tout ce qu'il lui restait. Papa était parti. J'étais parti. Qui est-ce qu'elle aurait pu espérer, désormais ? Ma gorge se serra. Je ressentis l'envie d'aller me blottir contre elle, mais je la réprimai, parce que j'étais toujours grelottant et trempé, et parce qu'elle méritait de se reposer. À la place, je refermai la porte après avoir éteint la lumière, et je me traînai jusqu'à la salle de bains.

La pièce était chaude et accueillante ; le petit radiateur faisait de gros efforts pour maintenir une température agréable. J'ouvris les robinets de la baignoire en grand et l'eau s'écoula sur la faïence blanche, jetant des nuées de vapeur dans l'air. Pendant que le niveau montait, je me dépouillai avec répugnance du reste de mes vêtements, et chaque contact entre le tissu et ma peau me causait un frisson désagréable. Je fis un tas informe de mon pull et mon tee-shirt, et contemplai sans émotion particulière la chair de poule qui picotait ma peau blafarde. Je constatai avec une légère surprise que mes mains étaient dégoûtantes, grises et aux ongles cassés, et puis je me souvins de la bataille et de la tête du chien, et toute cette crasse me fut insupportable. Je me les lavai au lavabo et les récurai jusqu'à les rendre écarlates. Je les retirai de l'eau brûlante pour les frotter contre mon jeans pourtant aussi répugnant que le reste, quand je sentis dans ma poche un corps étranger. Je plongeai la main dedans pour l'en retirer aussitôt en jurant, l'index entaillé et saignant abondamment.

Une inspection plus prudente me permit bientôt de retirer le coupable, et je perdis pied. Elles furent longues, ces secondes où je me tins torse nu dans la salle de bains embuée, un couteau à écailler au creux de la main, et mon index ruisselant en gerbes écarlates sur la faïence blanche du lavabo. Et voilà que pourtant, je ne ressentais toujours rien, ce couteau à la main. Il aurait dû être sur ma table de chevet. Je l'y avais laissé. J'en étais presque certain. Je n'avais pas pris ce couteau. Avais-je pris ce couteau ?

Tu aurais pu crever des pneus avec. Tu aurais pu achever le chien. Moi, je l'aurais fait. Es-tu un lâche ou un guerrier ?

Je contemplai l'objet impossible de longues minutes, sa lame luisante et les traces rosées à sa surface puis, compulsivement, j'entrepris de le laver à son tour. Je le posai ensuite sur le bord du lavabo pour finir de me déshabiller, les pensées vides et indolores, luttant fermement dans la tempête pour ne plus penser à rien. Lorsque je me glissai dans l'eau brûlante, mon corps ébouillanté protesta, et je m'aperçus que cette douleur était bienvenue.

Je plongeai la tête sous l'eau pour ne plus voir, ne plus entendre, ne plus penser, et je me retrouvai sous la surface, parfaitement apaisé. Le silence était un voile accueillant, la baignoire, un sanctuaire. Je me recroquevillai, les poumons vides pour ne pas remonter, mes jambes serrées contre moi et mes paupières pressées jusqu'à la douleur. Tout était demeuré à l'extérieur et moi j'étais libre, dans les profondeurs.

Là, volontairement noyé dans une chaleur permanente, je tentai de renaître. Je passai en revue les souvenirs si forts et si terribles qui m'avaient amené jusqu'au chien. Je passai en revue l'automne, la voiture et les pleurs. Nanie, qui voulait tout contrôler et agençait des horaires dont elle avait besoin de nous informer, tâchant d'établir sur notre emploi du temps un contrôle rigoureux. Ma mère, ce spectre pâle. Je pensai à la chapelle ardente et au visage de cire, aux cierges, et à l'enfer qu'on avait promis aux gens comme mon père. Je pensai à la pluie qui n'était pas venue. Et à la stèle, là-bas, abandonnée et nue, et moi dans ma baignoire, absurdement vivant. Je pensai à Corentin, à la course aux yeux fermés, au blockhaus et à l'obscurité, et au cadavre du chien, si triste et insensé.

Je diluais les souvenirs dans l'eau brûlante, les doigts crispés sur ma peau pour contenir mon corps au fond ; rester au fond, et tout y abandonner. Plus tard ce soir-là, je finis par sortir du bain. J'étais dépouillé de tout, surtout du temps. Je ramassai mes vêtements et les mis dans la machine à laver. Le couteau alla dans la cuisine, parmi les autres, là où il serait peut-être plus facile de l'oublier et où je n'aurais pas besoin d'expliquer sa présence. Je fus plus ennuyé avec le pistolet mais au final, je finis par me glisser dans le garage encombré, frissonnant dans mon pyjama et mon peignoir mal fermé, pour déposer cette arme inopportune derrière un carton où peut-être elle accepterait de disparaître pour de bon. Je refermai la lumière et la porte sans un regret.

Après avoir vérifié que ma mère dormait toujours, je me glissai dans le salon pour y dévorer un sandwich de pain de mie et de fromage devant le poêle, les yeux et les pensées perdus dans un infini indolore qui répugnait à me laisser partir. Je fermai les portes, tirai les rideaux, lavai mon assiette et mon verre, tout cela machinalement. Cet interminable dimanche me laissait abattu mais sans haine.

Ne plus souffrir.

Je montai à ma chambre après avoir éteint toutes les lumières, et je m'allongeai sur mon lit. Je me sentais différent, et j'étais incapable d'expliquer pourquoi. Est-ce que c'était dû au fait que j'avais laissé un chien mourir sur mes genoux, et que je l'avais tenu jusqu'à la fin ? Est-ce que j'y étais pour quelque chose ? Et ce couteau dans ma poche, quel poids avait-il ? C'était comme s'il s'était écoulé un milliard d'années depuis que j'avais eu mon vélo, comme si j'avais achevé là un chemin que je ne me souvenais pas d'avoir emprunté. Tout menait-il donc jusqu'au chien ?

Je ne voulais pas dormir, je n'en avais pas envie, mais je ne me sentais plus *mal*, plus aussi mal que tous ces derniers mois, plus aussi mal que depuis l'automne. Je n'arrivais même pas à m'en vouloir de respirer à nouveau librement. Même la culpabilité glissait sur moi.

Ne plus subir.

Est-ce que le sacrifice d'un chien jeté à mes trousses avait quelque chose à voir avec ma soudaine libération ? J'aurais voulu faire plus pour lui, j'aurais voulu le sauver, j'aurais voulu qu'il y ait un moyen de le mettre sur mon vélo et de l'emmener chez le vétérinaire. J'aurais voulu qu'il y ait un moyen de m'excuser. Et puis, j'acceptai l'idée que, peut-être, l'intention suffisait.

Je posai mon bras sur mes yeux brûlants et le poids me fit du bien, m'engourdissant dans une obscurité choisie et bienveillante. J'aurais presque pu m'endormir. Je somnolais déjà. Mais alors que je m'enfonçais enfin dans un bien-être qui ne me coûtait rien, un frisson monta en moi. Un frémissement venu de loin qui roulait à ma rencontre, une vague irrépressible qui n'en avait pas fini avec mon enfance. Un sifflement d'abord subtil, puis plus fort, lourd et lent. Si je n'y prêtai pas attention de prime abord, il me remplit peu à peu, et m'éveilla tout à fait.

Je soulevai mon bras couvert de chair de poule, incapable de comprendre pourquoi, de nouveau, j'avais froid et peur. Il me sembla que la lumière de ma chambre éclairait moins, que la nuit se glissait dans les interstices, que je rejoignais une nouvelle fois les profondeurs.

Comme un robot, je me levai et me dirigeai vers le velux. Tout le froid du monde logeait dans mes entrailles. Dehors, il pleuvait. Je restai immobile, à contempler au-delà de la pluie, au-delà de tout, la silhouette menaçante, à l'orée de la forêt. Depuis les ténèbres, Corentin m'observait.

Chapitre 15

Le chemin de la délivrance est aussi celui de la maison, du coup je m'arrête quelques instants pour déposer mon poisson avant de repartir en direction de la plage. La route qui passe à travers la forêt a toutes les apparences de l'abandon. Le sable mord sur les côtés, et les aiguilles de pin zèbrent le macadam. La lumière du soleil perce cependant, éclairant d'un reflet doré tout ce qu'elle touche. J'ai hâte de respirer l'océan. Les ombres que je crains sont loin, je veux y croire.

Je me gare sur le parking des vacanciers, celui qui déborde de monde à huit heures du matin d'habitude et qui là est désert, malgré l'heure avancée. Juin et personne à la plage ? Il faut dire qu'on est en pleine semaine. Je suppose que j'ai choisi mon moment. J'arrête la voiture, je descends, et le vent complice m'accueille avec des bourrasques odorantes et iodées. Je ferme les yeux pour mieux le sentir et je profite du géant qui se tient derrière la dune avant de le voir, depuis le sanctuaire de ma mémoire. L'océan gronde, menaçant et fraternel. Je marche à sa rencontre.

J'avais oublié comme il était délicat de progresser dans le sable. Je n'ai pas du tout les chaussures idéales pour ça, et de toute façon, la meilleure façon d'affronter les dunes, c'est pieds nus. Mes orteils trépignent au fond de mes chaussettes à cette idée. Après un instant d'hésitation, j'accepte de ne pas être raisonnable et je les libère. Dès les premiers pas, mes voûtes plantaires irradient de plaisir malgré le froid.

Je gravis les derniers mètres le cœur en fête et l'océan se révèle, ses vagues dévorant la plage. Je respire à pleins poumons, les oreilles pleines de sa constante respiration.

Une amie basque m'a dit une fois que si on a grandi auprès de l'océan, on ne peut plus jamais vivre loin de lui. Je comprends ça. Moi qui n'y ai passé que quelques mois par an toute mon enfance jusqu'à ce fameux hiver, j'ai l'impression qu'il m'a manqué, et que je retrouve aujourd'hui un élément de moi-même que j'avais perdu, oublié.

Je descends sur la plage et je prends la route des blockhaus, me demandant ce que je vais trouver. Le premier à apparaître est le Kondor familier, et je suis surpris de le voir presque au ras des flots, beaucoup plus bas que dans mes souvenirs. Si j'en crois la trace laissée sur le sable mouillé, il est presque immergé à la marée montante. Pas étonnant que lui et son compagnon aient été jugés dangereux. Je viens à lui, mais je ne reste pas.

Même s'il a été « le mien », autrefois, c'est le Krokodil qui attire mes pas. Mais derrière ce frère abandonné, celui qui reste n'est plus que gravats.

Ils ont détruit le Krokodil.

Les paroles de ma mère font enfin sens, tandis que j'observe cet amas de béton déchiqueté, avec les bouts de fer tordus qui en émergent, et le ventre grignoté par des machines qui doivent, peu à peu, l'effacer du paysage. Ils n'ont pas encore fini leur lent travail de démolition, mais la tâche est bien entamée, et le Krokodil ne ressemble déjà plus à rien. Je m'en approche comme on s'approche du cercueil d'un défunt. Je me souviens comment ça fait. J'ai la gorge serrée.

Il demeure des traces du massacre et de sa victime. Certains blocs portent encore la trace des tags. Ce ne sont sans doute pas les mêmes œuvres que celles de mon enfance, mais c'était des témoignages tout de même, qui iront à la casse avec les murs qui les ont accueillis, accompagnant le Krokodil dans l'oubli comme les chats de pharaon dans l'Égypte ancienne. Je fais le tour. Sable et béton emmêlés, pour toujours. Et puis, tout à coup, je me sens vide et stupide.

Il n'y a plus rien à voir ici, il n'y a plus personne à qui dire adieu. Je ne sais pas pourquoi j'ai autant repoussé cette visite, ni ce que je craignais réellement. Je me donne l'air de savoir ce que je fais là, j'ausculte le travail accompli, mais je me sens décalé. Je ne suis pas à ma place ; je ne l'ai jamais été. Une seconde, j'hésite à prendre un morceau de béton pour l'emmener, en souvenir, et puis du fond de moi-même monte un frémissement, un avertissement, une crainte irraisonnée. Je suis trop grand pour avoir peur, mais je n'ai pas non plus envie de m'enchaîner plus que de nécessaire au passé. Je ne touche à rien et décide de remonter, parce qu'il n'y a rien de plus à faire.

Quand je double le Kondor en direction du chemin de la plage, je jette un dernier regard par-dessus mon épaule au compagnon d'infortune dorénavant brisé, et je culpabilise un peu de ressentir une pointe de soulagement. Ce qui est enterré là est enterré pour de bon. Mes craintes d'enfant, mes douleurs et mes abandons. Si je décide de m'en aller, je pourrai vivre. Je l'ai déjà fait une fois. Je peux recommencer. Alors qu'est-ce qui m'effraie, en réalité ?

Le 27 au matin, je m'étais réveillé épuisé et nauséeux, et mon premier réflexe avait été de gagner le velux et de vérifier, le cœur battant, si Corentin n'était pas là qui m'observait. Mais la matinée était déjà bien entamée, et dans la lumière blanche de décembre, tout était immobile et silencieux. Le ciel était dégagé et il ne restait aucune trace des nuages de la veille. Je restai de longues minutes à guetter les environs, le flou persistant engourdissant mon esprit.

Avais-je rêvé ? J'étais incapable de le dire, mais incapable aussi de me rappeler ce qui s'était passé après ce long regard échangé. Je me souvenais juste de Corentin à l'orée de la forêt, les cheveux dégoulinants de pluie et ses yeux brûlants fixés sur moi, avec dedans toute l'intensité du vide. J'avais été sauvé l'instant d'avant. Et puis Corentin était revenu, et j'avais de nouveau eu peur sans identifier la raison. Au bout d'un certain temps cependant, la lumière du jour me rassura et je sentis mon appréhension se calmer. La décision avait été prise, sur la vie d'un chien qu'une voiture avait percuté. C'en était fini de l'obscurité. Je me le promis, m'habillai à la hâte avant de descendre l'escalier d'un pas vif, décidé à ne plus me laisser engloutir.

La maison était de nouveau déserte, et j'appelai ma mère sans parvenir à la trouver où que ce soit. L'horloge au-dessus de l'évier indiquait près de onze heures, où pouvait-elle être ? Je cherchai en vain un papier sur la table, le bahut, près de l'entrée, sans réussir à mettre la main dessus. Je commençais à paniquer quand je pensai enfin à la voiture, aux pneus, et au garagiste. Je décidai de croire qu'elle était en ville pour régler tout ça. Je cherchai son sac et son manteau et, ne trouvant rien, je confirmai ma théorie dans un élan de foi pure. C'était plus facile que de penser cela que n'importe quelle alternative.

Je tournai en rond dans la maison vide, sans idée précise de ce que je voulais faire, mais sachant déjà parfaitement ce que je ne ferais pas : il était impensable que je sorte. Je ne reprendrais plus le vélo pour sillonner les chemins de l'île ; je ne mettrais plus les pieds sur la plage, ni dans le blockhaus. Je ne sortirais pas, car Corentin était dehors, et je ne lui laisserais plus jamais le pouvoir de m'emmener là d'où je ne pouvais revenir.

Il y avait du pain frais dans la cuisine ; je décidai de me faire des tartines au beurre salé, et fus surpris d'avoir faim lorsque l'odeur familière monta du grille-pain. Je mangeai avec un appétit modeste, mais présent. Midi passa sans que ma mère revienne, et je cessai de hanter la fenêtre pour retourner auprès du poêle avec mon plaid et ma console.

Je jouais depuis un bon moment et j'étais aux prises avec un donjon compliqué quand j'eus soudain la chair de poule. Je relevai les yeux de ma console pour regarder danser le feu, et les ombres mouvantes sur le mur me firent tourner la tête en direction de la baie vitrée. Dehors, les arbres bougeaient avec affolement. Le vent sifflait à la fenêtre, et il soufflait fort, bien plus fort que la veille. Je me demandai comment j'avais fait pour l'ignorer jusque-là vu le tapage.

On va avoir un gros grain, pensai-je, employant le langage des marins.

Quelque part au rez-de-chaussée, un volet mal accroché claqua. Je me levai avec l'intention de le trouver et de le bloquer

Tu es un bon fils, Mathieu.

quand la surprise m'immobilisa. L'instant d'avant, j'aurais pu jurer qu'il n'y avait personne. Mais à présent, Corentin se trouvait là, immobile à l'orée du bois. Dans notre jardin, même. Il avait passé le grillage. Je sentis ma respiration s'accélérer, puis je me décidai à faire face. Je marchai d'un pas rapide jusqu'à la baie vitrée et en ouvris la porte coulissante, étonné d'avoir à lutter contre le vent pour y parvenir. Dehors, les bourrasques agitaient dangereusement les pins. Au pied des arbres, Corentin semblait s'en moquer éperdument. Il m'observait, plein de reproches.

– Qu'est-ce que tu veux ? lançai-je, pas certain qu'il soit capable de m'entendre à travers la tourmente. Qu'est-ce que tu fous là, d'abord ?

Je ne me souvenais pas de lui avoir dit où j'habitais, ni de l'avoir amené chez moi une seule fois. Pourtant, sur le moment, la question ne se posa pas.

– Je t'ai attendu, dit-il, accusateur. Au blockhaus. Je t'ai attendu toute la matinée.

Je haussai les épaules, mal à l'aise.

– J'ai dormi, dis-je sans mentir. J'étais fatigué. Et puis de toute façon, il fait trop mauvais pour faire du vélo.

– Tu le pensais ?

Je restai comme deux ronds de flan, cherchant ce que j'avais pu dire qui provoquait cette réaction, mais je n'eus pas besoin de poser la question.

– Tu m'as dit que tu voulais que je dégage. Tu le pensais ?

La question me sembla déplacée.

– Hier ? Avec le chien ? Ouais, je le pensais !

– Il fallait l'achever.

– T'es cinglé. On aurait jamais dû piquer ce pistolet, on aurait jamais dû entrer dans ce bateau, on aurait jamais dû faire tout ça. C'était complètement idiot et ce qui s'est passé, c'est de notre faute.

– Il fallait l'achever.

Je sentis une colère froide monter en moi, mêlée de peur et d'incompréhension. Je n'admirais plus Corentin. Je ne savais même plus qui était ce garçon qui voulait achever les choses de cette façon et ne pleurait pas face à un chien mort qu'il avait contribué à tuer. Moi, j'étais le garçon qui pleurait. J'étais certain d'être le garçon qui pleurait. Peut-être avais-je eu des doutes à ce sujet, mais ils s'étaient dissipés dans un bain brûlant.

– Tu devrais t'en aller, dis-je. De toute façon, ma mère va pas tarder à rentrer.

– Tu es sûr de ça ?

Son ton sarcastique m'effraya. C'était pareil quand j'avais parlé du déjeuner.

Tu es sûr ?

Corentin sourit, et je le détestai.

– Casse-toi, je sortirai pas, et puis j'en ai ras le bol. Ouais, ma mère va rentrer, et on va se barrer de votre île pourrie et rentrer chez nous. Va-t'en maintenant !

J'espérais qu'il obéirait, mais je n'y croyais pas vraiment. Je restai là, grelottant dans mes vêtements trop fins devant la porte de chez moi, tandis que Corentin serrait les poings et ne bougeait pas d'un iota.

– Tu ne peux pas partir, dit-il soudain. Tu ne peux pas partir, t'as fait des vœux, t'as oublié ?

Si son affirmation m'avait gelé de l'intérieur, la suite m'échauffa jusqu'au plus profond de moi.

– Mais c'était des conneries, tout ça ! hurlai-je, incrédule. C'était des conneries, c'était juste un galet, c'était juste un jeu !

– C'était pas un jeu pour moi !

Sa colère était irrationnelle, mais elle balaya tout. La tempête lui répondit.

– C'était pas un jeu, et tu partiras pas ! Tu partiras jamais, t'entends ? T'as pas le droit ! T'as pas le droit de quitter l'île !

Il se pencha alors en arrière et jeta une pierre sur la maison de toutes ses forces. Une vitre du salon vola en éclats, éparpillant des bouts de verre dans un grand bruit d'effondrement.

– T'es complètement dingue !

Je n'arrivai pas à croire ce que je venais de voir, mais Corentin avait décidé de ne pas s'arrêter là. Il se mit à courir autour de la maison et à jeter des pierres sur toutes les vitres, faisant mouche à chaque fois. Les fenêtres se brisaient les unes après les autres ; ses poches semblaient sans fond. Je mis du temps avant de réagir, j'étais sidéré.

– Tu peux pas partir avant d'avoir fini ! Je te l'interdis !

Je me jetai à ses trousses alors qu'il passait de l'autre côté. Lorsque je le rattrapai, je ne pris pas la peine de tenter une nouvelle fois de l'arrêter : je me jetai sur lui et l'étalai dans le sable.

– T'as pas le droit de t'en aller !

– T'as pas le droit de me dire ce que je dois faire !

Je luttai comme un forcené pour lui arracher la pierre des mains ; il avait dû la ramasser sur la plage, c'était un morceau de calcaire rugueux, aux aspérités coupantes, sur lequel je m'arrachai la pulpe des doigts.

– C'est pas toi qui décides si je reste ou pas ! braillai-je en essayant de me donner une force que je ne possédais pas. C'est pas à toi de choisir si j'ai le droit de partir, pas à toi de décider ce que je dois faire ! C'est ma vie !

– T'as fait des vœux ! répétait-il. Je croyais que t'étais courageux ! Si tu t'en vas, c'est que ton père, tu l'aimais pas !

Mon horizon se teinta d'écarlate. J'arrachai la pierre de ses mains, et un morceau d'ongle dans la foulée, et je me mis à frapper au hasard, frapper sans conscience, frapper à l'aveugle, parce que je pleurais.

Je suis le garçon qui pleure.

Je suis aussi le garçon qui n'achève pas le chien.

Je reculai, hagard. Ma vision était floue, et j'avais du sang sur le visage et les mains. Avec surprise, je constatai que c'était le mien. Une douleur aveuglante me vrillait la tempe, et mon front entaillé irradiait de chaleur. Je peinai à retrouver ma respiration, mes jambes flageolantes ne me portaient plus, et je m'assis dans le sable, les mains tremblantes, mais refusant de relâcher la pierre. Je regardai le sol en écoutant les battements de mon cœur, et le sang tombait en éclat rouge sur le sable blanc. Qu'est-ce que j'avais fait ?

J'étais incapable de relever les yeux. Le vent s'enroulait autour de moi et tout tournait avec lui, mes sensations et mon souffle ; le monde entier pris dans la tourmente.

– Bonne chance pour retrouver ta mère, maintenant ! me lança une voix goguenarde.

Lorsque j'osai enfin regarder, il n'y avait plus personne.

Je ressentis un intense soulagement, immédiatement suivi d'une profonde panique. Corentin était parti, mais pour où ? Quoi faire ? Et qu'avait-il voulu dire, sur ma mère ? Je tentai de me remettre debout avant de m'effondrer de nouveau, tremblant de partout et la nausée au cœur. J'ouvris la bouche pour vomir, mais à la place, ce fut un long cri qui en sortit, un cri bestial, inhumain, habité de toute la douleur du monde. Pas un cri de victoire ou de défi, comme les jours précédents. Pas non plus un cri de rage, non. Un cri fait de souffrance pure, de haine contre moi, de sang qui brûle et déchire. Le cri n'en finissait pas et moi je le vomissais dans le vent, et le vent l'emportait dans le courant. Ce fut interminable et terrifiant.

Lorsqu'il fut entièrement dehors, je me sentis vide et fatigué. J'aurais aimé m'allonger, et dormir, peut-être, mais je ne le pouvais pas. Tout se déchaînait autour de moi. Je me remis debout avec difficulté, lâchai la pierre sur le sable, et pris le chemin du salon. D'abord, gérer mon front. Parer au plus urgent.

Ensuite, il faudrait retrouver maman.

Chapitre 16

Je remonte la plage en prenant mon temps, pour profiter de l'air, du calme et de l'océan qui rugit à mes pieds comme un monstre familier. C'est si difficile de croire qu'il sait être menaçant quand il demeure ainsi à la frontière, indiscernable mais présent, hypnotique aussi. Il n'y a pourtant pas plus d'une seconde entre sa compagnie bienveillante et son étreinte mortelle, pas plus d'une seconde entre le plaisir et les profondeurs. Les rêves de noyades de mon enfance étaient les pires, qui m'engluaient dans les abîmes et m'empêchaient de remonter. S'ils sont toujours là aujourd'hui, je ne m'en souviens pas. Et malgré leur violence, j'aime encore l'océan.

Mes orteils dans le sable laissent la trace de mes pas au milieu des éclats de coquillages. Je suis à la lisière du flux ; le souffle de l'écume chatouille mes sensations, et j'aimerais me baigner, même si on doit crever de froid, en juin, là-dedans. Marcher sur la plage et écouter les rouleaux se fracasser les uns après les autres a quelque chose de rassurant. C'est l'éternité à portée de main. Il y a toujours eu des vagues, hier, aujourd'hui, demain. Il y en aura encore, si un jour je reviens. Mais je ne reviendrai pas.

Je résiste à l'envie de regarder derrière moi mes blockhaus abandonnés, et tout ce qu'ils ont signifié de sel, d'aventure et de liberté. Il y a des portes sur l'enfance qu'il vaut sans doute mieux ne pas rouvrir, mais celle-ci n'avait jamais été fermée. J'étais venu pour le faire ; je ne peux pas jeter de regard en arrière et regretter. Je n'en ai pas le droit. Il faut laisser en paix ce qu'on a choisi d'enterrer. J'aurais pu être quelqu'un d'autre, mais je suis le garçon qui pleure. Ainsi soit-il.

Je remonte en direction du parking, respirant librement, les mains dans les poches et l'âme apaisée. Je pense à la bière que je prendrai ce soir avec les camarades de la ville, à une autre vie que j'ai construite et qui m'attend. Je ne suis déjà plus dans l'île ; je l'ai quittée il y a longtemps. L'océan chante derrière moi, mais c'est une sirène bienveillante qui me laissera le choix. Je sèche mes pieds et chasse le sable en pestant contre chaque grain collé, puis je remets mes chaussures d'être civilisé, et je regagne ma voiture en me disant que j'appellerai ma mère avant de partir.

La forêt a souffert ; je ne m'en étais pas rendu compte. La dune aussi, rongée, limée, affaissée sous les attaques répétées de l'hiver. Tout change, tout recule. Les vieux machins se cassent la gueule. Je me souviens, et je souris. J'ai de la peine pour les arbres, quand même. Un peu. Et les hommes qui se pensent à l'abri derrière eux. Le souvenir de décembre est là, dans ce paysage balafré. Oui, tout change, et moi aussi dans la foulée. J'en suis persuadé. Mais peut-être pas assez vite, ou juste pas assez. Tandis que j'arrive à la hauteur de mon véhicule, les clefs déjà en main, je comprends que le chemin n'est pas terminé.

Je suis fou. Il n'y a pas d'autre explication logique, n'est-ce pas ? Je suis fou. J'ai cru que ce serait facile, mais il y avait déjà eu ce maudit caillou, et comme je l'ai ignoré, le monde insiste. J'ai fait semblant de ne pas comprendre, alors on me met les points sur les i. Qu'est-ce que je suis venu faire ici ? Garée là où je l'ai laissée, ma voiture est toujours aussi seule sur le parking, avec personne en vue aussi loin que porte mon regard. Je sens mon cœur s'emballer et le sifflement monte à mes oreilles, alarme importune, vrille d'incompréhension. Ma voiture est là. Elle n'a pas bougé. J'ai été absent peut-être dix minutes à tout casser. Et pendant ce laps de temps, quelqu'un est venu. Mes pneus sont crevés.

Les quatre roues sont à plat, impossible de s'y tromper. Je fais le tour, mais je sais déjà ce que je vais trouver, et effectivement, aucune n'a été épargnée. Mon horizon se voile, comme avant. Je n'aurais pas dû revenir, je n'aurais pas dû rester, je n'aurais pas dû traîner. Je réveille des choses qui auraient dû rester assoupies, des choses endormies, sous la surface, qui n'étaient jamais vraiment parties et qui n'attendaient que mon retour pour me hanter de nouveau. Je me fais peur.

Je regarde partout, mais je sais déjà que je ne verrai personne. En réalité, je n'ai pas besoin d'explication. Je sais ce qui se passe. La même chose que cet hiver-là, la même chose que la dernière fois.

On ne me laissera pas quitter l'île aussi facilement.

Après la confrontation, je regagnai la maison en titubant. Ma main laissait des empreintes écarlates sur le crépi, et la tête me tournait abominablement. Une fois à l'intérieur, je constatai que les fenêtres cassées avaient permis au vent de parcourir toutes les pièces comme un invité inconvenant. Je pensai fermer les volets, mais l'urgence d'abord, et les gouttelettes qui s'écoulaient sur le carrelage me convainquirent que ma tête passait avant.

Et quelle tête j'avais ! Devant mon miroir, au milieu des hurlements des bourrasques à l'extérieur, je constatai que Corentin m'avait amoché davantage que je ne le pensais. Un œuf de pigeon violacé était en formation au-dessus de mon œil gauche, et la pierre avait entaillé ma peau en différents endroits, laissant couler un sang pourpre chargé de crasse et de particules. Je nettoyai à l'eau, les mains tremblantes, puis désinfectai en grimaçant. Après la sidération venait la douleur, et chaque contact me tirait des larmes. Pourtant, je nettoyai en profondeur, sans hésiter, et je couvris la blessure d'un pansement épais que je dénichai dans la trousse de premiers secours que ma mère réapprovisionnait chaque été.

Je me souvins que nous nous moquions d'elle, mon père et moi, de cet après-midi sacrifié chaque année à chasser les emballages vides, les crèmes périmées, et à dresser une liste précise des achats essentiels avant d'aller à la pharmacie.

– Riez tant que vous voulez, disait-elle alors. On ne sait jamais quand on en aura besoin, et je préfère être prête.

Prêt, on ne l'était jamais vraiment, mais ma mère s'y employait pourtant. Je collai le pansement avec précaution, après avoir suffisamment séché la peau en dessous pour qu'il adhère, et les larmes que je versai alors portaient en elles une gratitude silencieuse. Ma mère avait raison. Elle avait toujours veillé à posséder de quoi parer à la situation. Elle avait toujours fait en sorte d'avoir un tube de colle pour la tasse brisée. À ce moment, dans la salle de bains, elle me manqua tant que je serrai les poings au-dessus du lavabo. Tout ce que réparait ma mère sans rien attendre, sans l'évoquer. Pendant que nous peinions, pendant que nous dormions, pendant que je m'affligeais sur mon sort, et le lui reprochais... Tout ce que ma mère réparait... Où était-elle ?

Je m'assurai que je ne saignais plus, puis je mis un bonnet pour protéger la blessure et la masquer en partie et j'entrepris, moi aussi, de réparer ce que je pouvais. Je commençai par la maison. Ses vitres fracassées l'avaient ouverte aux quatre vents, et les quatre vents l'avaient investie, rugissant méchamment entre l'étage et le rez-de-chaussée, faisant claquer les portes et vrombir les ventilations. Je n'avais aucune idée du temps qu'il faudrait à la tempête pour s'apaiser, mais je ne comptais pas rester à rien faire en attendant. Un à un, je fermai chaque volet, chaque contrevent, chaque rideau.

Je luttai contre les bourrasques, mais enfin, lorsque tout fut clos, confiné, protégé dans sa carapace, le silence intérieur de la maison m'apaisa. En dernier, j'abaissai le volet déroulant de la baie vitrée, mais il peinait et s'il se laissa faire, ses tressautements compulsifs et les affreux craquements qu'il laissa échapper une fois parfaitement rabattu me firent craindre le pire concernant son endurance face aux assauts. Je ne pouvais cependant rien y faire, et j'avais une nouvelle tâche à accomplir.

Dehors, les lignes électriques et celles du téléphone sifflaient, tendues à se rompre et vibrant entre les poteaux. Les arbres étaient secoués de frénésie et perdaient des branches qui s'effondraient sur le sol en craquant. Il était quinze heures passées, désormais, et il n'y avait aucune trace d'accalmie, bien au contraire. J'étais seul dans une maison qui craignait pour elle-même ; où les rafales furieuses sifflaient par les vitres brisées. Je ne pouvais pas rester. Ma mère n'était pas rentrée, et je ne pouvais plus l'attendre ici.

J'enfilai une polaire par-dessus mon pull, mon coupe-vent comme dernier rempart, et empochai mes clefs et mes gants avant de sortir retrouver mon vélo. Ce n'était pas une petite tempête ; je le sus dès que je remis le pied dehors. Tout claquait, grognait, et grondait encore davantage. Le monde autour de moi s'enfonçait dans la tourmente, et je restai un instant effaré par son effondrement.

Le matin même, il n'y avait pas un bruit, pas un son qui ait pu annoncer le monstre devant lequel je me tenais. Quelque part dans la forêt, quelque chose craqua, branche ou tronc. Je frissonnai sous mes vêtements, et la tentation me prit de rentrer, de me barricader dans ma chambre et d'y attendre le retour de ma mère. Ce fut juste une tentation.

Je dois la retrouver. Il faut que je la retrouve.

L'urgence vitale qui exigeait de moi que nous soyons réunis ne me laissa pas hésiter plus longtemps. Je remontai avec mon vélo en direction de la route, penché en avant. Sur le macadam, le sable volait, de même que les aiguilles, et quelques tuiles arrachées. Je ne voulus pas prendre le temps de réfléchir. Je sautai en selle et appuyai de toutes mes forces sur les pédales. Je tournai le dos à l'océan, alors. Le vent me poussa dans le dos, m'emportant à une vitesse folle, incontrôlable, mais appropriée. Je volais, de nouveau. Pourtant, je n'allais pas assez vite pour mes pensées.

Corentin se tenait à l'orée de ma conscience, menaçant, indistinct. Il était la tornade qui m'accompagnait, les rafales agressives qui me poussaient en direction des fossés, les rugissements qui chargeaient le ciel de nuages cendrés au-dessus de ma tête. Je croisai une voiture qui roulait au pas, et son conducteur klaxonna, me fit des signes et essaya de me parler, mais je ne ralentis pas et poursuivis ma route, déterminé à atteindre Saint-Pierre, à atteindre le garage, à retrouver ma mère.

L'île s'était faite obstacle, ennemie omniprésente et suffocante. Je peinai à progresser, la tourmente contre mes muscles, et ma seule volonté. Je pleurai aussi, mais parce que le froid et l'air en furie m'arrachaient des larmes. Mon inquiétude était bridée, mon unique résolution accaparant toute l'énergie dont je disposais. J'avais du mal à croire que nous n'étions qu'au milieu de l'après-midi, tant l'obscurité semblait tomber partout autour de moi, mais nous étions hors du temps depuis si longtemps que c'est à peine si j'y songeai.

L'arrivée en ville aurait pu me soulager, mais ce ne fut pas le cas. Ici aussi, le cauchemar avait pris corps. L'air avait une densité folle, et les rares passants se réfugiaient chez eux, fermant chaque ouverture et jetant des regards inquiets au ciel. Je progressai sans vaciller, mon but à portée de main, et mon cœur frénétique explosant ma poitrine. Il y avait toutes ces secondes avant de trouver ma mère, et l'inquiétude qu'elle ne soit pas là où je la chercherais, rappelée à la raison par un esprit opiniâtre qui refusait de céder.

Les rues étaient vides et désordonnées : des poubelles renversées, des tuiles brisées et des détritus divers jonchaient la chaussée, propulsés dans une danse incohérente par des tourbillons imprévisibles. Il me semblait qu'à présent, j'étais capable de voir le vent. Je luttais contre lui, pied à pied, incapable du moindre renoncement, et je m'entêtais malgré la fatigue, la douleur et le doute. Le centre était désert ; tous les magasins fermés. Je cherchai le garage en vain, regrettant de ne pas m'être renseigné avant de partir – les pages jaunes, bon sang ! – quand je croisai une mamie, courbée en avant et imperturbable dans la frénésie. Je compris qu'elle appelait son chat.

– Excusez-moi, l'interrompis-je effrontément. Je cherche un garagiste qui a un gros camion rouge ? Un truc avec des gyrophares ?

– C'est le fils Blanchard, me dit-elle, retenant son fichu d'une main parcheminée. Par là, le drôle, à droite au carrefour. Tu aurais pas vu un chat gris ?

– Faut rentrer chez vous, madame. Il a dû se mettre à l'abri, votre chat, il faudrait penser à en faire autant !

Elle sourit, dévoilant une bouche sans dents, et secoua la tête.

– T'es ben dehors, toi !

– Je cherche ma mère, répondis-je, abasourdi qu'elle compare nos situations.

– Ben moi j'cherche mon chat.

Et elle repartit en riant, ferme dans la tourmente. Je la laissai et suivis ses indications, jusqu'à arriver devant un garage repeint de frais. La plaque sur le fronton vibrait sur ses attaches. On rentrait les voitures. Je ne ralentis que devant la porte, posai mon vélo au sol, et entrai, faisant sonner le carillon. Une femme aux cheveux bouclés releva ses demi-lunes à mon arrivée.

– On va fermer à cause de la tempête, dit-elle, faudra revenir.

Puis, estimant sans doute qu'elle ne pouvait pas avoir affaire à un client étant donné mon âge, trouvant peut-être également dans mon regard un affolement qui éveilla sa curiosité, elle se leva en fronçant les sourcils.

– Mais faut pas rester là, petit, hein ! À la radio, ils ont dit que ça allait être violent, là, t'entends pas comment ça souffle, déjà ? Il faut rentrer chez toi, tu peux pas rester dehors comme ça !

– Je cherche ma mère, dis-je, la bouche sèche après ma course effrénée. Elle a fait réparer sa voiture chez vous ; quatre pneus crevés. Elle est pas rentrée, je m'inquiète.

Je fus soudain au bord des larmes, mais refusai de céder. La femme prit un air consterné, et secoua la tête.

– Ben oui, elle est passée chez nous, ta maman, mais... elle est repartie, il y a un bon moment maintenant.

Je sentis une pierre tomber au fond de ma poitrine, un galet noir veiné de blanc. Partie. Ma mère était partie. Mais elle n'était pas rentrée.

– Putain de temps ! explosa le garagiste en rentrant soudain dans la pièce, passant une main furieuse dans ses cheveux ébouriffés.

Ce devait être le fils de la dame de l'accueil, car elle lui passa un savon rapide au sujet de son langage devant les clients, avant de changer de ton.

– C'est le fils de la dame pour les quatre pneus. Il cherche sa mère. Elle est partie quand, exactement ?

Le jeune eut l'air embêté. Il fourragea une nouvelle fois dans sa tignasse emmêlée, puis haussa les épaules.

– Je sais pas, juste après midi, je crois, parce que j'ai été bouffer après ça et j'ai laissé Christophe seul à l'atelier. Pourquoi ?

– Elle est pas rentrée, dis-je.

Le silence cristallisa entre nous, fragile et coupant. Un silence comme celui que nous avions dans la voiture, en arrivant. Mes yeux me brûlaient. Dehors, la tempête se déchaînait. Le fils regarda sa mère, et elle lui rendit son regard. Moi, je tâchai de ne pas céder à la panique.

– Il y a les arbres qui commencent à tomber, dit le jeune. J'ai vu passer les pompiers. Écoute, petit, peut-être que ta mère est bloquée quelque part, tu ferais mieux de rentrer.

Les arbres. Commencent à tomber.

Je ne pensais pas pouvoir être davantage terrifié.

– Tu viens d'où, comme ça ?

– Vertbois.

Ils se récrièrent tous les deux à l'unisson. Il était impensable de me laisser repartir, impensable que je m'engage sur les routes par ce temps, avec mon vélo en plus, c'était impossible, trop dangereux, et puis j'allais verser au fossé, c'était certain ! Je n'écoutais rien. Peu à peu, une certitude montait en moi, comme les vagues ; une marée soudaine et irrépressible, une idée fixe qui prenait toute la place.

C'était la faute de Corentin.

La tempête, c'était Corentin. La disparition de ma mère, c'était Corentin. Parce que j'avais refusé de rester dans les ténèbres, parce que j'avais choisi de quitter l'île, parce que je ne voulais pas le suivre, ni achever le chien. Rien n'était rationnel, mais tout était cohérent. J'étais certain que ma théorie était la bonne, aussi impossible fût-elle. Je voyais clair. Je devrais le trouver lui, et lui reprendre ma mère. Je n'avais pas le choix, je devais m'en charger. Personne d'autre ne le ferait à ma place.

– Écoute gamin, tu ne peux pas partir, tu n'as qu'à rester ici, dit soudain le jeune, interrompant le flot de mes pensées. Nous, on sera pas tranquilles si on te laisse filer. Et puis s'il t'arrive quelque chose, après...

Je ne le laissai pas achever.

– Merci pour votre aide, dis-je. Ça va aller.

Et avant qu'ils aient pu se décider à me retenir, je sortis, attrapai mon vélo et filai, laissant derrière moi le garagiste et sa mère éberlués. Si j'avais vu juste, si mon intuition me soufflait la vérité, et je ne doutai pas une seconde que ce fût le cas, alors il fallait que je fasse front, une dernière fois. Je devais finir ce que j'avais commencé, et affronter Corentin où je l'avais rencontré.

Je pris la route face au vent, en dépit de la peur qui me tordait le ventre, et je forçai sur le pédalier pour avancer malgré la rage tonitruante venue du large qui faisait tant d'efforts pour me repousser. Je ne doutai pas un seul instant que Corentin avait ma mère.

Et j'allais la lui arracher.

Chapitre 17

C'est le même garagiste que la dernière fois, et il me faut beaucoup d'énergie pour arriver à me faire rentrer dans le crâne que finalement, tout ça a eu lieu il y a un peu moins de douze ans. Presque l'âge que j'avais. Douze ans, c'est peu. Le garagiste est à peine plus vieux.

Quand il fait le tour de la voiture, je le vois qui réfléchit, alors je me décide à prendre les devants. Je m'en voudrais de le laisser mariner alors que je sais exactement à quoi il pense.

– Vous avez dépanné ma mère pour le même problème, il y a longtemps.

– Ah ! dit-il, essayant un sourire. Je savais bien que votre tête me disait quelque chose. Vous étiez le gamin ? C'est vous qu'étiez passé au garage, ce jour-là, n'est-ce pas ?

Je me souviens aussi, et mon sourire à moi n'est pas aussi enthousiaste que le sien. Sans doute un poil plus crispé, déjà, et puis clairement moins serein.

– C'était bien moi.

– J'étais pas tranquille de vous avoir laissé repartir, poursuit-il en attachant ma pauvre voiture à sa chaîne de remorquage. J'ai pas bien dormi. Mais bon, personne a vraiment bien dormi, cette nuit-là.

– Ouais, je veux bien vous croire.

Il me jette un regard en biais et décide de clore la conversation. Je dois avoir une drôle de tête. On a crevé les pneus de ma voiture. C'est réel, puisque le garagiste le constate aussi bien que moi. Mais les pneus de ma mère, c'était réel aussi, la dernière fois. J'ai longtemps cru que c'était moi. Je ne suis toujours pas convaincu du contraire. Qu'est-ce qui se passe exactement ? Je n'arrive pas à rester rationnel. C'est terrifiant.

Peut-être qu'on a crevé mes pneus à cause de ma plaque de Parisien. Peut-être que j'ai roulé sur des tessons abandonnés par des fêtards avinés, comme il en existe plein. Peut-être que mes roues n'ont pas supporté les cailloux du chemin. Mais rien de cela ne fonctionne. Derrière toute la logique de mon âge adulte, je choisis l'interprétation qui ne l'est pas, celle qui projette sur moi une ombre venue du passé.

C'est comme la dernière fois.

On ne veut pas que je m'en aille.

– Me suis demandé si on vous avait fait peur, à l'époque, dit le garagiste en enclenchant le treuil. Quand on vous a dit qu'il fallait rester et que vous vous êtes sauvé. Je peux pas vous en vouloir, hein, vous nous connaissiez pas, mais...

Je devine ce qu'il sous-entend et je secoue la tête. Oui, j'avais peur, mais pas de lui. Je le lui dis.

– Il fallait que je retrouve ma mère, j'explique, les yeux dans le vague.

– C'est ce que vous aviez dit. Et vous l'avez retrouvée ?

– Oui. Avant la nuit.

– Ah, tant mieux, tant mieux. Une sacré nuit, hein. Vous êtes revenus après ?

– Jamais.

Nous échangeons un court regard, et puis il fixe la voiture et je monte sur le même siège où ma mère s'était installée, il y a une courte éternité. Le camion rouge démarre, on s'éloigne de la plage et je ne peux pas m'empêcher de regarder dans le rétroviseur la dune derrière moi, qui disparaît, et l'horizon d'océan d'un gris étincelant.

– D'ailleurs, vous savez quand vous pourrez la réparer ? Parce que je voulais rentrer chez moi aujourd'hui.

Le garagiste passe la main sur son nez dans un geste machinal qui, je le devine, accompagne chez lui l'intense réflexion, puis il fait la moue.

– Ça va dépendre si j'ai le modèle en stock ou si je dois appeler les collègues, j'ai pas douze millions de pneus au garage ; on est hors saison.

– Je comprends.

– Mais bon, dans tous les cas, c'est pour demain matin au plus tard, ça prendra pas tant de temps que ça, et puis comme on est hors saison, justement, j'ai pas énormément d'urgences à gérer non plus.

Je reste silencieux et regarde par la fenêtre les pins qui défilent avec la vague sensation que je suis venu pour revivre quelque chose qu'il ne fallait pas. Près de moi, le garagiste parle de mon assurance et de la plainte qu'il faudra peut-être que je dépose. Tout est immanquablement familier, et je ne peux pas rester une nuit de plus, parce que j'aurais peur, là encore, de convoquer le passé.

– N'empêche, ça m'avait foutu les jetons de vous laisser repartir.

Il y est retourné, lui aussi. Je soupire.

– C'était une nuit bizarre pour tout le monde, assez bizarre pour que vous, vous proposiez à un gamin que vous ne connaissiez pas de l'héberger.

– C'est que, vous aviez l'air terrorisé.

– Je l'étais.

Mais pas encore assez.

Le temps de revenir à Vertbois, l'obscurité remportait la bataille et l'île était méconnaissable dans son manteau de ténèbres malgré la jeunesse de l'heure. Les nuages étaient anthracite, comme le costume de mon père juste avant qu'on l'enterre. Il y avait un second océan au-dessus de ma tête, et je me débattais dans le courant, sous la surface.

Pense à respirer.

Le monde avait sombré. Le Léviathan rugissant était un destructeur, il allait broyer l'île et ses habitants, et me broyer également sans sourciller. Je n'avais aucun doute là-dessus, mais je refusai de renoncer. Avant qu'il m'ait déchiré, j'allais

Retrouver ma mère

quoi qu'en ait décidé la tornade qui me repoussait. La route fut interminable ; mais l'objectif restait clair. Je voulais l'océan, je voulais le blockhaus, je voulais Corentin.

Je voulais

Retrouver ma mère.

J'avais perdu la notion du temps et de l'effort. J'étais en nage, épuisé, mais au-delà de la fatigue, et les arbres s'abattaient au loin, comme des tambours de guerre. Tout s'arrachait, se tordait, protestait, et bientôt, la silhouette aveugle des lampadaires m'assura que nous étions tous privés d'électricité. Nous descendions dans les ténèbres, et nous y descendions tous ensemble, unis dans l'ouragan. Rien n'était important, rien n'aurait de conséquence si je pouvais

Retrouver ma mère.

Lorsque je dépassai un Vertbois désert et déchiré pour atteindre la forêt qui me séparait de l'océan, j'eus la sensation d'avoir rejoint le front. Autour de moi, les rangs des arbres étaient si clairsemés... Le ciel était bien trop visible entre leurs cimes malmenées. Des troncs épars, à peine discernables, me confortèrent dans l'idée qu'ici tout avait déjà été arraché, détruit, sacrifié. Je dépassai la position des premiers tombés.

Je remontai la route menant à la plage, à contre-courant et contre toute logique, hurlant des insultes que je ne parvenais pas moi-même à entendre dans la fureur des éléments. Je laissai mon vélo ; il ne m'était plus d'aucun secours. Les derniers mètres avant la dune furent laborieux, et bientôt, je me tins là, surplombant la plage, devant des vagues titanesques qui montaient à l'assaut de l'île. Où étais-je ? À l'extrémité du monde vivant sans aucun doute.

J'avais du mal à me tenir debout, j'avais du mal à me souvenir que je n'étais qu'un enfant, et que le monstre que je venais défier n'était composé que d'air. C'était un vent primordial, un vent de fin du monde, venu là pour détruire et broyer et ne laisser derrière lui que le silence et la dévastation. Les vagues étaient un magma d'eau et de colère, un geyser puissant qui mordait la grève, bien décidé à tout engloutir. Sous les bourrasques qui menaçaient de m'arracher au sol, je devinais les blockhaus jumeaux, parfois atteints par les efforts de l'eau. Je me jetai à leur rencontre.

Il était impossible que ma mère fût là. Impossible qu'elle soit venue se réfugier sur une plage où la mer montante ne demandait rien de mieux que de tout avaler. Pourtant, je sentais au fond de moi, viscéralement, que si je la cherchais sans vaincre d'abord, je ne la retrouverais jamais. Je ne doutai pas de trouver au fond des ténèbres celui que j'étais venu confronter. C'était irrationnel encore, c'était fou, mais c'était vrai.

Je gagnai les blockhaus dans les grondements furieux de l'océan qui me bousculait d'écume. Je posai la main sur le béton rassurant, le béton qui traversait le temps, et je sentis vibrer ses murailles sous ma paume. Même lui savait qu'il n'était plus le champion de l'éternité. Je gagnai l'entrée d'où me parvenait une faible lumière aux reflets mouvants. Les sifflements furieux s'élevaient de la carcasse, et j'eus une seconde d'hésitation avant d'entrer. Et en définitive, je refusai de reculer. J'allai jusqu'au terrier enfoui, celui où je savais trouver mon ennemi. Corentin m'attendait.

Nous nous défiâmes du regard, lui les traits marqués par la fureur et la contrariété, moi effrayé, mais bien décidé à faire face. Hier, j'avais souhaité la force inébranlable de ce garçon. Ce soir, j'étais venu la surpasser.

– Je veux ma mère, dis-je en articulant proprement malgré les hurlements extérieurs.

Corentin grimaça et haussa les épaules.

– Qu'est-ce que tu veux que j'y fasse ?

– Elle est pas rentrée à la maison et je sais que c'est de ta faute.

Corentin eut un hoquet de rire sans joie.

– Et c'est moi que tu traites de cinglé.

Il secoua la tête et renifla.

– T'es pas assez courageux pour qu'on soit amis, balança-t-il. Tu fais des vœux, mais t'es pas fichu de faire preuve de courage. Le monde, il ne donne rien sans rien. Toi, tu retournes pleurer dans les jupes de ta mère à cause d'un chien. Et quand tu la perds, t'accuses les autres ! Et si c'était de ta faute, ça aussi ?

Ses paroles me heurtèrent comme autant de pierres aiguës, aux angles coupants. Je serrai les poings.

– Ce n'est pas de ma faute et je suis aussi courageux que toi !

Corentin s'esclaffa pour de bon et secoua la tête, ajoutant à son effet une moue méprisante qui me hérissa.

– Je ne crois pas, non. Si t'avais vraiment été courageux, tu ne l'aurais pas laissé crever comme ça. Tu l'aurais achevé pour pas qu'il souffre. Moi je l'aurais fait.

Si t'étais courageux, tu ne l'aurais pas laissé crever comme ça.

Je fus saisi d'un vertige. Corentin se déplaça à deux pas de moi et vint planter son regard dans le mien. Un regard de cendre, de haine, et de mépris.

– T'as pas arrêté de la repousser, ta mère. T'as pas arrêté de lui en vouloir pour ce que tu n'arrivais pas à faire, pour la douleur et le reste. Tu lui en as même voulu de ce qu'elle n'arrivait pas à faire, elle. Alors maintenant, elle est partie. C'est ce que tu souhaitais, non ?

Je m'entendis rugir. Je me jetai sur lui, mais il m'évita sans effort et je me cognai au béton, le front en avant, sur la précédente blessure, évidemment. L'instant d'après, Corentin me fit tomber au sol et m'enfonça la tête dans le sable, m'humiliant davantage.

– C'est de ta faute, si elle est partie, de ta faute s'ils sont partis tous les deux, parce que tu voulais qu'ils te laissent, tu voulais qu'on te foute la paix, alors maintenant t'es tout seul, et c'est bien fait pour toi. C'est de ta faute !

– Ce n'est pas vrai !

Je trouvai en moi des ressources insoupçonnées et je renversai mon adversaire. Je pleurais.

Je suis le garçon qui pleure.

– Ce n'est pas moi qui ai choisi pour mon père ! Ce n'est pas moi qui ai déclenché tout ça ! Il était malheureux avant moi, et ma mère, je vais la retrouver, tu m'entends ? TU PEUX FAIRE CE QUE TU VEUX, JE VAIS LA RETROUVER !

Je tentai de le frapper, mais il m'échappa, et en un instant, je me retrouvai seul. Je me relevai dans le noir complet. Corentin était parti, et il avait éteint les bougies. L'obscurité fondit sur moi, terrible, tandis que le grondement de la houle à l'extérieur remplissait tout l'espace, m'empêchant de trouver des repères. Je sentis mon cœur s'emballer et ma respiration se raccourcir tandis que la panique me gagnait, irrépressible.

Je serai toujours avec toi dans l'obscurité.

La mer montait. Elle allait pénétrer par la bouche béante du Krokodil et me trouver là, et m'engloutir progressivement, et je me heurterais au plafond abîmé. Je me noierais, dans le froid et le noir, pour l'éternité. Saisi de tremblements, je me découvris incapable de bouger et pire, pris d'une irrépressible envie d'uriner.

Combien de temps restai-je ainsi frémissant sur le sable froid, à grelotter de tous mes membres, la peur irradiant de chaque parcelle de ma peau et pourtant inapte à me sauver ? Et puis, de dehors, monta le cri. Un cri que je connaissais. Le cri d'un goéland. Un appel depuis l'autre côté.

Pense à respirer.

– Je vais retrouver ma mère, murmurai-je.

Je fus soudain atterré d'avoir perdu tant de temps. Comme le cri montait de nouveau, je me relevai et posai la main sur le béton proche. J'étais toujours terrifié, engourdi, mais j'avais cessé de trembler. D'abord vacillant sur mes jambes, je retrouvai mon souffle et m'encourageai silencieusement, et enfin, avançai à tâtons. Si les premières secondes semblèrent faciles, je me pris les pieds dans l'un des obstacles au sol, me coupai la main sur les aspérités du mur et la terreur me vrilla l'esprit. Mais je savais ce que je devais faire.

– Je vais retrouver ma mère ! criai-je au vent, à l'océan, à la tempête qui m'attendait.

Ce blockhaus était de nouveau un tombeau, un souterrain infernal où j'étais descendu volontairement et il n'y aurait personne pour m'en sortir à part moi-même. Je le ferais seul, et j'y parviendrais. Je repris ma marche, ma paume abîmée enfouie dans la manche de mon pull, mes pas réduits au minimum, et mes yeux s'épuisant à chercher des repères dans le noir.

À force de tâtonnements j'avançai, mais je commençais à croire que je ne trouverais jamais la sortie de la pièce quand enfin un angle fut différent des autres. Je m'y engouffrai en pleurant de reconnaissance et de désespoir mêlé. Mes yeux avaient beau être plongés dans l'obscurité depuis une poignée d'interminables minutes, je ne devinais encore aucune clarté, et je n'en pouvais plus de lutter contre une nuit sans fin.

Si t'étais courageux, tu l'aurais pas laissé crever comme ça.

Une partie de moi souhaitait encore s'arrêter net, se poser sur le sol et chialer tout ce que je pouvais, mais je m'y refusai. Je ne me laisserais pas abattre par mon impuissance ; je voulais sortir de là, je voulais vivre, retrouver ma mère, quitter cette putain d'île et ne jamais revoir Corentin. C'était ça que je voulais, et je me le répétais en boucle dans ma tête pour combattre l'autre voix, celle qui souhaitait que je m'arrête et que je pleure, parce qu'il n'y avait que ça à faire et qu'avancer dans le noir était plus terrible que tout le reste.

Je sentis l'eau affleurer à mes pieds, mais je n'eus pas peur, parce que je ne pouvais pas aller plus loin dans ce que je ressentais. Le niveau montait, et la tempête m'attendait, mais elle était moins terrible que ce que je venais d'affronter, et ce qu'il me restait d'esprit était tendu vers une seule idée, celle de la sortie.

Et si le niveau monte ? Et si tu ne trouves pas, et que l'océan t'engloutit dans le béton et le froid ? Et si c'était une fin sans souffrance ?

– Je vais retrouver ma mère, répondis-je à haute voix.

Et de faire un pas de plus dans l'eau clapotante et le chaos du vent. Un pas de plus, pas davantage, et l'absence de renoncement, malgré le noir et l'ouragan.

La première lueur me fit vaciller quand je l'entraperçus, au point que je doutai même de l'avoir vue. Une aura grisâtre qui se dégageait à l'extrémité du couloir, dont les contours finirent par m'apparaître dans le contre-jour, et je quittai les enfers pour plonger dans la tourmente.

À l'extérieur, l'océan était démonté, et la nuit menaçait de tomber pour de bon. L'air était si violent, si dense et déchaîné qu'il en devenait dur à respirer. Je gonflai mes poumons de toute cette énergie débridée, et je quittai les blockhaus, dernier vivant sur une plage qui ne tarderait pas à sombrer dans l'abîme. Je lui tournai le dos, déterminé. L'ouragan pouvait tout emporter.

Je retrouverais ma mère avant qu'il ait gagné.

Chapitre 18

Le garagiste est beaucoup plus bavard que dans mon souvenir, mais je suppose que c'est plus facile d'avoir affaire à un adulte qu'à un enfant ; à moins que le temps ne l'ait changé, lui aussi. Sur le fronton de son garage crépi de frais, *Établissement Blanchard* est écrit en grosses lettres sanglantes.

– Vous avez changé l'enseigne, dis-je, histoire de meubler.

– On l'a retrouvée dans les clayères, la vieille, dit-il, avec un fond d'incrédulité vieux de dix ans.

J'avale ma salive de travers. Elle a été arrachée, évidemment. Que de choses ont dû être arrachées, cette nuit-là !

– Des dégâts ?

– Plein. Mais on n'a pas été les plus malheureux.

Je comprends ce qu'il veut dire par là. Certains n'ont pas passé la nuit. Je me souviens du décompte. Treize, comme par hasard.

Nous descendons sur le parking et je souris de reconnaître la femme derrière le guichet. Elle aussi est toujours là, même si elle a renoncé à se colorer les cheveux et si elle a changé de lunettes.

– Je vous laisse voir au bureau pendant que je la débarque au garage ?

J'acquiesce, et je m'en vais pousser la porte. Le carillon est toujours le même. Tout cela a un furieux goût de voyage dans le passé. La femme relève les yeux sur moi et elle, du premier coup, je vois qu'elle ne me reconnaît pas.

– Vous êtes le monsieur pour le dépannage de Vertbois ?

– C'est moi, dis-je en souriant.

– Je vais avoir besoin de votre carte grise, et de votre attestation d'assurance.

Les formalités administratives. C'est l'une des marques de l'âge adulte. Au départ, elles arrivent par petites touches : les convocations aux examens, les signatures d'émargement. Ça nous donne la sensation d'être grand, et ça n'est pas effrayant. Mais ce n'est que le début. Très vite, il faut fournir la pièce d'identité, ou le passeport. Le permis. Une assurance. La fiche de paie. Montrer page blanche ou, au contraire, noircie. Les choses s'impriment. Et avant qu'on ait eu le temps de réfléchir, c'est trop tard. Trop tard pour revenir à l'époque où on n'était pas enchaîné à quoi que ce soit, à l'époque où on rêvait d'être libre sans savoir qu'on l'était déjà et qu'on ne le serait plus jamais de cette façon-là. Grandir, ce piège. Un enfer pavé de papiers.

À la mort de mon père, ma mère se noyait dedans. Je ne comprenais pas qu'il faille en remplir autant, qu'on nous les demande maintenant, et que tout soit urgent de cette façon-là. Je ne comprenais pas qu'on ne lui fiche pas la paix, comme moi j'aurais aimé qu'on me fiche la paix, si j'avais perdu l'homme que j'aimais. Je me souviens aussi d'avoir songé que peut-être, on envoyait autant de papiers à ma mère pour éponger ses larmes, des papiers, pleins ou à remplir, accusé de réception et signature contre remise, pour arrêter de penser au trou dans la terre et au corps dedans. Des papiers pour aider à passer le cap. J'ai grandi, maintenant. Je ne suis pas certain que ça aide, pour ce que je suis capable d'imaginer.

À l'hôpital, des papiers, j'en fais remplir, mais la plupart du temps, on les délègue. La famille est protégée, en bulle. Recroquevillée sur elle-même dans une chaleur bienfaisante, celle du foyer, les mots ont tellement de sens, comme familiers. Nous avons des gens qui aident à remplir les papiers à leur place, des gens qui leur permettent de respirer pendant qu'ils souffrent. Il me semble que c'est plus doux, plus approprié. Mais je ne souhaite pas revivre ça juste pour m'en assurer.

La première fois qu'on est atteint, le trou dans la poitrine et le cœur broyé, on ne sait pas comment réagir. On ne sait pas si on sera mieux seul, ou entouré. Tout est pareillement insupportable, tout est terriblement inadapté, comme nous dans le monde qui continue d'avancer. On tâtonne, on pleure, on essaie. Et puis à un moment, on touche du doigt ce qu'il nous faut, ce qu'il nous manquait. Et c'est le premier pas qui compte ;

mais il en faut généralement bien davantage pour être sauvé.

C'est déjà bien de sortir de l'obscurité. Mais après il reste à parcourir le chemin qui vous sépare de l'endroit où, peut-être, vous serez de nouveau en sécurité.

La nuit n'était pas encore tombée et il restait à peine assez de lumière pour admirer l'enfer. J'avais du mal à tenir debout sur le chemin qui remontait de la plage. Autour de moi, le sable et l'eau dansaient, mêlés, et brouillaient les perspectives. Il n'existait rien en dehors des cailloux blancs sous mes pieds, et la silhouette des arbres, là-bas. Les craquements montaient, annonçant leur reddition. Moi, j'avançais. J'avais oublié que j'étais un petit garçon. La seule chose dont je me souvenais, c'était que ma mère était quelque part dehors, et qu'il me revenait de la trouver avant la fin.

Je ne parvins pas à débusquer mon vélo. Je ne reconnaissais plus rien, ni ne me souvenais avec précision de l'endroit où je l'avais abandonné, mais il me semblait impossible qu'il ait disparu en quelques minutes ; un vélo rouge ne se perd pas ! Je ne parvins pas non plus à renoncer à le chercher, malgré le sable et le crépuscule mensonger, le vent et les arbres qui s'abattaient. Mon vélo de Noël, mon vélo promis, je ne pouvais pas accepter de le laisser ici. Pourtant, au bout de longues minutes vaines, je contemplai mon échec et l'acceptai. Si je devais sacrifier mon vélo, ainsi soit-il.

Il faut payer pour être exaucé.

Je quittai les dunes mouvantes qui ondulaient sous le vent comme l'océan à leurs trousses, et m'enfonçai entre les arbres. Là, l'air était si épais qu'il me fit mal aux oreilles. Son rugissement était insupportable. J'étais tiraillé en tous sens, criblé de sable et de brindilles. La fureur de la tempête allait croissant, lui donnant des crocs pour mordre et des griffes acérées.

Les mains plaquées sur les oreilles, je bravais ses attaques répétées, tenant bon malgré l'apocalypse. Tout autour de moi, les arbres tombaient, renonçant dans un craquement pour être engloutis, leurs branches fracassées et les troncs brisés en deux à hauteur d'homme. Je les voyais se rendre les uns après les autres, les derniers résistants et moi, je refusai. Peut-être parce que j'avais onze ans et que j'avais cessé de trembler. J'avançai dans le courant.

Tout autour de moi, la tempête, et à l'intérieur, le calme. Mon esprit avait la clarté d'un ciel d'été dans une nuit d'hiver. Tout en moi était tendu à rompre autour de cette bulle de sérénité dans laquelle je pouvais exister, et au creux de laquelle je vivais en sachant ce que j'avais à faire.

Retrouver ma mère.

Je ne me souvenais pas d'avoir jamais été aussi lucide ; je ne m'arrêtais pas pour y penser. Je n'avais pas le temps d'avoir peur. Cela suffisait. Mon esprit était d'une extraordinaire acuité. Il savait que la nuit ne tarderait pas à gagner la bataille, et il savait qu'avec elle, les éléments se déchaîneraient. Je ne voyais pas comment il était possible de faire pire, mais je n'allais pas attendre pour voir. J'étais déjà passé à autre chose.

Imaginons que ma mère soit sortie du garage à l'heure annoncée, elle n'était pourtant pas rentrée à la maison comme elle l'aurait dû. Elle était allée ailleurs. Quoi faire ? Les courses ? Le supermarché ? L'essence, pour rentrer ? L'assurance, la police ? Quel chemin avais-je pris pour gagner Saint-Pierre ? Quel autre avais-je suivi pour atteindre la plage ? Je ne connaissais pas toutes les routes, mais il me semblait qu'il en restait de toute façon trop pour toutes les emprunter et découvrir, peut-être, où elle se trouvait.

Étrangement, je ne songeai pas un seul instant qu'elle eût pu rentrer à la maison en mon absence ; si ma mère devait revenir, ce serait parce que je l'aurais retrouvée. C'était une vérité profonde, même si elle n'avait aucun sens. Plus rien ne faisait sens de toute façon ce soir, ni le vent, ni l'île, ni moi, et rien de tout cela n'avait d'importance.

Peu à peu la tempête se refermait sur moi, sur nous, sur Oléron. Nous étions dans la gueule béante du monstre, pris en tenaille entre le ciel et l'océan, et chutait irrémédiablement tout cc qui avait le front de vouloir rester vivant. Il n'y avait personne sur les routes, que des arbres en travers, que je contournais ou enjambais selon la situation. Les pommes de pin et les branches volaient. J'avais perdu mon bonnet. L'air et le sable piquetaient la peau de mon visage, comme s'ils voulaient m'arracher à moi-même. Je ne cédai pas.

Je me trouvais dans l'île et en même temps, j'étais loin, en moi, là où on ne pouvait m'atteindre, dans un refuge ancestral qui me gardait en sécurité, au centre de moi-même. J'aurais pu me demander pour quelle raison je m'étais effondré après papa pour me tenir debout à présent, quelle force étrange m'habitait que je ne possédais pas avant. J'aurais pu penser qu'il était simplement plus difficile d'affronter la mort que le vent ; mais la vérité, c'était que ce vent qui me chahutait sur des routes indistinctes et multiples, des routes saccagées, barrées, recouvertes, ce vent-là était la mort. Et j'allais lui arracher ma mère.

J'allais plonger dedans, tout entier, sans crainte et sans fragilité, j'allais le fracasser de mon entêtement, j'allais le forcer à me livrer passage, j'allais vaincre et obtenir, et il pourrait hurler toute son impuissance à nos portes closes, car j'allais lui arracher ma mère. Ma tête était emplie de cette certitude : mes mains se serraient contre mon corps pour retenir cette foi inébranlable, seule garante de ma victoire prochaine ; et je ne doutais pas ! Le chaos ne l'emporterait pas.

Le paysage était devenu méconnaissable ; ce n'était pas seulement l'absence des arbres ou le ciel lourd qui pesait sur moi, c'était également les tuiles arrachées, l'encombrement des routes et l'absence de tout signe de civilisation. L'absence de lumière dans les maisons. Aucun son n'était plus audible en dehors de la tempête ; elle emportait tout. Je n'aurais pas même été surpris si tout à coup l'océan, dans un élan ultime, avait cédé à sa première impulsion de dévorer l'île pour de bon. Des gouttelettes en lévitation m'annonçaient sa venue. Mais même cela ne m'arrêta pas.

Je quittai la ville, et ne songeai pas un seul instant au chemin que j'avais pris ni à celui qu'il me faudrait parcourir dans l'autre sens pour retourner à la maison, parce qu'il n'y aurait plus jamais de maison si je ne retrouvais pas ma mère.

Entre chien et loup, les ombres noyaient les contrastes. Les nuages enflaient au-dessus de moi, filant à des vitesses qui dépassaient l'entendement. Pourtant, rien n'était grave. Rien ne m'atteignit. Ni le vélo sous le sapin, qui n'avait pas été offert par celui qui me l'avait promis, ni le trou dans ma poitrine, où dormait un cercueil verni. Rien n'était grave, ni l'oppression de Nanie, ni la solitude infranchissable et les mots comme du verre pilé. Rien n'était grave, encore moins l'éternité. Et tout cela tourbillonnait autour de moi, gémissait, se tordait et mourait, et ça non plus, ce n'était pas grave, parce que la seule chose qui importait, c'était de continuer.

Je respirai. Je respirai, et je savais que je n'avais jamais eu de mal à respirer avant ce soir, parce que j'arrachai chaque souffle, chaque bouffée d'oxygène à un courant malveillant qui tentait de m'en priver. Je respirai, et si tout s'écroulait autour de moi, c'était parce que ce tout ne comptait pas.

Les larmes que je versai étaient causées par le sel et le sable, et elles étaient bienvenues. Elles protégeaient des yeux qui perçaient les ténèbres et cherchaient. La tornade les emportait. Qu'est-ce qu'une goutte supplémentaire d'eau salée ?

Il faut payer pour être exaucé.

Et je donnais tout au vent, je donnais tout ce qu'il n'avait pas eu le temps de demander, je donnais pour être exaucé.

Et je le fus.

Les rayons jumeaux braqués sur moi, et un pin devant le pare-chocs, à peine discernable dans l'obscurité. Mon vœu était à ma portée. Les essuie-glaces battaient encore la mesure, et la lumière des phares était griffée de pluie ; ça aurait pu être une autre voiture, mais c'était la nôtre, évidemment. J'enjambai le tronc, et me tint à la carrosserie pour remonter le long, jusqu'au siège avant.

Tu es trop jeune, me rappelai-je.

Mais je ne l'étais pas. J'étais plus vieux que moi, vieux comme le monde. J'ouvris la portière ; et le vent lutta contre moi, refusant de me laisser entrer, mais je tins bon jusqu'à l'entrebâiller, et je me glissai à l'intérieur. Le monstre referma violemment l'issue et se mit à siffler autour de l'habitacle, faisant trembler le métal furieusement. Ma mère avait toujours les mains sur le volant. Le moteur était éteint. Sur ses joues je devinais la trace de larmes asséchées.

– Je te cherchais, maman.

Elle était loin de moi et je luttai de nouveau, jusqu'à l'atteindre. Je lui souris, lui pris la main. Elle cilla.

– On ne peut pas rester ici.

– J'avais peur, dit-elle.

Les larmes se mirent de nouveau à couler, et la douleur lui tordit les traits. Autour de nous, l'apocalypse se déchaînait. Nos retrouvailles dans un écrin de vent et de colère.

– J'avais peur. De rentrer à la maison, et que tu n'y sois pas. De ne pas te trouver. J'avais peur. Je n'aurais jamais dû partir sans toi. Pardonne-moi !

– Tu ne pouvais pas savoir, balbutiai-je.

J'ignorais si je parlais de la tempête ou de papa. Elle pleurait, et moi aussi, comme avec mon oncle Damien, pendant ce terrible automne infini qui pourtant venait de prendre fin.

– J'avais tellement, tellement peur de ne pas te retrouver.

– Moi aussi, murmurai-je.

Nous nous tînmes enlacés dans la voiture tremblante tandis qu'autour de nous montait l'obscurité nocturne qui n'apaiserait rien, et qu'il faudrait traverser.

– Allons-y, dis-je à ma mère. La voiture ne pourra pas bouger. Rentrons chez nous ; rentrons à pied. On passera la nuit. Et demain, tout ira mieux.

Chapitre 19

Réparer la voiture a demandé moins de temps que je l'aurais cru. Apparemment, il y avait les pneus en stock ; ou alors c'est parce que j'ai dit que je devais m'en aller, je ne sais pas. J'ai à peine le temps d'avoir faim et l'après-midi est tout juste entamé quand je récupère mes clefs.

– Ça ressemblait à des dégâts causés par des éclats de verre. C'est pas très surprenant sur la route de la plage. On peut dire que les quatre en même temps, c'est pas de chance.

Ouais, pas de chance, on va dire ça, je ne veux pas penser à l'alternative. Il est temps que ce pèlerinage prenne fin. Je souris, je paie, je prends congé. Le temps de manger et de fermer derrière moi, je ne demande pas plus. La mélancolie est là, compagne silencieuse. La tranquillité du matin s'est enfuie après ma visite au Krokodil et tout ce qui s'en est suivi. Je reprends le chemin une dernière fois en pensant à ma sole et au travail que j'ai l'impression d'avoir quitté il y a des semaines. C'était une étrange bulle que cette visite à Oléron, après tout ce temps et cet oubli. Une étrange bulle, que je laisserai derrière moi sans regret. Ils ont détruit le Krokodil alors peut-être ai-je le droit d'être libéré.

Ma sole est en train de griller dans la poêle et les patates rissolent gaiement quand ma mère décide de m'appeler ; je réponds d'un ton enjoué avec un bonjour tonitruant auquel elle ne prend même pas la peine de réagir.

– Tu es toujours sur l'île ?

Je pousse un soupir retentissant bien plus théâtral que sincère.

– Oui maman, pourquoi ?

– Je me demandais si tu me ramènerais des langoustines.

Je roule des yeux. Il y a des dizaines d'excellents poissonniers à deux pas de chez elle, mais si sa douzaine de langoustines se tape cinq cents kilomètres dans ma voiture avant d'arriver dans son assiette, apparemment elles seront meilleures.

– Bien sûr, maman, autre chose ?

Comme mon sarcasme n'est pas passé au téléphone, j'hérite d'une liste de courses aussi précise qu'inattendue.

– Un jésuite, maman ?

– Le gâteau, Mathieu ! Dans la boulangerie qui fait l'angle près de l'église, à Saint-Pierre. Après les langoustines, ce sera super.

Et avec ça du pineau blanc, bien entendu, un peu plus de crustacés, et un magnet du phare de Chassiron, pour sa collection. Dieu merci, pas de chaussons.

– C'est à Chassiron qu'ils ont mesuré le maximum, cette nuit-là, non ? demandé-je en notant scrupuleusement la commande.

Ma mère soupire.

– T'es encore là-bas ?

Et ce n'est pas un lieu, comme je le comprends, non, ce n'est pas un lieu, c'est un temps. Oui, je suis cette nuit-là, maman.

– D'être ici, ça me rappelle des trucs. On dira ça comme ça.

– Oui, Chassiron. Bloqué à 198 kilomètres-heure un peu après seize heures ; un peu avant que tu ne me trouves, je crois. J'avais perdu la notion du temps.

Je fronce les sourcils.

– Mais ça a été pire, après, dis-je. Je ne comprends pas, ça a été pire, et le maximum c'était ça ?

– Oui, dit-elle. L'anémomètre a été arraché juste après ce dernier relevé.

J'ai un rire nerveux qui me secoue la poitrine et je triture ma sole, hilare.

– Ils ont pas pu mesurer plus parce que ça a arraché l'anémomètre, je répète en gloussant. On dirait une grosse blague.

– En tout cas, c'est bien si ça te fait rire. Moi, je n'ai pas trop ri.

Non, on n'a pas ri. On n'a pas ri du tout, c'est vrai. On a eu peur, on a eu froid. On a cru que c'était la fin du monde et sur bien des aspects, ça l'était. Comme pour mon père, il y avait eu un avant, et un après.

– Ouais, non, on n'a pas ri, dis-je à mon tour. Certains ont perdu la vie. Moi au moins, j'ai juste perdu mon vélo rouge.

– Quel vélo rouge ?

J'en étais à retourner ma sole ; j'interromps mon geste.

– Sérieusement, maman ? T'as oublié mon vélo rouge ? Le cadeau de Noël que tu m'as fait cette année-là, tu te souviens ?

– Il était pas rouge, ce vélo, déclare ma mère à plat. Il était gris. C'était le dernier VTT qu'ils avaient à la boutique qui soit à peu près bon pour ta taille ; je m'en souviens parce que je n'ai pas aimé la couleur, mais que je me suis dit que c'était mieux que rien. Gris granit.

Mon cœur rate un battement et un vent de panique me balaie. J'ai oublié comment respirer. Je n'arrive plus à parler.

– Et puis tu ne l'as pas perdu du tout. Il est suspendu dans le garage ; les voisins l'ont ramené. Il avait été retrouvé dans la forêt, presque pas abîmé. Je l'ai mis là pour quand on reviendrait mais… Bah, tu sais bien. On n'est pas revenus.

Mon horizon est rouge sang, je ne vois plus rien, pas plus que je n'entends. Je suis asphyxié, dément, perdu et déchiré, je ne sais plus où je suis, ni quand. Un VTT gris. Suspendu dans le garage.

– Mathieu, tu es toujours là ?

Honnêtement, maman, je n'en suis pas certain.

Nous nous étions retrouvés. Plus rien ne pouvait nous arriver. C'est comme si le retour s'était effectué en un claquement de doigts, comme si la maison était tout près de là, comme s'il n'y avait pas eu à parcourir autant de route pour rentrer chez nous, enfin. Ma mère et moi nous donnions la main. Autour de nous, le ciel agonisait dans un linceul de fumée grise et de rouleaux épais, si bas qu'il arrachait tout sur son passage. Le vent était une lame qui venait pour briser, mais nous passions entre les lignes, penchés sous l'offensive, certains d'en sortir vivants. Les arbres s'affalaient dans le courant ; ceux qui étaient encore debout du moins, et je pensai sans parvenir à y croire vraiment qu'il n'en resterait aucun au matin.

Nous naviguions dans un cauchemar, mais nous étions éveillés, et nous étions persuadés que rien de pire ne pourrait nous arriver que de nous perdre comme nous nous étions déjà perdus. Ensemble, nous étions inébranlables dans l'ouragan. Malgré son haleine dévastatrice et ses crocs, le monstre ne nous mangerait pas cette nuit-là. Lorsque nous atteignîmes la maison, ce fut pour constater que la clôture s'était rompue sous le poids des arbres à terre. L'un d'eux avait fracassé le toit au niveau de la véranda et les tuiles s'envolaient comme autant de passereaux pour une migration tardive. Le volet roulant du salon avait été arraché et la baie vitrée était brisée, laissant pénétrer par paquets les bourrasques dans notre refuge.

Nous entrâmes par là, mais il nous fut immédiatement évident que nous ne pourrions pas y passer la nuit.

La maison était mise à sac par les rafales, et le sable, la pluie et l'enfer avaient tout envahi. Les papiers volaient en tous sens, et des hurlements déchirants s'échappaient de chaque fenêtre brisée. Les volets tenaient bon, mais l'air y sifflait furieusement, bien certain de parvenir à les arracher.

Ma mère prit les choses en main, et je fis de mon mieux pour l'aider. Il n'y eut aucune concertation ; nous ne pouvions pas parler. Tout ce qui criait dans la maison aurait couvert nos paroles. Il n'y avait pas assez d'air dans nos poumons pour rivaliser avec la créature qui couchait les forêts et ravageait le monde. Nous prîmes de l'eau, des couvertures, des bougies. Nous nous acharnâmes même à arracher mon matelas du lit pour le faire chuter dans l'escalier et le traîner tant bien que mal dans le garage. Ma mère se contenta des coussins du canapé.

Nous ne retrouvâmes pas la lampe torche, mais je dénichai dans les placards de la cuisine une boîte de poires au sirop, des biscottes et le beurre dans le frigo éteint, suintant une eau froide et noire sur le carrelage souillé. Avec nos trouvailles, et sans perdre du temps à en chercher davantage, nous nous réfugiâmes dans le garage, parce que c'était là, nous semblait-il, qu'on nous atteindrait le moins. La tôle de la porte gémissait, mécontente, mais elle tenait bon, semi-enterrée qu'elle était par le sable et les années, et le toit, solide, semblait de ce côté moins abîmé. Une fois la porte fermée, l'air retomba, comme la tête de l'hydre coupée, et le vent chercha ailleurs quoi tordre et ronger.

Tout autour vrombissait, se lamentait et mugissait. Dans ce refuge aveugle et encombré, comme il était facile d'imaginer que tout, absolument tout, allait disparaître avalé par la tourmente ! Quand ma mère eut fini de nous construire un nid entre l'armoire et le mur, elle m'y attira contre elle, au creux de ses bras, sous le plaid, les yeux au plafond qui endurait pour nous la colère des cieux, et nous attendîmes, incapables de parler ou de bouger, ou même de croire à une fin possible.

L'apocalypse enfla peu à peu. Bientôt, il n'y eut plus rien d'autre que le vent, un vent de colère, de destruction, qui ne revendiquait rien et était venu terrasser le vieux monde. Il basculait les angles, changeait la perspective, ne s'excusait pas, et renversait la table. Il nous tuerait s'il pouvait nous atteindre. Bien caché ou pas, j'arrive.

Il déversa sa colère froidement, sans méthode, dès la nuit tombée. Nous entendions des choses se briser, s'abattre, se déchirer. Nous entendions sans être capables d'identifier qui râlait de la sorte et nous frémissions d'ignorance, dans notre cocon venteux, sous l'abri d'une armoire et d'un mur de béton nu.

Cela dura des heures. Nous avions perdu la notion du temps. Je n'avais pas faim, mais ma mère insista, et je grignotai du bout des dents une biscotte, dans l'obscurité complète. J'entendais ma mère mâcher, soupirer dans le noir, frissonner contre moi. Je la sentais de tout mon corps, et cela suffisait pour être sûr qu'elle était bien là, avec moi. Au bout d'un moment, il nous sembla que le vent ralentissait. Mais il avait été si loin que même une fureur contenue nous semblait acceptable, désormais.

– Tu devrais essayer de dormir, dit ma mère.

Je ne voyais pas comment j'aurais pu. Pourtant, je la laissai me coucher sur le matelas, refermer l'épaisseur des couvertures sur moi, les resserrer pour contrer le froid, et s'allonger à mes côtés, inconfortable mais présente, frissonnante et inquiète.

Nous sommes des oiseaux, pensai-je alors. *Des oiseaux fragiles, dans leur nid. On a cru qu'on pouvait voler. C'était une erreur.*

Autour de nous rugissait la tempête, nous obligeant à rester tapis, pour échapper à sa colère. Elle ronflait, roulait, enflait, refluait. Un océan dans le ciel, et nous glissions sous la surface. Je respirai doucement, très doucement, pour ne pas me blesser.

J'écoutai, dans les ténèbres chaudes de la couverture, toute cette rage qui s'enfuyait au-dessus de nous, et il me sembla comprendre son langage. Peut-être parce que j'étais en train de m'endormir.

M'étais-je endormi ?

Soudain, ce fut le silence. Un silence cristallin, à faire bourdonner les oreilles de ceux qui avaient enduré l'enfer avant lui. Un silence vide, plus vide que toutes les nuits d'avant pendant lesquelles on aurait pourtant juré qu'on n'entendait rien. C'était un de ces silences qui clamaient qu'il n'y avait plus aucune forme de vie, et qu'on aurait été tenté de croire. Je ne savais pas si j'avais dormi, et je ne savais pas non plus pourquoi je m'étais réveillé.

Derrière moi, le souffle chaud de ma mère baignait ma nuque à intervalles réguliers. Nous étions bien, dans une douceur mensongère, sur le sol d'un garage gelé. Nous étions ensemble. Mon cœur battait vite, à mesure que je sentais la mémoire et l'éveil me revenir. Et puis, il y eut le cri.

J'avais déjà vécu ce moment, je l'avais vécu si peu de nuits auparavant qu'elles en paraissaient pourtant toute une vie, une vie immense, qui m'avait changé. C'était le même cri, je l'aurais juré. Comme un automate, je me levai. Mes pieds nus sur le béton froid, je progressai penché en avant, ayant trop peur que l'ogre assoupi ne se réveille s'il surprenait le son de mes pas ou celui de ma respiration. Le cri s'éleva une nouvelle fois quand je posai la main sur la porte du garage et la déverrouillai. Je n'avais aucune idée de ce que j'étais en train de faire, mais il me fallait l'entendre, et il me fallait répondre, d'une façon ou d'une autre.

J'ouvris la porte sur le ciel nocturne et fus frappé de le trouver grisâtre ; les arbres déchirés s'effilant en encre de Chine sur un grand vide qui avait été peu de temps avant une forêt. Il ne restait que des troncs brisés et un amas compact qui devait recouvrir le sol, des mikados enchevêtrés qui avaient été des pins vivants, quelques heures seulement auparavant. Rien, il ne restait rien. Tout était anéanti, vaincu, mourant. Je me tenais dans l'encadrement de la porte, frissonnant et fasciné.

Le cri monta de nouveau, depuis son asile obscur. Il me rongea le cœur.

– Mathieu !

Ce n'était pas le cri d'un goéland blessé. C'était une voix claire, distante, familière et terrifiante. C'était une voix qui m'appelait depuis le silence de la tempête, une voix qui aurait voulu que je la suive dans la nuit. La voix d'un père, d'un ami. La voix de Corentin, celle de ma mère aussi. La voix qui m'appelait se faisait tour à tour anxieuse, impérative, douloureuse, sourde. Mon nom brisait la nuit à intervalle régulier et à chaque fois je sursautais.

– Mathieu !

J'étais tétanisé devant la porte du garage, à scruter l'obscurité en me demandant qui m'appelait là-bas et pourquoi. J'entendais le souffle fragile d'une brise fantôme dans les arbres déchirés. Aucune étoile n'éclairait le ciel, et la lune, où qu'elle soit, ne me serait d'aucun secours. Je plissai les yeux pour tenter de pénétrer les ténèbres, en vain. Le silence de l'effondrement m'apporta un nouveau cri, accusateur et déformé, me faisant frissonner.

– Mathieu !

Derrière, ma mère grogna. Je restai sur le seuil, indécis. Il fallait choisir, et je choisis.

Je refermai la porte doucement sur ce monde de ténèbres et je rentrai dans l'espace peut-être plus sombre du garage, plus sombre et plus froid, plus coupant aussi, mais l'espace confiné où se trouvait ma mère et tout ce qui nous liait. Peut-être m'appelait-on encore de l'autre côté, mais je fis la sourde oreille, et progressai dans le noir jusqu'au souffle fragile qui me guidait, m'appelait à lui, veillait sur ma progression. Je m'allongeai contre ma mère, repris ma position, et elle referma les bras sur moi, poussant un soupir doux qui balaya tout. Je fermai les yeux.

Chapitre 20

Je parviens à finir la discussion avec ma mère ; j'ignore comment. Elle me parle de cet hiver-là, et moi je n'entends rien, parce que j'essaie de superposer mes souvenirs avec cette histoire de vélo gris, et que rien n'a de sens. Le galet sur la fenêtre de la cuisine se moque de moi. Finalement, j'argumente que ma sole est en train de cramer, que je la rappellerai et je raccroche. Je jette la sole dans l'assiette, mais je ne mange pas. En trois pas je suis devant la porte.

Un VTT gris. Suspendu dans le garage.

Ce n'est pas moi qui avais un VTT gris. C'était Corentin. Moi j'avais un vélo de course rouge, j'en suis certain. Mais quand je le lui ai dit, ma mère a rigolé.

– Un vélo de course au guidon replié, en 99, Mathieu, vraiment ! Je n'étais peut-être pas très à la mode, mais ça faisait des milliers d'années que je n'avais pas vu un ado sur ce genre de vélo et j'étais assez à la page pour savoir ce que tu voulais. Tu voulais un VTT. Vraiment, tu ne t'en souviens pas ?

Je ne sais pas. Je suis devant la porte, et je ne sais pas si je dois l'ouvrir ou pas, et ce que je vais trouver derrière. La porte du garage de Schrödinger. Tant que je ne l'ai pas ouverte, j'avais un vélo rouge et Corentin, un VTT gris. Je me sens à deux doigts de perdre pied, mais comme je suis venu dans l'île, je dois pénétrer dans ce garage où nous avons passé cette affreuse nuit de décembre, l'avant-dernière nuit du millénaire, ensemble enroulés dans une couverture tandis que l'apocalypse rugissait au-dessus de nous.

Je touche le bouton de la porte et il me semble de nouveau sentir le froid, le désespoir et la terreur de cette nuit-là. Si j'ouvre la porte, le vent me sautera de nouveau à la gorge, le vent m'arrachera au sol et me déracinera comme il a déraciné des milliers d'arbres ; il me déracinera encore une fois pour m'arracher à mes certitudes et me briser dans son courant.

Qui est-ce qui oublie de respirer, maintenant ?

Je me force, quitte à passer de l'autre côté du miroir. Je me force et j'ouvre la porte. Je suis déjà entré dans ce garage plusieurs fois. Ne l'aurais-je pas vu, s'il était là ? Et pourtant, il y est. Je reste immobile, à contempler un mensonge sur deux roues, fourni avec pédalier.

Le vélo est pendu par la roue avant, le guidon vers le haut, bien droit, il contemple le plafond. Une araignée y a fait sa toile. C'est un superbe VTT, un VTT d'adulte, au cadre droit moucheté de gris métallique et brillant, malgré la morsure du temps. La mousse a roussi là où la rouille l'a atteinte, au niveau des poignées. La chaîne, elle aussi, est piquetée. C'est bien ce vélo-là dont je me souvenais. Seulement, ce n'était pas le mien. J'aurais pu jurer que ce n'était pas le mien.

Et puis comme la vague qui vous déséquilibre, le vélo découvre tout. À sa selle est suspendue une besace en jeans, avec plein de pin's dessus. Je frémis. Je ne suis pas dans mon garage, je suis dans un mausolée. Je m'approche. Mes doigts tremblent. Cette besace aussi, je la connais. À l'intérieur, il y a un briquet, et je me souviens que c'était celui de la tempête, mais en même temps ce n'est pas possible, parce que ce n'était pas le mien. Et ce porte-clefs qui éclaire, que fait-il là ? Je le teste par acquit de conscience, mais les piles sont mortes depuis longtemps. Comme le reste. Comme l'enfant. Comme le Krokodil, sur l'estran.

Mes yeux me brûlent et mon souffle est laborieux ; il y avait longtemps que prendre ma respiration ne m'avait pas demandé autant de travail. Je ne veux plus toucher à rien, je ne veux plus penser. Ni à l'île, ni à Corentin.

Ils auraient dû l'appeler Corentin, dit la voix de ma mère au creux de ma mémoire.

Je frissonne de nouveau jusqu'au plus profond de moi-même et file dans la cuisine, en proie à une panique folle. Sur la fenêtre, le galet gris est toujours là. Je le récupère, au creux de ma paume, le serrant à m'en abîmer les doigts. Je retourne dans le garage, terrifié et serein, certain de faire le nécessaire, regrettant d'être encore là, regrettant de ne pas être venu avant. J'ouvre la besace, enfourne le galet dedans.

– C'est terminé, je murmure, c'est terminé.

Pourtant, je tremble toujours autant.

Nous nous étions éveillés à l'aube, parce que nous avions froid, et parce que le silence ne nous permettait plus de rester endormis. La lumière s'introduisait au travers des jours creusés dans la porte du garage par le vent qui l'avait déformée et nous avions du mal à croire que l'aube ait pu poindre après une telle nuit.

Je m'éveillai le premier, mais ma mère bougea juste après. Nous étions gourds, endoloris, les muscles frémissants et fatigués, l'esprit léthargique. Je me mis sur mes pieds pour aussitôt me rasseoir et enfiler mes chaussettes et mes baskets. Ma mère s'activait également. Je devinais ce qui l'animait, car c'était le même feu qui brûlait en moi : voir. Nous nous mîmes debout en même temps, sans avoir échangé un mot, et nous gagnâmes la porte de la cuisine. D'abord, la maison.

Ma mère ouvrit la porte avec difficulté, car tout un amas d'objets s'était entassé derrière, comme pour mieux nous défendre contre l'assaillant qui les avait massacrés. Les placards de la cuisine étaient défoncés, les fenêtres béantes, et les volets avaient été arrachés de leurs gonds. Partout, ce n'était que verre brisé, objets épars, sable et branches entremêlés. Le salon était irrécupérable, et le tuyau du poêle s'était affranchi du mur.

Le tapis, les commodes et la bibliothèque, tout était endommagé, vidé, détruit. Les livres s'étalaient partout, ils s'enfuyaient par la véranda éventrée jusque dans le jardin. À l'arrière, c'était le même spectacle de désolation. Les débris de notre ancienne vie jonchaient le sable.

Je regardai le ciel pendant que ma mère constatait les dégâts. C'était un ciel bleu, épuré, vide et blanc. Un ciel de décembre, gelé et innocent. Du lointain montait le silence, un silence de recueillement et de stupeur, le même que j'avais surpris au cœur de la nuit. Tout était étrangement triste et solennel ; nous ne pouvions que contempler le corps fracassé de l'île. L'aube délicate posait un linceul sur une époque révolue, avant la tempête, une époque où il y avait des arbres et où le vent était un ami.

– Viens, me dit soudain ma mère. Il n'y a pas de téléphone. Allons marcher.

Je ne savais pas ce qu'elle cherchait, mais je pouvais ressentir ce qui l'animait. La maison était le sanctuaire de notre échec ; elle semblait irrécupérable, définitivement brisée. Nous n'avions rien à faire de plus ici. Mieux valait bouger que rester immobile, alors je la suivis.

Dehors, c'était pire. Une armée de pins s'était effondrée sur la clôture, mais il ne s'agissait que de la première ligne des victimes qui s'entassaient les unes sur les autres où que porte le regard. Ici et là, un tronc affûté laissait voir sa pulpe ocre, brisé en son centre par la violence du vent. Nous entendions la mer comme nous ne l'avions jamais entendue auparavant. Entre les branches rompues et les troncs épars, je pouvais deviner les dunes lointaines, redessinées en un soir.

Vue depuis le jardin, la maison était un corps disloqué. Le toit qui donnait sur la véranda avait été arraché, parce que les vitres brisées avaient laissé passer les rafales. Les tuiles s'étaient enfuies par dizaines, laissant deviner le squelette de la charpente en dessous, et le velux de la salle de bain était défoncé. De là où nous nous trouvions, je ne pouvais pas voir si le mien avait résisté. Aucun de nous deux n'avait envie de rentrer de nouveau et de gagner l'étage pour contempler les dégâts, alors nous nous éloignâmes, marchant d'un pas fragile vers une route solide sur laquelle poser le pied.

Le silence avait cédé la place aux tronçonneuses. Je n'aurais jamais pu imaginer qu'il y en eût autant sur l'île. Leur chant montait de toutes parts, nous environnant pleinement. Pourtant, nous n'en étions qu'aux premières lueurs du jour. Personne ne pouvait attendre ; il n'y avait pas un seul habitant de l'île qui ne souhaitât revenir à un semblant de normalité. Et malgré mon jeune âge, je savais que ça ne serait pas possible, pas avant des années. C'était d'autant plus marquant qu'il n'y avait aucun autre bruit et que dès que leurs vagissements cessaient, nous pouvions de nouveau nous abîmer dans une absence de son terrifiante.

Pas de moteurs, pas de voitures. Pas de bruit de circulation, ou de discussions. Pas de vie non plus. Les oiseaux semblaient tous avoir disparu. Où auraient-ils pu se poser, de toute façon ? Il n'y avait plus de forêt.

Plus de fils téléphoniques, ni même de poteaux. Tout était saccagé. Des arbres qui avaient mis tant de temps à pousser, brisés en quelques heures.

– Oh, je suis contente de voir que vous allez bien ! J'allais venir voir ; j'étais inquiète de ne pas voir la voiture dans l'allée.

Une première voix humaine nous ramena à la réalité. Ma mère se serra dans son pull et fit quelques pas au milieu des branches et des tuiles brisées, sur la route, pour rejoindre la voisine, sortie dans son jardin. Elle souriait. Elle était pâle comme un linge, mais sa maison ne paraissait pas avoir autant souffert que la nôtre. Elle était plus éloignée de la forêt et n'avait pas d'étage ; ça avait dû jouer.

– Bonjour, dit ma mère. Ça a été, pour vous ? Nous, on a passé la nuit dans le garage. On a eu très peur.

– Il y avait de quoi ! Jamais vu ça en cinquante ans que je vis ici. Vous avez bien fait d'aller dans le garage. Tous ces arbres, là, vous auriez aussi bien pu en prendre un sur le toit.

C'était le cas pour de nombreuses maisons de la rue. Pendant que ma mère discutait, je m'avançai pour contempler la débâcle. Un peu plus loin, une résidence avait perdu son toit, complètement arraché par un pin parasol qui gisait à présent en travers de la charpente détruite. J'espérais que les gens n'étaient pas là quand ça s'était produit. Ma mère me rejoignit et jura à voix haute.

– C'est pire que ce à quoi je m'attendais.

Je ne sus que répondre. Moi, je ne m'étais attendu à rien. C'était la première tempête de cette ampleur que je vivais, la première que j'endurais de cette façon, et la première dont je méditais la désolation au matin. J'entendais à la frontière ma mère qui expliquait que les voisins n'avaient jamais vu ça. J'étais là quand on le lui avait dit, mais je compris qu'elle était sous le choc et je ne relevai pas. Nous progressâmes dans la rue, entre les branches et les troncs, les voitures détruites et les maisons. Nous étions sur une route de fin du monde.

– Je voudrais voir la voiture, dit ma mère.

J'aurais été incapable d'en retrouver le chemin, mais elle paraissait parfaitement savoir où elle l'avait abandonnée et elle nous y ramena sans se tromper. Il y avait des arbres partout, devant et derrière, mais aucun dessus. Nous avions eu une chance folle, je suppose. Pour autant, les aiguilles de pin et le sable la recouvraient partiellement. Derrière, à une centaine de mètres, un camion de pompiers dégageait la voie ou, tout du moins, tentait de le faire. En comptant les troncs entre lui et nous, il était facile de constater qu'il en avait pour la journée.

Ma mère alla à la voiture et tenta d'ouvrir la portière, qui résista.

– Je ne me souviens pas d'avoir fermé, dit-elle en fronçant les sourcils. J'ai dû le faire sans y penser.

Je me tus une nouvelle fois, songeant qu'elle avait peut-être fermé la porte pour nous protéger. On croit toujours qu'on se protège quand les choses sont fermées.

Cadenassées, tout au fond. À l'abri de tout, mais en apnée.

Je respirai.

– Ohé !

Un pompier enjambait les arbres pour se porter à notre hauteur. Les cheveux roux et l'air patibulaire, il me rappela furieusement un marin de la Victorine. Je me crispai, mais il ne parut pas le remarquer.

– C'est votre voiture ? demanda-t-il en désignant le véhicule.

Comme ma mère répondait par l'affirmative, il l'informa qu'il pensait que lui et ses collègues l'auraient libérée avant la fin du jour.

– Ce serait bien, dit ma mère. Nous étions venus passer Noël à Oléron, mais nous allons devoir rentrer, maintenant. On n'a plus d'eau ni d'électricité, vous comprenez.

Le pompier la regarda, interloqué, puis échangea un regard inquiet avec moi.

– Personne sur l'île n'en a, madame, dit-il lentement. Pour ce que j'en sais, on peut peut-être même s'avancer à dire que personne n'en a dans le département. Tout est détruit, vous savez. Il faudra des jours pour tout ramener ; l'eau, l'électricité, le téléphone, tout ça. Des jours, peut-être plus. Et des jours aussi avant que les routes ne soient dégagées, de toute façon.

Ma mère sembla ne pas comprendre ce qu'il disait. J'allai à elle et lui pris la main. Elle baissa les yeux sur moi, puis revint au pompier et dit simplement :

– Oh.

Il prit notre adresse, et nous assura que quelqu'un viendrait nous avertir, pour la voiture. Puis, il nous conseilla de nous renseigner à Saint-Pierre, pour l'eau, mais nous assura que des solutions seraient trouvées. Il avait l'air de vouloir rassurer ma mère. Je n'étais pas certain qu'elle l'entendait.

– Mais c'était quoi, dit-elle enfin, un ouragan ? Qu'est-ce qui s'est passé, exactement ?

Le pompier haussa les mains dans un signe d'impuissance.

– C'était une tempête, dit-il, juste la pire qu'on ait vécue ici. Il n'y a plus un arbre debout dans l'île, et les bateaux sont brisés dans les ports, depuis Bordeaux jusqu'à La Rochelle. C'est l'enfer partout, on a du mal à croire ce que disent les collègues du continent, à la radio.

– Mais comment ça se fait qu'on n'ait pas su qu'elle arrivait ?

– On savait, répondit l'homme, manifestement épuisé. On n'avait juste pas prévu qu'elle serait aussi terrible. Elle devait être moins violente que celle qu'ils avaient eue à Paris, samedi. On s'attendait à une tempête. On s'attendait juste pas à celle-là. On s'en souviendra.

Ma mère hocha la tête et serra ma main.

– On va rentrer, dit-elle simplement.

Le pompier hocha la tête et fit volte-face pour aller seconder son équipe qui tentait de libérer la route. Nous prîmes le chemin de la maison l'un près de l'autre, abasourdis et silencieux.

– Une tempête, répéta ma mère. Si j'avais su...

Et elle se mit à rire, puis sans transition à pleurer. Nous fûmes obligés de nous asseoir sur un tronc, où elle déversa ses larmes dans ma nuque pendant de longues minutes.

– Je suis désolée, dit-elle, c'est moi qui nous ai amenés ici, je suis désolée.

– Tu ne pouvais pas savoir, répondis-je, mal à l'aise à l'idée de la réconforter. C'est pas de ta faute, maman.

Je comprenais pourquoi elle pleurait – le stress, la mauvaise nuit, la maison brisée. L'absence d'eau, de téléphone, d'électricité. Nanie devait être inquiète ; et Dieu savait comment nous allions passer les prochains jours. Et pourtant, même si je comprenais, je ne ressentais rien. Mon esprit était comme le ciel, vide et blanc, depuis le matin. Mes sentiments s'étaient distendus, éparpillés par le vent, emportés au loin dans le courant. Je percevais le froid, et le silence. Je percevais la brise muette qui courait sur ma peau, si caressante, comme pour se faire pardonner des emportements de la veille. Je percevais l'océan, là-bas, lointain et apaisé, et je ne ressentais rien.

Était-ce de la sidération ? Est-ce que cette épreuve avait tout brûlé en moi, pour ne me laisser aucune sensation ? Est-ce que la tempête avait arraché mon âme en même temps que les arbres de l'île, et la paix d'une nuit ? J'étais vide, et serein. Je serrai ma mère contre moi, impuissant à la rassurer, impuissant à compatir, impuissant à l'aider. Pourtant, quand elle se releva, essuyant ses yeux humides d'un revers de manche de son pull trop grand, elle avait deux mots pour moi.

– Merci, Mathieu.

Ses mots se posèrent sur la cicatrice d'une nuit, et ils teintèrent le monde de couleurs douces et chaudes. Je cillai dans l'aube. La nuit me revint, la nuit, le silence et l'appel glacé. Un choix partagé. Ma mère se leva et me tendit la main.

– Allez, viens. Allons voir si on peut réparer ce foutu poêle.

Et ainsi, je me relevai, ma main dans la sienne, au milieu de notre monde fracassé. Ensemble, nous prîmes le chemin de la maison.

Chapitre 21

Tout d'abord, je choisis l'incrédulité. Le vélo rouge existe, et ma mère s'est trompée. Je le sais. Je l'ai vu dans les photos que j'ai rangées le matin même ; il existe, et je vais me le prouver. Je retourne à la voiture, aux albums. Je les ouvre et feuillette les pages à toute allure, je cherche l'image que j'ai gardée en tête, je suis fébrile, et je finis par la trouver. Il est bien là, mon vélo rouge. C'est celui de ma mémoire, celui sur lequel je roulais assez vite pour dépasser la mort. Sauf que ce n'est pas moi qui le tiens.

L'image est vieille ; ma mère est jeune. Elle et mon père se tiennent par la main. Ils sont devant le Mont-Saint-Michel ; ça doit remonter à une éternité, car je ne suis pas là. Ce vélo rouge n'est pas à moi. C'était le vélo de mon papa.

J'ai la photo sous les yeux, et je refuse toujours de croire, je ne peux pas m'être trompé à ce point. Je me souviens de cet hiver ; je me souviens de Corentin. Du galet, du couteau, et de la course les yeux fermés. Je me souviens de tout cela et du chien crevé. De quoi dois-je douter, à présent ? Qu'est-ce qui a réellement existé ?

La tempête, souffle ma mémoire. *La tempête, elle, était réelle.*

C'est une mémoire traumatique, j'ajoute pour me rassurer.

Une autre voix au fond de moi se permet de ricaner. Je referme l'album.

Je rentre, d'abord, et puis je mange ma sole et mes patates froides, attaquant chaque bouchée comme si la nourriture m'avait personnellement offensé. Ensuite, je vais faire les courses pour ma mère en prenant mon temps exprès et en prenant surtout garde à ne rien oublier. On ne pourra pas dire que je fuis ; je refuse justement de fuir.

L'île est toujours la même sous le soleil de juin, mais tout a changé pourtant, tout est étrange et différent, maintenant que j'ai vu le vélo, et que je me souviens. Que je crois me souvenir. Peut-être. Où se trouve donc cette vérité que je cherchais ? Lorsque j'essaie d'y penser, elle disparaît entre deux songes, comme le sable entre les doigts, emporté par le vent et impossible à retenir.

Peut-être que c'est là tout ce qu'il nous reste du passé, des grains de sable impossibles à retenir, tous mélangés. J'aimerais croire que je sais qui je suis, mais je n'en suis même pas certain. Est-ce qu'être adulte, c'est l'accepter, enfin ? Accepter de ne pas savoir, de ne pas pouvoir, de détruire une perfection inaccessible et aliénante qu'on a projetée sur son soi futur lorsqu'on était enfant ? Une perfection à laquelle on accorde une foi indue. Une perfection à laquelle j'avais cru, et pour laquelle j'avais détesté ma mère, le temps d'un hiver.

L'après-midi s'étire dans une lumière dorée, et je le laisse faire. Les pins sont déjà hauts et la route, dégagée. Qui pourrait croire que l'apocalypse a eu lieu ici un peu plus de dix ans auparavant ? Pas moi, pas vraiment. Et pourtant, j'y étais. Je peux encore deviner, dans le sous-bois, des souches abandonnées et des troncs tordus, qui ont repoussé. Oui, j'y étais.

Je rentre à la maison et je prépare mes affaires, sans hâte mais sans faiblesse. Je ne retourne pas dans le garage ; je ne peux plus voir le vélo. Comme cette nuit-là, je choisis de refermer la porte et de rentrer, plutôt. Je range ce que je peux, la vaisselle et les draps, je vérifie douze fois que j'ai bien éteint le gaz et fermé toutes les fenêtres, que j'ai bien coupé l'eau et laissé ouvert le réfrigérateur, que je n'oublie rien, enfin. Je quitte la maison, pour de bon, cette fois. Elle n'est plus vraiment la même, de toute façon, et elle n'est plus vraiment à moi. Ce que nous laissons dans le passé évolue sur un autre temps. Nos souvenirs ne sont pas linéaires, ils sont des gouttes d'eau dans l'océan.

Lorsque j'achève mes vérifications et que je constate que tout est en ordre, je m'autorise à faire un dernier tour dans les pièces désertées. D'autres familles viendront rire entre ces murs, pour le temps d'un été. Des familles qui ignorent tout de l'hiver, et de la tempête endurée. Des familles qui auront leurs propres ouragans à affronter, un jour, peut-être. Puissent-elles trouver ici autant de bonheur qu'il y a de sable sur la plage, puissent-elles y déposer des souvenirs pour plus tard.

Je ferme la porte d'entrée, et je vais porter les clefs à la voisine.

– Déjà ? s'offusque-t-elle en me voyant paraître avec mon trousseau.

– C'est que, je travaille, moi, demain.

– Toute cette route, pour si peu de soleil !

Ce qui importe avec le soleil, ce n'est pas la quantité. C'est juste sa présence. C'est ce que je pense, mais à la place je lui souris.

– Oui, mais ça valait le coup. J'avais vraiment besoin de prendre l'air marin, un peu.

– Vous reviendrez, du coup ?

Un mensonge, ce n'est pas cher payé du tout. Et puis, ça lui fera plaisir, je suppose.

– Peut-être, dis-je, m'accordant cependant une moue dubitative. Si les locataires me laissent une semaine de temps en temps.

– Ce serait bien de vous avoir de nouveau, vous et votre maman.

Je la laisse poursuivre sur le sujet sans commenter ses espérances. Même si je revenais, l'île, la maison, les souvenirs, tout serait de nouveau différent. Chaque nouvelle minute teinte à jamais tout ce qui compose la mémoire d'un lieu. L'île de l'été avant l'automne, l'île de la tempête après l'hiver, l'île de juin, désormais. L'île de juin, où je laisserai Corentin. Pour de bon, cette fois-ci. Peut-être. Pourvu que.

Nous étions restés prisonniers longtemps. Le pompier avait raison, il fallut des jours. Des jours d'eau potable acheminée par camion, des jours de tronçonneuses, de bougies et de repas froids. Des jours de silence, et des nuits d'attente et de courants d'air. Des jours semblables les uns aux autres, étirés à l'infini, dénués de toute notion de temps. De nouveau, nous étions coupés du monde, coupés des autres et de tout, mais ensemble, pour de bon. Nous marchions côte à côte dans cette vallée, désormais.

Nous lisions tant qu'il faisait jour, sur le canapé taché mais sec, et le poêle et son tuyau tordu qui fonctionnait quand même. Le voisin était venu poser une bâche sur la partie du toit qui était abîmée. On n'avait rien pu faire pour la baie vitrée ; il avait été obligé de la condamner avec des planches. Ma mère avait épuisé tout son vocabulaire de remerciements. Dès qu'il faisait nuit, nous devions aller dormir ; sans lumière, tout devenait plus menaçant et difficile. Nous dormions en bas, toujours devant le feu mourant. Nous dormions beaucoup. Sereinement.

Le vent s'était apaisé. Nous avions des nouvelles par la voisine, qui allait chaque matin à la pêche aux informations. Nous, nous nous étions repliés dans notre antre, loin de la réalité. Ce que vivaient les gens de l'île, nous le vivions avec eux, mais loin, en dehors, réunis dans la tourmente. J'avais retrouvé ma Game Boy en état de marche, et des piles au supermarché, quand il en restait encore. Pendant toute cette parenthèse, j'eus le temps de finir mon jeu et de libérer le Poisson-rêve, pour mieux le laisser s'envoler.

Je ne sortais plus. Les routes étaient pour beaucoup impraticables, mais ce n'était pas cela qui me retenait. Je ne voulais pas risquer de me laisser tenter de nouveau par l'île, et les promesses de la nuit. Je restai devant le poêle, assis sur le tapis que nous avions convenu de jeter après avoir vainement tenté de le récupérer, et enroulé dans le plaid, aux pieds de ma mère qui lisait à la faveur du jour, je jouais.

Il semblait que le pays entier était saisi de stupeur, tétanisé dans cette fin de siècle destructrice, encore groggy des deux tempêtes encaissées, mais dans l'île, nous étions en dehors, apaisés. Il n'y avait plus de téléphone. Ma mère avait écrit une carte à Nanie pour la rassurer, mais on n'était pas certains que la poste fonctionnait. Ça n'avait pas vraiment d'importance, parce que nous n'avions aucune possibilité de faire mieux, et qu'après l'apocalypse, tout semblait désuet.

À un moment, il apparut que nous avions changé d'année, mais tout se mélangeait, les jours et les semaines, les années, les siècles, les millénaires. Le vingtième siècle était mort dans un enfer désordonné. On m'avait expliqué que je me trompais d'un an, que ce serait pour 2001. Ça ne faisait aucun sens à mes yeux, et il me semblait que la tempête avait de toute façon marqué de son sceau le temps du changement pour nous tous.

Ma mère avait réglé les détails avec les voisins, que nous voyions tous les jours, ou presque. Elle avait demandé conseil, pour des artisans, et ils avaient assuré qu'ils surveilleraient pour nous l'avancée des travaux et les réparations. Ils feraient venir des amis, des cousins, ou quelque chose comme ça. Ces détails ne m'intéressaient pas. Les journées semblables étaient des morceaux de temps épars que je ne retenais pas.

Le jour du départ arriva, finalement. La voiture avait depuis longtemps été libérée de sa prison de bois, et elle trônait avec ses pneus neufs devant la maison mutilée. Nous y empilâmes nos affaires ; ma mère était pressée. Peut-être avais-je déjà raté la rentrée. Elle ferma tout consciencieusement, s'assurant qu'elle avait bien rangé tout ce qui pouvait l'être avant la venue des ouvriers. Ce ne serait pas tout de suite ; toute la région était sinistrée et les couvreurs devaient avoir leurs agendas pleins jusqu'en juillet de l'année suivante.

Nous avions mis sur la chaussée nos meubles détruits, la commode effondrée et le tapis, et puis des caisses de livres irrécupérables et gondolés. La vaisselle brisée, les fenêtres en miettes et les volets arrachés. Tout ce qui ne survivrait pas, et que nous ferions emporter. Un camion devait venir. Je m'en moquais.

J'avais fait mon sac, rangé mes affaires, mis des piles neuves dans ma Game Boy et retrouvé mes écouteurs. Ils se trouvaient sous mon lit, bien sûr, avec la lampe torche si longtemps égarée. J'avais mis ma polaire et un oreiller contre la portière. Le plaid aussi, je ne pouvais pas le laisser. J'avais hâte de partir, j'étais prêt à retrouver le monde. Je voulais revoir la ville, et découvrir ce nouveau siècle.

J'étais déjà dans la voiture pendant que ma mère faisait le tour de la maison, trouvant qu'elle prenait trop de temps là où elle s'assurait juste de ne rien oublier. Je pestai, impatient. Et puis, finalement, un pincement au cœur me vint, et je tournai mon regard vers les dunes, derrière l'armée des pins fracassés. Je refusai une seconde ; l'instant d'après je cédai.

Je claquai la portière et sautai par-dessus la clôture abattue.

– Mathieu, où vas-tu ?

Je ne répondis rien. Je courais entre les troncs épars, brisés au sol, entre les branches entremêlées à l'écorce rompue, à travers ce champ de bataille humide et désolé. Il n'y avait plus une seule trace du doux couvert qui m'avait abrité, plus une seule trace de la mousse et du sable, du sous-bois accueillant, des cimes dansant dans le vent. Les corps étaient emmêlés au sol, pourrissant déjà sur place, cédés aux embruns et aux champignons, à la mort, sous toutes ses formes. Je courais en regardant la dune, là-bas, au loin. Le ciel était radieux. Il faisait beau depuis le matin.

J'étais en nage quand j'atteignis la dune. Les oyats avaient été recouverts par la tempête, leurs têtes engoncées dans leur cercueil de sable peinaient à percer au jour et ne dansaient plus dans le courant. Des débris divers apparaissaient çà et là, bouts de vie et bouts de bois, petits trésors de naufrageurs déposés au-delà de l'estran par la violence du vent. Je plongeai mes doigts dans le sable, m'enfonçai dans son étreinte froide, le laissai crisser contre mes ongles et m'échapper de nouveau dans un doux sifflement. J'enfonçai mes baskets, acceptai le sable dans mes chaussettes, acceptai tout, pour le voir une dernière fois.

Et au sommet de la dune l'océan fut là.

La marée était basse et la plage dénudée jusque très bas luisait sous le soleil de l'après-midi, comme un bijou lisse et froid. Elle avait ce gris ambré des journées d'hiver, cette couleur tout à la fois chaude et froide, cuisante et humide. Au loin, l'océan mugissait calmement, des petits rouleaux lointains qui ne pouvaient rien atteindre ni détruire. L'eau était mouvante et blanche, pleine d'écume et d'odeurs lointaines, la surface vibrant comme du métal liquide. Tout était de bronze et d'or. Je respirai à pleins poumons.

En bas de la dune, toujours présents, Krokodil et Kondor dominaient le couchant. Ils étaient là, les monstres jumeaux d'ombre et de béton, enfoncés dans le sable, toujours entiers, toujours résistants. Ils se tenaient, fidèles à leur promesse, surveillant l'horizon. La tempête les avait sans doute usés, mais ils tenaient bon. Un jour, je le savais, ils perdraient ce combat. Tout finit fracassé. Il en va de même pour la vie et le béton armé. Mais ils étaient debout, pour l'heure, et ils tiendraient encore, pour peu que le ciel leur laisse une chance. J'espérais que ce serait le cas longtemps encore.

Qu'elles demeurent ici, ces sentinelles du front. Qu'elles soient les témoins oubliés de mes errances, de mes actions. Qu'elles gardent en elles mes haines et mes failles, mes doutes et mes colères. Là, j'enterrai les jours d'avant Noël et ceux d'après. Des jours de tentation et de vérité. Des jours de course contre la mort et d'amitié. Des jours de tempête, enfouis à jamais. Je fermai les yeux et laissai tout sur la plage, puis je fis demi-tour et partis sans me retourner, rejoindre ma mère, la voiture, et la réalité.

Nous quittâmes Vertbois un matin de janvier. Qui aurait pu croire que nous n'avions passé là que quelques semaines ? Je laissai la maison disparaître derrière nous, avec ses pansements de plastique et de bois. Les voisins nous firent des signes en nous voyant passer. Dans la voiture, je respirais toujours. J'étais étonné de respirer si bien.

L'île portait les stigmates de la tempête. Des arbres, bien sûr, mais également des poteaux, gisaient au sol dans le plus grand désordre, et c'était partout des lignes arrachées et des maisons aux tuiles disjointes. Nous passâmes près d'une zone d'hivernage où plusieurs bateaux avaient sombré et gisaient, brisés, couchés sur le côté. Ma mère roulait au pas, pour tout mieux observer.

– On ne voit pas ça tous les jours, murmura-t-elle.

Je ne dis rien, pour ma part, mais je collai le front à la vitre pour tout mémoriser. Lorsque nous nous engageâmes sur le pont, je refusai de jeter le moindre regard au débarcadère en dessous et me concentrai pour apercevoir le fort, là-bas, dans le lointain. Je le trouvai aussitôt, dans les embruns, se découpant proprement sur le ciel sans nuage. Il était intact, pour ce que je pouvais en juger. Tout le monde ne pouvait pas en dire autant.

– Il y a des lampadaires qui ont été arrachés du pont, nota ma mère en passant.

Ce fut son seul commentaire durant la traversée. Nous fûmes bientôt de l'autre côté, sur le continent, et, pour le coup, je me retournai pour voir l'île s'éloigner, inaccessible et fatiguée. Elle mettrait du temps à panser ses plaies. Je ne pouvais rien faire pour elle. J'avais assez des miennes à m'occuper, et je me souvenais à présent de celles qui importaient.

Sur la route du retour, nous eûmes mille occasions de contempler les dégâts causés par la tempête Martin. La Charente-Maritime avait été ravagée. De nombreuses forêts étaient entièrement couchées, les troncs fracassés et coupés à la va-vite, abandonnés dans les fossés. Il y avait des branches, des feuilles, des débris partout, jonchant le sol comme une peau de mue, pas encore achevée mais déjà perdue.

Ma mère avait allumé la radio pour entendre les informations, et on parlait de villes sinistrées, de morts et de disparus. Quelques sommités politiques avaient fait le déplacement. L'instant d'après, il était question du nouvel an. C'était étrange, presque indécent, cette succession. Pour eux, la tempête était déjà loin. Les gens voulaient l'oublier, sans doute, mais où que le regard portât, nous pouvions constater à quel point elle était encore là. Il faudrait des mois, peut-être des années avant de récupérer un paysage qui ne soit pas une plaie ouverte. Il faudrait du temps pour cicatriser.

Nous ne rentrâmes pas directement. La Corrèze n'était plus si loin, finalement, et Nanie était si inquiète ! Nous fîmes halte chez elle, parce qu'elle avait clairement annoncé que si nous ne venions pas à elle, nous courions le risque qu'elle décidât de venir à nous.

– Quelle idée tu as eue d'aller sur cette foutue île ! fut sa phrase d'accueil pour ma mère.

Nous échangeâmes un regard, et il s'en fallut de peu que nous n'éclations de rire tous les deux. Il faut dire que nous avions pris les paris, et que nous n'étions pas tombés loin. Nous ne restâmes pas longtemps, quelques jours à peine, à mettre les pieds sous la table et profiter de repas chauds qui nous avaient tant fait défaut. Dès mon arrivée dans la maison, je pris une douche brûlante qui lava mes stigmates et mes désespérances pour me rendre à ma mère propre, déjà, et soulagé. L'île était loin, l'océan aussi, et tous les souvenirs qui y restaient attachés.

Le premier soir, nous fêtâmes le nouvel an en décalé. Il fut beaucoup question de la tempête, encore, mais c'était déjà un événement sans douleur, dont on peut parler parce qu'on l'a vécu, et qu'on est ressorti de l'autre côté. J'écoutais d'une oreille distraite ma mère raconter notre nuit terrible à Nanie tout en sirotant son verre de vin ; je profitais des cadeaux de Noël laissés par ma grand-mère et mon oncle Damien. J'avais un nouveau jeu pour ma Game Boy, un disque, et deux ou trois autres trucs plus ou moins sympas. J'en étais à lire le descriptif du jeu, me demandant s'il me restait assez de piles, quand une phrase de ma grand-mère m'interpella.

– Quelle idée de l'avoir appelé Martin, quand même, disait-elle. Un prénom si joli pour une horreur pareille !

– Ils les nomment par ordre alphabétique, répondit platement ma mère, perdue dans ses pensées. Mais tu as raison. Martin n'est pas un nom approprié. C'était la mère de toutes les tempêtes. Ils auraient dû l'appeler Corentin.

Un océan noir et glacial murmura mon nom, un abîme impénétrable au fond de moi, où tout est engourdi et froid.

Ils auraient dû l'appeler Corentin.

– Pourquoi ? m'entendis-je demander.

Ma mère me sourit.

– J'ai failli t'appeler comme ça, tu sais ? dit-elle ingénument. Ton père et moi, nous aimions beaucoup ce prénom. Et puis, on en avait découvert le sens, et on y avait renoncé. Corentin est un prénom d'origine celte. Il signifie Ouragan. On ne voulait pas te l'infliger. Ni à toi ni à nous, d'ailleurs ! Comme quoi, au final...

Elle but son vin, perdue dans le passé.

– Mais il aurait été parfait pour cette tempête, acheva-t-elle avec un petit soupir. C'est le prénom approprié.

Les mains glacées, perdu sous la surface, j'hésitai. Et si le goéland décidait de me manger, au final ? Mais quelle était l'alternative ? C'était ça ou me noyer. Une main tendue vers la surface, prête à l'effleurer.

– Alors vous m'avez appelé Mathieu ?

– Oui, rayonna ma mère. Oui, nous avons choisi Mathieu. Ça signifie cadeau de Dieu.

Épilogue

Je quitte le pont et je jette un dernier regard dans le rétroviseur pour le voir disparaître. Ce soir, je rentre, et demain, je serai au travail. Il y a un vrai soulagement à retrouver une vie familière, elle aussi, une vie que j'ai choisie. J'essaierai de prendre un verre peut-être, avec Fabien et les autres, cette semaine. Je leur raconterai cet aller et retour improbable de deux jours dans une île dont ils ne connaissent peut-être même pas l'existence. Je ricane tout seul derrière mon volant. À la radio, ils jouent un truc de Chris Isaak, et je chante toujours aussi fort et aussi faux sur la route de juin qui me ramène chez moi. Dans quelques heures, je serai à la maison.

Dans une glacière achetée pour l'occasion, derrière mon siège, il y a les langoustines, quelques crevettes et du poisson. J'ai même pris un petit bordeaux blanc pour aller avec, parce que, pourquoi pas ? Il y a les livres que je n'ai pas lus, et le magnet du phare de Chassiron. J'en ai pris un pour moi, qui représente le fort. Je pourrais peut-être commencer une collection. À mettre sur un frigo, un jour, chez moi.

Chez moi…

Des maisons, il y en a eu dans ma vie, et je suppose qu'il y en aura d'autres. Celle où j'ai grandi, et où mon père est mort. Celle de l'île aussi, que je viens de quitter, même si elle a changé et, comme une vieille amie, vit à présent une vie dont je ne sais rien, mais qui la rend plus belle. Tant mieux pour elle.

Et puis, il y a aussi le Krokodil, la demeure de Corentin. Elle le restera, pour l'éternité. Il demeurera là-bas, englouti par la mer. Il en va de même pour les souvenirs et le béton armé. Oui, le Krokodil fut ma maison pour quelques jours d'hiver, si sombre, et prêt à me dévorer, si je l'avais voulu. Toutes nos maisons ne sont pas bienveillantes, je suppose.

Mais ce soir, je rentre chez moi, pour de bon, à la maison. Un chez-moi pour lequel j'ai traversé la tempête, j'ai avalé le vent, et repris mon souffle à m'en arracher les poumons. Un chez-moi où je n'ai jamais vécu, mais mon chez-moi quand même, ce lieu où quelqu'un m'attend, en définitive.

Après tout, la seule maison qui compte est sans doute celle qui abrite les gens qu'on aime, et celle qui les garde à l'abri du vent.

RÉALISATION : NORD COMPO À VILLENEUVE-D'ASCQ
ACHEVÉ D'IMPRIMER SUR ROTO-PAGE
PAR L'IMPRIMERIE FLOCH À MAYENNE
DÉPÔT LÉGAL : OCTOBRE 2020. N° 141907 (96683)
Imprimé en France